· 自然文学译丛 ·

乡村野趣实录

动物素描、故事、历险

[法] 加斯帕尔·德·谢维尔◎著

舒湛◎译

深圳出版社

图书在版编目（CIP）数据

乡村野趣实录：动物素描、故事、历险 / (法) 加斯帕尔·德·谢维尔著；舒湛译. -- 深圳：深圳出版社,2024.2

（自然文学译丛）

ISBN 978-7-5507-3936-9

Ⅰ.①乡… Ⅱ.①加… ②舒… Ⅲ.①散文集－法国－近代 Ⅳ.①I565.64

中国国家版本馆CIP数据核字(2023)第226908号

L'Histoire naturelle en action, croquis, contes, récits et aventures /
Gaspard de Cherville
根据1873年版本译出
© FIRMIN-DIDOT ET CIE, IMPRIMEURS-ÉDITEURS

乡村野趣实录——动物素描、故事、历险

XIANGCUN YEQU SHILU——DONGWU SUMIAO、GUSHI、LIXIAN

出 品 人　聂雄前
责任编辑　沈逸舟
责任校对　张丽珠
责任技编　梁立新
装帧设计　龙瀚文化

出版发行　深圳出版社
地　　址　深圳市彩田南路海天综合大厦（518033）
网　　址　www.htph.com.cn
订购电话　0755-83460239（邮购、团购）
设计制作　深圳市龙瀚文化传播有限公司 0755-33133493
印　　刷　深圳市新联美术印刷有限公司
开　　本　889mm×1194mm　1/32
印　　张　9.5
字　　数　195千
版　　次　2024年2月第1版
印　　次　2024年2月第1次
定　　价　46.00元

CONTENTS
目录

我的第一杆猎枪

如果不是怕被当作厚颜的物质至上者，我会说，猎手的第一支猎枪在其所有的回忆中占据着第一的位置。

上天可鉴哪，一个玩具，就算微不足道，也总能引出那么点情怀。况且有多少情怀能比你我孩提时把玩过的更加易碎？小女孩通过布娃娃感知了母性，而第一杆猎枪开启的未来更加庄严：对我们来说，它象征着罗马少年穿上紫色镶边的托加长袍时系的金属球，一场从童年到男子的过渡。它对昨日的孩子说："今天你就是个男人了。"于是孩子心花怒放，脸上闪耀着幸福激动的光彩。可怜的小东西！如果那时你知道自己将要放弃什么，又将觊觎什么，便不会如此欢喜。

总之，只要世界还是这世界，人们就不会觉得生如蜉蝣，永远在满心期待明日早点到来，直到这期待不知不觉地将我们带到命定的最后一日。鉴于所有哲学家都没能成功地让我们在大地塌陷前停下脚步，今日你我还是就此打住，只谈谈这件武器，以及它身后那段欢乐迷人的时光。

我认为，孩子再早熟悉武器也不为过。

从前，年轻的贵族们从十岁到十二岁起就常去猎场；当他们长到十四岁或十五岁，狩猎教育已然完成。大革命开始后，教育就变得只注重智力方面，大大忽视了对孩子们体力和敏捷度的培养。当然，一个聪慧的男子，甚至一位伟人大可以不会骑马，也可以忽略装子弹是找枪口还是枪托，但他因此便不是一个完整的男子。而且我可以下个极大的赌注：总有些场合会让他充满苦涩地懊悔当初轻看了这些小能力，而它们是那么容易就能学到。

如果罗伯斯比尔可以在杂技团劣马的背上保持平衡，他就可以替换掉满巴黎疯狂乱跑的笨蛋昂里奥①，亲自上阵。这样一来，谁又能猜到热月政变的结局？举个离我们更近的例子——我的同代人中有谁能忘记梯也尔②先生因一匹马而招致的小争议、犯下的大错呢？在国王路易·菲力浦③的阅

---

① 弗朗索瓦·昂里奥（François Hanriot, 1759—1794），法国大革命时期的军官，国民卫队总司令，雅各宾派支持者。1794年，法国发生了反对雅各宾派的热月政变，昂里奥解救被困的罗伯斯比尔未果，自己反倒被捕。他于此后同罗伯斯比尔一道被解救，却又未能及时指挥部队进攻政变领导者占据的国民公会，致使雅各宾派错失了反攻良机，最终垮台，包括领袖罗伯斯比尔在内的领导人均遭处决。

② 阿道夫·梯也尔（Adolphe Thiers, 1797—1877），法国政治家、历史学家，曾于1836年和1840年两次出任法国首相，1871年至1873年任第三共和国首任总统。

③ 路易·菲力浦（Louis Philippe, 1773—1850），法国国王（1830—1848）。出生于波旁王朝的奥尔良家族，公爵。七月革命后取得王位，建七月王朝。代表金融资产阶级利益，镇压工人和民主运动。1848年法国二月革命中被推翻，亡命英国。

兵式上，欧内斯特·勒罗瓦①先生借给了这位杰出的首相一匹马，可这匹马却对骑手怒火炽烈的雄辩才华无动于衷。这只普通的动物教会了反对派们如何尥蹶子，让他下马。这节课确实起到了作用。虽然梯也尔先生依旧是位卓越的领导人，但也可以想见，那些以他马术欠佳为借口的挖苦讥笑还是减了几分先生在时评中已然煊赫的声名。

此外，就算孩子一生可以远离诸如此类的不幸遭遇（这概率还是挺大的），我向您建议的这些练习也依旧有用。

岂有此理！谈到养狗时，人们常常向您建议让小狗多呼吸新鲜空气，让它在外闲逛、不受拘束。可在教育可怜的人类孩子时，您却只会让他们受刑？让他们穿着的短裤永远只会因久坐而被磨损；让他们的身躯在讲台前日渐苍白细弱；让他们在脑子里填满拉丁语和古希腊语字符，无休无止、一刻不停？想想吧！精神越是被一门抽象的科学弄得紧张，身体就越需要强烈的反馈；一方越疲惫，另一方的活力就越需要被激发。这样能保证孩子的健康，也能使其成为精力充沛的强壮男人。当然，这种小小的预备班教学还能让他们在面对发了疯的野兽时足以自卫：野兽还是会出现的，有时甚至化身为人。

让您的孩子出现在运动场或泳池里吧，开始训练的年龄从八岁至十二岁不等（这取决于他们的成长状态和力

---

① 欧内斯特·勒罗瓦（Ernest Leroy，1844—1895），法国政客。

量），之后就可以学骑术。长到十二岁，可以学剑术，熟悉如何使用火器。我觉得，他们可从手枪的瞄准射击学起，前提当然是不让其接触对使用者来说更危险的猎枪，除非老师在场进行严格的监督和保护。

一般来说，人们是从十五岁至十八岁开始研习这门陶冶心性的科学，拜伟大的圣于贝尔①为师的。

在我年轻的时候，人们对待童年远没有而今这般讲究。我们威严的父辈在鞭挞我们时很是慷慨，可要是让他们给我们弄几件著名军械制造大师的作品，他们就会犹犹豫豫的，心中一万个不情愿。

专属于我的第一杆猎枪是一支出色的喇叭口火枪——西班牙国王查理七世曾使用过。它在马德里的博物馆里略加修整，就径直来到了我家。这件圣物无论是从血统还是从精美的金银丝嵌花上看都令人生敬。装饰覆盖了用骡蹄铁做成的枪管上枪栓与瞄准器之间的部分，但这并没有妨碍它成为一件很独特的工具：生性跳脱、多产又无法捉摸。

立起来时，它比我小小的身子还要高出整整一法尺，击锤跟铁匠锤一样粗。让击锤离开火药池则需要流些血泪——它真的是用石头做的！装在火药池外的火砧的爆裂声却补偿了我的辛劳：那像是一尊钟的发条突然断裂。我的喇叭口火枪喷出子弹的样子才是真的好看：一场实景焰火！

---

① 圣于贝尔（saint Hubert，约 656—727），即列日的于贝尔（Hubert de Liège），比利时城市列日的主保圣人，在诸多传说中也被视为猎人群体的主保圣人。

石头打在铁上，闪出锐音，紧接着是类似"噗呲"的声音，那是最好的预兆，再之后，用上一点耐心，您就能听到一声响亮的"砰"！

好啦，这杆猎枪就是像我跟您形容的那样，我怀疑没有别杆猎枪可以炫耀自己曾经像它这样地被爱过。我长时间地渴求过它，但占有欲的满足完全没有改变由它点燃的激情。与其说它是我的，不如说我属于它。那是身与灵的归属，心和精神的依托。如果这杆容光焕发的猎枪是位女子，我们会像费列蒙和博茜丝①般化树交缠，造福人类后世。吃晚饭的时候，我把她放在餐厅的一角，但是不停地用眼神与她密谋；夜晚我则梦见她。我觉得一件如此精美的器物应是上天所赐，所以会半夜起床，查看它有没有借自己的翅膀悄悄回家。

我的这份热情之所以难能可贵，更在于它的无私。我情感对象的回报则是黑心寡恩——我曾经在它的枪膛里烧过整整一斤上好的火药，却只得到完全消极的结果。然而，我的爱如此忘我，以至于从未怪过它，依旧满心信任和期待。

一天，我感伤又骄傲地在父亲的小花园里踱步，肩头靠着那把不羁的猎枪，随即发现一群无所事事的母鸡聚集在树丛里。一看见它们，我就不禁起了各种歹心。我正疯狂地

---

① 费列蒙（Philémon）和博茜丝（Baucis），希腊神话中的一对好人夫妇，曾收留伪装成乞丐的宙斯和赫耳墨斯，死后遂愿分别化为橡树和椴树，并肩而立，树枝和叶丛相互交错。

想着试用猎枪，在那一刻，这想法转变为令人难以抗拒的欲望。

我虽没有一星半点的子弹，但是发现一棵橡树上的果子似乎可以作为替代。更何况它可能更完美，因为这个发射物对我的猎物来说没什么危险。

于是我小心翼翼地将武器上了膛。看到它准备就绪，我也按捺住仅剩的顾虑，用了挺长时间来瞄准那正无忧无虑地品尝快乐时光的不幸者——谁让我也正沉溺于我的天堂——然后，扣动了扳机。此刻，母鸡正在草坪上挣扎。

我相信，就算朱庇特（我此刻正在篡夺他的生杀大权）向我施以以牙还牙的报复，也不会比看见这只可怜的家畜在抽搐中垂死挣扎更令我感到心肝俱裂。祖父并没有开玩笑，负责花园种植的他说，这是一只俄国鸡，是他把它带到了巴黎。所以，我的冒进无疑是一场谋杀！面色苍白、恍恍惚惚的我匆忙拾起猎物，沿着草丛一路逃窜到花园的另一边。那是一片沙地。在这片易碎又松软的土地上，我用双手配合枪托，很快就刨出一个小坑，把受害者放了进去，盖满沙子，完全相信它会忠实地保守我的秘密，隐藏我的犯罪证明。然后，因为觉得这些预防措施大致牢靠，我回到了大厅里，只是少了喇叭口火枪的陪伴。两个月来，这是我第一次抛下它。我努力地挤眉弄眼，希望遮掩我的愧悔，但感觉到每个人都能从我脸上一览究竟。

晚饭前，祖父一如既往地邀我一起散步。

我们的散步总是有个目的：去看看马厩、牲畜棚，或是耕作归来的人们。主人需要以散步为借口，瞭上那么最后一眼，为第二天的安排做准备。

但是，祖父对我说："拿上你的猎枪，我们一起去花园。我想看看让-路易明天要弄的那片沙地。在路上，你说不定能碰见一只野兔。"

这番话让我起了一阵寒噤，从发丝一路延伸到脚后跟：当我的手触到猎枪时，五根指头像职业钢琴家似的一顿痉挛。我还是跟上了这老夫子。摩耳甫斯，我爸爸的猎犬，一路小跑陪着我们。

沿着花园的大路走上一百步，我们就左转了。紧接着，在树与树之间，我看到了发黄的白色长椅：一位沉默的证人。

"你走前面吧，小不点。"我的祖父说，"乖乖！如果摩耳甫斯追到了一只野兔，我也方便看看你的身手。虽然我已经八十年岁，但如果你把我错当成了靶子，我还是会很郁闷的。"

小不点一声不吭。一滴冷汗爬上了他的额头，大气也不敢出。他清楚地听见自己的心跳，有十次盘算着就这样逃掉，却也没那个胆量。

我们踏上了沙地。

"啊，你看，我没眼花！"祖父接着说，"这不，摩耳甫斯停下了。向前！我的男孩，向前！"

然后，他把我推到他身前。我行尸走肉似的，因为实在太清楚是什么让摩耳甫斯停下。那地狱般的嗅觉带着它径直来到我的受害者的坟冢前，以最优雅的姿态向其亡灵致以敬意。

这情绪实在是太强烈，我一声长嚎 —— 猎枪自由落体，而我双手合十跪倒在祖父面前。

但是摩耳甫斯别样地领会了我求饶的长嚎。它不再静静地指示着目标，而是用爪子拍了拍地，随即便传来一阵翅膀的扑打声。我的母鸡！橡果只是让它陷入昏迷，沙土的热气让它回转、复苏，然后大声咯咯咯地跑掉了！

我只不过是蓄意而已，没有谋杀！

据说，马拉巴尔①的女人时兴在深爱的男子死后自我活埋。只是，我的祖父不是那种轻信此类传言的人。所以对于这只母鸡的行为，还得给他一个让人满意的解释。

我的愧悔程度被认为足以赎罪，于是他原谅了我。这便是我的第一杆猎枪带给我的唯一壮举。

---

① 马拉巴尔（Malabar），印度西南海岸一地区名。

鼬 鼠

如果说，人最好只用一只耳朵听取他自尊心的建议，那么同样地，当同情心向他打招呼时，他也该在敞开心扉前动动脑子。

一位著名的作家（我欣赏他，满心敬意）在散步的时候遇到了一只被几条狗追逐的野兔。这只小动物满身鲜血的场景和它撕心裂肺的哀鸣在作家心头激起了一种难过的情绪，而这情绪不久后又转为气愤。借着两种感情的驱动，他写下一章言辞激烈的檄文，不仅为主人公的悲惨命运树立了一座真正的丰碑，更鞭挞了圣于贝尔的信徒们无意义的暴行，让心肠善良的灵魂们为之不齿。

作为回复，我让他看了一组数据。数字们虽然不怎么音韵谐美，却比他富有韵律感的说辞更有说服力。根据我的小计算，如果完全赋予每年被引进巴黎的野兔们生存的权利，让它们繁衍增殖，四分之一个世纪过后，就该是它们负责一筐筐、一篮篮地把两条腿的男女老少们送到中央菜市场售卖啦!

我已经记不得在以上预估情况下得以繁衍的野兔种群数量,但这数字是巨大的。它们将密密麻麻地覆盖我们数百万亩的土地。我们对这一物种的仁慈换来的是可怕的饥荒和成千上万同胞的死亡。

我的论据给我卓越的对手留下了些印象。两天后,我到他家吃晚饭。他揭开一盘前菜,微笑着说:"那我们就吃点野兔吧,为了让它别吃我们。"

那盘红酒炖野兔尤其美味,论战于是充满幽默感地结束了。

那组关于野兔的数据,对于穴兔也一样适用。后者的繁衍速度甚至比前者的更具威胁性。

英国博物学家沃滕宣称,把一对穴兔放在一座岛上,一年之后就会有 6000 只兔子。由于我甚至不是巴拉塔利亚岛①的领主,只能让它们在纸上繁衍,可还是能得出以下结果:假设这两只穴兔和它们的后代都不受任何灾祸的侵害,且这对兔子每个月生 4 个宝宝,雌雄比例为 2 比 1,且宝宝们在出生的四个月后也开始具备生育能力;一年之后,它们的种群就会壮大到 1248 只,继承人的数量就已经很可观了。②

---

① 巴拉塔利亚岛(île de Barataria),西班牙小说《堂吉诃德》中的一个虚构岛屿,堂吉诃德的侍从桑丘·潘沙获赠该岛,担任总督。其名"巴拉塔利亚"(Barataria)取自西班牙语单词 barato,意为"廉价"。
② 此处的推论或有逻辑与计算错误,但出于对原文及其作者的尊重,依然全部保留下来,不做删改。

　　然而猎枪、活索、捕兔板，所有这些合法或非法的镇压措施都不足以阻止这个种群的壮大。欧罗巴也许将既不是共和国，也不是像拿破仑一世预言的一样属于哥萨克骑兵，而是成为一处巨大的养兔场——如果上天没有为这场人兔战役准备一位得力的助手，让胜利的天平向我们这边倾斜的话。

　　这位助手就是鼬鼠。和那些被派来帮助我们打仗的战士一样，它也是个"非洲人"。

　　我想您没必要太坚持从我这得到关于鼬鼠外貌的科学描绘。再说您也认得它那窄脸盘。它永远伸着鼻孔的鼻子跟闻到了件肥美诉讼案的检察官一样，鼻子两边是在黑暗中金光闪烁的红宝石般的眼睛。它的面部表情很有特点：当这表情被安在人类双肩上时，基本上没什么好事；但是在鼬鼠的头部就另当别论了。我觉得您大可以和这面部表情的主人发展一下友谊，这不仅确实可以解决严肃的问题，还能充实您的闲暇时光。

　　鼬鼠分为两类。一类有着黄杨木色的毛发，另一种偏黄褐色，或者更近棕色，有时甚至是黑色。后者比前一类更有力也更强壮。这一年来，因为潮流作祟，爱好者们只偏爱鸡鼬，即第二类鼬鼠。不得不说，这偏心的理由在我看来是不完全成立的，对人对鼬都是一样，不能只看外表。

　　如果像我顺理成章猜想的一样，您决定在它们之中找个伙伴合作，那就请好好检验一下您的新兵吧，看看它是否灵活机警，是否能够满怀暴怒地冲向您指定的猎物，又是否对猎物说放就放、说咬就不撒嘴——这才是最重要的。

在用鼬鼠猎兔上，猎场看守人是我们所有人的师父。比起公鼬，他们一般更喜欢用母鼬——肋骨更细，更容易钻进地下兔窟最窄的通道。它们不仅更热情，还更乖巧，更容易被完全驯服。那些可以与忠诚的狗相提并论，让主人提起时满含热泪的，几乎都是母鼬。

不论跟班是公是母，只要您像那些著名的摄影师一样坚持亲自上阵，就请不要忘记让它先熟悉您一下。没有这个预防措施，您将会收获一些不那么让人愉悦的咬伤，或者还有更痛苦的：成为观众们的笑柄。当关键时刻到来，当您需要把可可或者呵呵放进属于它的简便小马车——一个皮袋子里时，人们会眼见您先犹豫，再上前，然后又缩回手，最后终于使出最懦弱的权宜之计，用套索抓住充满抗拒的它，成功地没有受伤。每天到它住的小巢旁去一次吧；怕冷的它藏身于稻草深处，请温言软语地劝它至少离开一会儿；为了达到目的，给它一些抚摸吧，这类抚摸一向是最温柔的；用您白嫩的双手亲自向它献上一大碗牛奶吧，它最贪这个。也许您的殷勤会换来几个牙印，但至少有权利说自己的住客忘恩负义。这也算是一种安慰了。

用鼬鼠猎兔有两种方法：一种是用猎兔网；另一种是用猎枪射击，它的学名叫"徒手射击式鼬猎兔"。

我相信没必要告诉您如何使用猎兔网：一方面，您对此也许比我更了解；另一方面，如果您彻头彻尾地忽略了这门技术，让狩猎向导花一小时指导一下，也会比从我这学到的多。我更愿意跟您聊聊徒手射击式鼬猎兔。这种手法跟第一种比起来没那么粗暴，却更别致、更具波澜。

出征的日子一般选在天气晴好的十一月清晨。树叶已从枝头飘落，为大地铺上了黄色地毯，夜霜又点撒了钻石般的细尘。阳光穿越包裹着树林的白雾，折出一道道虹。静悄悄地，我们来到兔子的洞穴。猎人们背对背站着，保证每个人的猎枪都有足够多的收获。不耐烦的鼬鼠们用爪子挠着监狱的门：向导打开了装它们的袋子，注意了！

鼬鼠们出发了，听起来仿佛苍蝇的嗡嗡声。不久就会从洞穴深处传来一声喑哑沉闷的响——那是住宅的主人在用后腿拍击地面，传递它们对不速之客的恐慌。紧接着就是一阵更激烈、更有特色的声响：像天雷从地底滚过。事实上，那些受恐惧刺激的可怜动物正在它们的走廊里纷乱疯狂地进行障碍赛跑；一阵尖锐绝望的叫声常常与这些沉闷的音色混在一起。雷声越来越重，变大，接近地表了。

在洞穴之上，所有的心脏一齐急速跳动，所有的呼吸都暂时中断，所有的手都握紧了猎枪。我太知道这阵雷声为何让人心悸了：兔子们要出来了，已经出来了。

无论您事先准备得如何充分，眼前猛地涌出的队伍依旧会让您震惊。一只在鼬鼠面前搬家的穴兔不是在跑，而是又飞又爬，同时具有鸟的迅捷和蛇的蜿蜒。您的眼睛竭尽全力地追随它穿越树丛的脚步，但等您瞄准好了，它早就跑了。只有那位向它将去之地——而不是此刻位置——射击的人掌握了要领。

枪决开始了，枪声之间几乎毫无间隔。人们向前后左右四面射击，还不算那位站在高处指挥队伍的向导。他正干脆利落地解决两三个逃兵，不留活口。然后，当一切都结束了，百步之外的洞穴还能让人再来一场。

徒手射击式鼬猎兔能让人快活似神仙，如果没有出现意外的话：有时您会遇到如同空城般的洞穴，里面空空如也；有时又会遇到一群太了解您的兔子，宁愿在屋子里生生被啄光毛也不出来挨枪子儿；还有一次，鼬鼠把一只兔子逼上了绝路，直到咬住了它的脖子，然后吃饱喝足，完美地做了一次享乐主义者，最后还决定小憩一下。

在最后一种情况下，这消遣将沦为令人厌倦的负担，大家则会对您表示宽容。人们在洞穴门口跺脚，往一处地道的入口开枪，用最有说服力的音调唤着"可可"。我祝愿您能成功！可可此刻正舒适地睡在受害人的遗骸上；对它来说，一切都近乎完美、无懈可击。而您就得被迫踏破铁鞋，直到天杀的合作伙伴终于决心离开它的兔绒褥垫。

年轻的猎人和年长的猎人

　　那些许多人为之牺牲安宁的强烈激情一般都是过客昙花。它们或多或少为生命的一个阶段留下了印记，但是，就算曾那么让人心神不宁、魂牵梦绕，也会褪色、消逝：像远行者大步离开的城郭里缭绕在钟楼顶端和发蓝屋瓦的薄雾。然而，那些不安和焦虑，那些欢悦、动情和沉醉又剩下什么呢？隐约的回忆，几番后悔，偶尔夹杂着一丝歉疚。

　　比起那些人类灵魂里的惊涛骇浪，打猎的激情并不会少了波澜，一样能给人带来许多享受。它还有一特殊之处：时间无法对它产生威胁。这激情会变化，会自我修正；但是，就像所有源于原始生活，把自然当作舞台或客体的爱好一样，它会跟随我们、陪伴我们，直到旅程的终点。而且谁能确定我们不会在天国与之重逢呢？当上天召回了印第安人的生命，人们会在他身旁虔诚地摆放猎枪和战斧，在墓前祭上他的猎犬。天国里的他必须从头到脚全副武装，才能在无边的草原上追逐野牛。百牲大祭将是他的酬报。印第安人相信，死亡不过是一场去天上行猎的邀请，而且不会跑空。这信仰不怎么正统，但不妨碍我的许多同道觉得（我对此非常确定）足以快慰人心。

我还只是个孩子的时候，一些在有些人看来可气、在我看来极其幸运的天性就首次在我身上展露了。我最初收获的战利品都是带羽毛的。它不只给我留下了几份让人难以忘怀的甜美记忆，还在记忆里深深刻下了那些灾难性的后果。

我很早就去了卡昂，在卡昂中学上学。在二年级时，我对古代历史完全无感，却极其爱好关于动物的知识，尤其是昆虫类的。不幸的是，那个被安排监护我们的猪头学监——这是个重任——一点也不欣赏或认可我在自然历史领域里的幸运天赋。我曾尝试在课桌里创立小小的动物驯化场，往里面放入了金龟子、锹形虫、蝈蝈和其他被我捕获的小动物，以致常常一周被罚站七天。这还没算额外的惩罚。我越是执着地想开辟一条功利主义道路（若弗鲁瓦·圣伊莱尔①先生应该能理解我），桑松②先生（这是我们学监的名字）就越是锲而不舍地捣毁我那些初建的小窝。我徒劳地把虫虫们从书桌转移到寝室的箱子里，从箱子转移到我的口

---

① 艾蒂安·若弗鲁瓦·圣伊莱尔（Étienne Geoffroy Saint-Hilaire, 1772—1844），法国博物学家，曾任法兰西科学院院长，持功利主义科学观，认为应当运用科学来造福人类。极力推动对"有用动物"的驯化，以丰富家畜的品种，促进社会经济的发展。
② 桑松（Sanson）家族是法国历史上著名的刽子手世家，活跃于17—19世纪。

袋，从口袋转移到帽子里 —— 那讨厌的人总能用他国家安全局工作人员似的嗅觉找到我最秘密的巢穴。我还记得被迫把装着动物园里最后一只生物的小盒子放在了一个小房间墙壁上的破洞中。那是一只迷人的甲虫，有着翡翠色带褐金的双翅。无论我怎样信誓旦旦、有理有据地争取，也只去看了它三四次 —— 教我如何能按捺住燃烧的思念之火！

圣神降临节的时候，我去爸爸那边的城堡小住了几天，野心就开始膨胀了。同时，一个偶然的机会使我得到了给未来住客的安乐窝，足以逃得过维多克①的调查 —— 这是我们这群小魔鬼给桑松先生取的可爱的小绰号。

我发现了一本大部头书，完美的精装本，书芯的切口闪耀着红色、黄色和蓝色，书脊上印有可敬的"拉丁语—法语词典"几个大字。然而，这个看上去像书的东西实际上是个又轻又结实的盒子，制作得极其精巧；令人肃然起敬的外观原本是为了被放在书架上、秘密盛放金子或首饰的。确实，人们很难遇到一个有心情探究贺拉斯②或者维吉尔③选段的小偷，没有比把珠宝放在这儿更安全的了。

我把秘密发现带到了学校。

现在，不过是要为词典找个住客罢了。

---

① 维多克（Eugène-François Vidocq, 1775—1857），法国警察、私人侦探，早年曾是罪犯，被罚做过苦役。
② 贺拉斯（Horace，前65—前8），古罗马诗人，主要作品有《歌集》4卷，《讽刺诗集》2卷，诗体《书简》2卷。
③ 维吉尔（Virgile，前70—前19），古罗马诗人，主要作品有《牧歌集》《农事诗集》《埃涅阿斯纪》。

我的贪婪与日俱增，在这一点上，我很诚实。我已决心从昆虫学跨越到鸟类学：家麻雀就成了完美对象。

占地广阔的学校操场是我们嬉戏打闹的场所，还种着些椴树，所以自然不缺这类有意思的锥喙鸟。也许它们是被这些迷你人类吸引，在其身上找到了同类应有的一切弱点；也许要感谢学生吃饭时典型的漏勺嘴，让它们获得了丰盛的食材，反正整个诺曼底的麻雀都约好了似的来到这座属于征服者威廉①的老修道院②。

眼前的上百只麻雀让我心里直发痒——多想抓一只来，好让我那远近闻名的词典蓬荜生辉。周遭伙伴们对词典怀揣着经久不衰的爱慕，让我对它迷恋愈深。不幸的是，彼时所处的环境让征服麻雀之路布满荆棘。想来也不用告诉您，在麻雀尾巴上撒盐粒的方法只会让那时候的我发笑——撒盐捕鸟只不过是孩童脑中众多幼稚想法里的一条，随着他们披上青少年该穿的服装（也就是燕尾服），许多类似的想法就会被抖落在地。彼时的我已步入人生的燕尾服阶段——就捕鸟而言，已成为实证主义者的我只信"'4'字法"。

我偷偷从教室的一条长凳上卸下来三支冷杉木条，做了个像点样的"4"字，又成功地把装衣服的箱盖子卸下来（完全不在意它原本的作用），做了个无懈可击的陷阱。虽有装

---

① 征服者威廉（Guillaume le Conquérant，约 1028—1087），本为法国诺曼底公爵，后渡海入侵英国，哈斯丁斯战役获胜后自立为英国国王，称威廉一世。
② 卡昂中学（现卡昂马莱伯中学）在 1961 年搬迁至新校址以前一直坐落于卡昂男子修道院（Abbaye aux Hommes de Caen）中，该修道院由征服者威廉捐建，征服者威廉去世后安葬于该修道院中。

置，但只是一小步，我还需要在桑松先生机警目光的监视下把装置安设好——这可是个阻碍重重的大难题。不知道从昔日属于神的赫斯珀里得斯金苹果园、今日罗斯柴尔德男爵的费里埃庄园偷六只山鸡是不是还没我当时要克服的困难大。

学监同时受着腹泻和慢性耳鸣的折磨，他说错在我们，因此越来越暴躁。永远在操场的另一边监视着在固定地点活动的学生，他是不会错过这五十个小坏蛋的任何游戏的，而且只要它们开始显出一点点可以被禁止的倾向，他就会立刻下令停止。毋庸置疑，如果我非法打猎的计划被他识破，他会马上猜到我行动的目的。为了这个美丽的陷阱被罚四到五天的站，连您也会觉得没有必要尝试吧？

计划从让多疑的学监放松警惕开始。我首先对农业显现出不可阻挡的兴趣。在离他所处的不到十步的地方，我用小刀在土地上耕出了一个十厘米的正方形，又用学数学的小木棍围起一道栅栏，防止贪吃鸟兽的入侵，然后在里面撒上用天价从一个走读生手中购买的火麻仁。这里结束了，我又在远一点的地方重新开始，辛勤耕耘一片先驱者的荒地。这次，桑松先生收回了最初猫捉老鼠似的眼光，愿意来参观了。他表扬我耕地维护得不错，又带着挖苦的神情说，至少这新开辟的消遣项目不会耽误功课。看他挺满意，我也开心，觉得学监的认可应该能让他对我的所作所为睁一只眼闭一只眼。带着无法言说的激情，我继续劳作，从一片荒地到另一片荒地，在为操场增添了七到八片耕地之后，我成功地

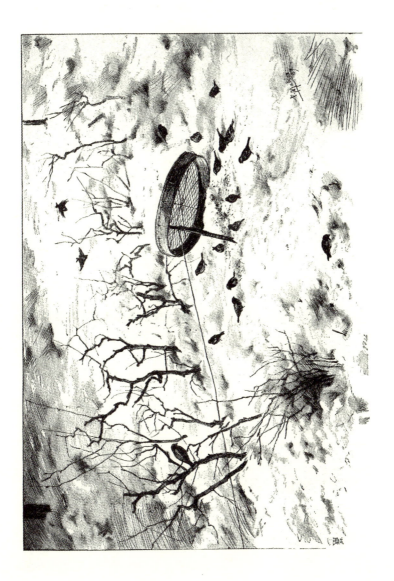

到达了场地的另一端，那儿，初生的狩猎生涯会发展得更容易。在最后一棵树的树根旁，我耐心十足地掀开了一片草皮，然后在那儿打了一个洞，最后拿出了做好的捕鸟器和已经向您介绍过的空心书，它们只等着重见天日。在自由活动结束前，我安好了陷阱，然后把那块事先留好的草皮放在上面 —— 它不但可以恰到好处地为陷阱施加重力，还能在桑松先生审讯般的目光下掩护我的战争机器。

想来也不用告诉您，在接下来的课上我有没有学习、有没有走神了。唉！控制自己实在太难了：因为在课堂上魂不守舍、坐立不安，我被非常不合时宜地惩罚了！这惩罚差点耽误了我收获苦心经营、辛勤劳动的成果。

随着一声"下课"，我像箭一样地飞了出去；离陷阱还有三十步的时候，就似乎看到它已经起作用了。我的心跳得像要坏掉，几乎不敢相信自己的眼睛。然而这不是幻觉，陷阱真的生效了。只是还不知道猎物是否已逃掉。这胜利的喜悦顿时夹杂了焦虑。而且倒霉的我还不能去确定结果 —— 我正在罚站，一动不动地罚站，即便面对着正在上演的、由我做主角的英雄剧情，也必须不动声色。一丝不易察觉的声响让我的境况稍稍好转：我听见了鸟的翅膀在关它的监狱里抖动的声音，顿时踏入了七重天①。我不再走路了，在飘；搓

---

① 基督教认为，圣洁的灵魂死后会上天堂，而天堂分为七层，最后一层即"七重天"（septième ciel），它是上帝的居所、极乐之地，故用"踏入了七重天""上到了七重天"等来形容人极度快乐的状态。

着双手，独自纵声大笑。我甚至觉得自己激动到会去拥抱桑松先生，如果他离我不远的话。

然而先生还为我准备了一项更严酷的考验——这讨厌的人类！他喜欢被自己的苦役犯包围着：罚站的学生必须站在离他最近的树下，而他每次课间活动都待在同一个地方，不会改变。洞里传出的吉利的扑扑声没让我沉醉多久，我就被一个不容置疑的手势指派到了另一个位置。我心如死灰、眼噙热泪地走到了那儿。老天爷啊，接下来还会出什么幺蛾子？就不会有同学随手掀起陷阱？鸟儿那么用力地想要逃出囚笼，万一成功了呢？上课的时间已令我难熬，这课间休息却是实实在在的人间百年。我的眼睛没离开过陷阱，每当一个孩子走到附近，一阵紧张的战栗就直通到我发丝，连呼吸都停止了。幸运的是，就像之前提过的，陷阱离得很远，不在我们通常活动的范围内。

上课铃声总算终止了这令人心神不安的境况。我已有了决定：不计一切代价。总之，不能让自己的战利品被第一只出现的夜猫吃掉。我英气十足地对着自己的鼻子揍了一记重拳，留下了可观的伤痕。当学生们面对桑松先生，排成长队经过走廊时，我走出队伍，向学监展示自己鲜血淋漓的脸，并请求留在后面。他没有找到拒绝的理由。

当然，我一点也没在意鲜血长流的鼻子，跑跳了五十来步，就来到了陷阱旁。我用手绢在洞里的陷阱中掏出了被囚者，然后囫囵放进了衣服口袋。五分钟之后，我回到了课堂，脸上被糊得一塌糊涂却心花怒放，还带着词典里的住客。

我的麻雀是公的，就像常说的那样，是一个爸爸，一只雄鸟。它俊美无比，以至于因它而羡慕我的人不比羡慕我有匠心制作的词典的人少。我马上就让它住了进去，又细心地戳了几个孔，方便它呼吸。前四天，一切如想象般顺利。词典被放在我的书桌上，我翻阅它的次数自然比翻阅真正的词典要多。这态度警醒了桑松先生，他怀疑我又走了从前的弯路，于是进行了几次宿舍检查，结果让他越发困惑。他的手几次三番地经过那用黎凡特①小牛皮制成的封面，又抛下它，去查看角角落落。那书令人肃然起敬的名称让他绝不会亵渎它，将其视为我的同谋。整个班级都知道这本八开大书的秘密，也为我的胜利骄傲。当学监回到那把古罗马高级行政官的象牙椅似的座位上，用庄严的仪态掩饰自己的懊丧时，我们在长椅上笑弯了腰。总有人因憋不住笑而被听见，他就会被罚做额外作业，或者吃硬面包什么的。反正，维多克总是大肆滥用他的惩罚。

太美的东西总是不长久。

尽管被喂养得像个领俸的教士，我的鸟儿似乎还是厌倦了它的宫殿。桑松先生数次失败的探索保证了他不会立刻卷土重来，我决定扩大这可怜囚徒的迁徙圈子。在用绳子拴

---

① 黎凡特（Levant），法语意为"太阳升起处"，20 世纪前通常指小亚细亚和叙利亚沿海地区，有时也指延至埃及的地中海沿岸一带。

住它的爪子，成功地消除了叛逃的可能后，我放鸟儿在课桌里面随性闲逛。

一个周六，眼见桑松先生准备走下讲台，我像往常一样，匆忙地把鸟儿放回了它的庇护所。

我做得很及时。老师走向了我的座位，不过他的意图很单纯：只是找我要之前罚做的作业，倒不找我什么麻烦。于是，我略显匆忙地把手伸进书桌，拿出作业本递给老师。然而，我见他只看了本子一眼，脸就涨得通红，双眼怒气冲冲地盯着我，手戳本子嚷道："这是什么东西？"他指着本子上一片白中带黄的污渍问我。毫无疑问，它是刚被弄上去的，正恬不知耻地从第一页正中间开始蔓延。

这是什么？我心里再清楚不过。我之前就说过给亲爱的鸟儿喂了不少珍馐。它忘恩负义得很，在我的作业本上留下了锦衣玉食后无法否认的证明。

"这到底是什么？"桑松先生声若朱庇特的惊雷。

"我不知道，先生，"我支支吾吾地回答，"这不是我干的，我可以向您发誓！"

我的回答激起了围观者一阵抑制不住的笑，桑松先生的恼怒到达了顶峰。

"您在书桌里藏了一只鸟！"他尖声叫道，"马上把它交给我，我再跟您算账！"然后，不等我有所动作，他掀起了书桌上的木板，照常开始乱翻。一时间，纸张乱飞；陀螺、大球、小球和绳子，我所有珍贵的战利品都被扔了出

去。但是与上次相比，他并没有更多的收获。最妙的原因当然是我提前抽出了最关键的书，连同鸟儿一起放到了离我最近的伙伴的桌子里。

盘算落空，桑松先生真的暴怒了。他拎起我的领子，把我与其说是"推"，不如说是"扔"到了讲台前。

"跪下！"他对我咆哮道，"马上重写被您弄得恶心透顶的作业！我马上就向校长报告您的行为，他也许知道您为何如此顽劣！"

我低下了头，心里无比高兴能够救我的鸟儿于水火。只是，由于我过分谨慎，这故事的结局提早到来了——我之前给同桌塞了小纸条，让他把我的假笼子保护好。

"您去哪儿？"满教室巡视的学监问我。

"拿我要用的词典，先生。"我回答。

"接着跪！"桑松先生一边命令我，一边从我同桌那拿起书，准备递给我。但是，惊讶于这本大部头如此之轻的重量，他停下动作，细细检查书，然后打开了它。于是那只麻雀擦着他的脸，飞了出去。它带着快活的啁啾，在教室里翱翔。那解放的赞歌引发了全场可怕的喧哗：大部分的学生爬到了桌子或椅子上，又笑又叫，像恶魔附体了一样蹦蹦跳跳，试图抓到这个逃兵；其他的孩子宁愿被吊死也不愿错过这火上浇油的机会，高嚷着，有的学猫叫，有的学鸡叫，有的模仿锯子的声音。桑松先生维持课堂秩序的努力宣告失败，最后，他把腿上还系着我的绳子的麻雀从一扇窗户放了出去，整个事件才宣告结束。于是，全班留校。至于罪魁祸首嘛……桑松先生立刻让仆从把我带到了禁闭室。

就这样，第一次的狩猎成果带我领略了监牢里潮湿的稻草。但类似的惩罚和折磨往往能证实一个人内心纯挚的信仰，并让它逐渐发展、日益坚定。也许，正是早期的这些波澜让我狩猎的爱好日久弥坚。

写下这些文字的时候，它的神圣之火依旧。只是，我的眼神不再敏锐，不再拥有昔日引以为豪的、灵活强健的腿脚，缕缕银丝也开始在发间显现。我正步入老年。命运还能再留给我几个秋天？——曾经我们眼见狩猎时光流逝，却只一心期待下一个象征它归来的九月，而不在意流逝的还有一年青春。我不知道答案，但确定的是，就算有一日我行动不便、病痛缠身、只能乘驴打猎，也会让幻觉带回几刻昔日的美好时光和逝去的欢乐。

黄鹂

　　近四月末的时候，如果您第一次听见了两声淡淡的鸟鸣，那可是件吉利的事。如果当天您兜里恰好揣了点钱币，一年都会好运连连。第一声是短促尖锐又带点节奏的调子，像发起挑战或挑衅的颤音。第二声就是博物学家皮埃尔·贝隆说的"傲娇的一嗓子"，紧接着第一声响起。通常，它们传自环绕果园或住宅的茂密植被。

　　农夫们知晓鸟儿语言的所有秘密，他们当然把这除旧迎新的调子翻译了过来。可有些不幸的是，就像我们的学者阐释古希腊、古叙利亚、古埃及等的文字留存时一样，农夫们的翻译总有不同的答案。对于有些农夫，这类似猫叫的声音代表"路易佐，野樱桃超棒！"。为什么这只鸟在叫唤"路易佐"呢？也许因为在法语中，它和"黄鹂"属于同一个韵部吧。① 其他的多语言学家听见的是"同道师兄黄鹂来吃樱桃来吐核啦！"。其他不论，这些人在翻译时应该没有漏掉任何一个音节。还有些人在记录鸟声的时候更严谨，他们宣称那叫声不过是在说："我们会把它们吃掉。"言下之意，当然是要吃掉野樱桃，黄鹂自然不会天真到以为我们不知道"它们"指的是什么。

春意越浓，黄鹂的叫声也就越常见，在百鸟啁啾中最出彩。它们的数量也越来越多，生生不息，以至于对这让－雅克·卢梭最爱的水果毫不钟情的人最后也觉得它们特别扰民。只是，就算它们成百上千地与您生活在一起，您却很少能发现这不合时宜的歌者。只有小心翼翼的人才能突破阻碍，在绿翡翠似的叶子间发现一只鸟儿：中等身材，有着金色做点缀的羽毛。那便是黄鹂了。有时它们在穿越林间空地时甘心现身——匆匆飞过，羽毛闪亮的颜色让人想到划过天际的流星。

黄鹂有一鲜明的特点：对人极其不信任。这在自愿居住在人类居所附近的鸟儿身上很罕见。一个有些幽默感的观察者会说，这证明了它对人类的愚蠢体悟良多：确实，我们极少能克制住杀戮之后近距离欣赏的诱惑。所以，即使是一只黄鹂，也觉得不值得为证明自己的魅力如此冒险。我还在其他方面找到了它谨慎的原因。

---

① 法语中"路易佐"（Louisot）和"黄鹂"（loriot）二词发音相近，两者均由两个音节构成，且两者第一个音节的音节首及第二个音节的韵基均相同。

鸟儿们的野性程度不同。它们中有的是具备理智的，有的（尤其是候鸟）则是无意识的。

在后者身上，本能的过分发展理所当然地削弱了辨别的机能。这些机能无意识地运作，仅有观察和比较部分保留了下来，因为这两者事关动物们的存活。燕子是个特例，因为它们特殊的食物都存放在人类居住的环境中。除此之外，我们发现，几乎所有的候鸟要不对人类瞎了眼似的冷淡抗拒，要不就无比蠢笨地轻信他们。面对同样的陷阱，可怜的夜莺会满心天真地跳进去，俗气的麻雀则忍俊不禁。现在，我们把坏脾气、难相处的黄鹂和大部分理智谨慎的留鸟（比如喜鹊）相对比：前者在人类面前表现出一种机械性的恐惧，后者则展示了其精明的算计。

法国被普鲁士打得丢盔卸甲的那个冬天，我得以欣赏玛戈女士①高超的洞察力。在我们不幸的东北部地区被占领后不到十五天，它就领会了收缴武器令对自己的影响，不知廉耻地嘲讽着我们的悲惨命运。这小小的讽刺已让我们深觉无力——喜鹊和乌鸦十多只一起来，在我窗前的草坪上扑腾。它们毫不客气，甚至和鸽子一起在厨房门前觅食，在狗的饭盒里找东西吃。如果类似的情况再延续六个月，就可能跟我同桌用餐了。不过，无论它们的放肆有多么地无礼，前景多么地大好，只需一声枪响，它们就恢复了从前的畏畏

---

① 玛戈女士（dame Margot），法语中喜鹊的别名。

缩缩。将它们剖开，翻过来倒过去，我都没有发现钟表的存在，但它们行动时的确拥有极强的时间控制观念。而今，它们仍会每天在我的窗前觅食，但是，只要看到某扇百叶窗开了条缝，就马上远走高飞；而且在白天，无论诱惑多大，绝不会回头冒险。

您无法在黄鹂身上发现这种将满足胃口和保全自身有机结合的战术。它把自己藏起来，远远地躲开我们，因为直觉告诉它，我们就是敌人。它缺乏以权谋取胜的技艺。

候鸟决心迁徙，但促使它们做出这一决定的外界因素却不同。它们中的一些，比如燕子、鹤和鹳等，似乎要等到寒冷到来才决意搬家；而其他候鸟看上去则服从着无形的命令。比如黄鹂，离开前，上天赐给它的柳条筐里还满是食物。又吃昆虫又吃水果的它在迁徙时还能在我们的山谷中找到许多饲料。于是乎，黄鹂不是依照自身需求远走，而是满心打算在另一个地方重新开始在我们这儿已然完成的繁衍。它们走时也不是遮天蔽日，而是一小队一小队地：也许是一家人一起，也许是与朋友相约，或者是邀上邻居。

作为以直觉取胜的鸟，黄鹂在以直觉为灵感的艺术，也就是建筑方面，几乎未逢敌手。作为建筑大师，它的巢是排列组合的杰作，并且用比它在躲避人类时更倔强的意志把窝藏起来。就此而言，我真不能指摘什么，可怜的小鸟儿！

我们对房子，哪怕是最丑陋的小木屋，都会产生堪比妄想的妒忌，却对可以被称作大师之作的鸟巢没有分毫敬重：即使它再小的一点细节都需要天才般的头脑，需要耐心与技巧、坚韧与勤奋。这也是可以用来驳斥人类宣称自己高于动物的反例之一。

一个月前，我去看望一个深受鸟巢之害的朋友，发现他站在梯子的高处，正用一把长柄修枝剪在栗子树茂密的枝叶间搜寻。

"稍等片刻，我马上就好。"他对我喊道。

我听见了树枝在钢刃下断裂的声音，几乎同时，一个体积很是庞大的鸟巢掉在了我的脚下。它的丝缕还紧紧地连着那与它一同落地的断裂了的树枝。

这是一处黄鹂的巢，里面还有五只已经长出羽毛的小鸟。

我把散落在草坪上的小鸟们捧了起来，放进它们的摇篮里，不厌其烦地欣赏着这小窝里精致柔软的垫子。与此同时，邻居从之前晃荡的高处下来了。

"喏，您觉得如何？"他一边对我喊，一边胜利者般地擦拭着满是汗水的额头，"我可希望这是一场成功的行动。您信不信我花了两天才找到这个不起眼的鸟窝？"

"奶奶的！您可真挑，"我对他说，"如果我知道怎么造出这东西，我发誓，我马上就去当织毯工。"我更进一步，说觉得只有像低舷重炮舰一样刀枪不入的心才能毁掉一个如此可爱的作品。"而且，如果不是怕显得自己太好奇，我想问问您这恨的来处，我的邻居。您满身甲胄不过是为了对付一只毫无侵略性的小鸟。"

"什么？"他吼道，原本红润的脸瞬间紫到不能再紫，"所以您听不见它们叫吗？更何况，老天爷，我也想吃樱桃！那些可恶的普鲁士人已经把我今年的收成糟蹋够了！"

"普鲁士人？但是我没看到您家有啊？"

"家里倒没有，但这些野蛮人到处乱七八糟地砌墙修路，难道没有糟蹋掉我最好的桃树？这得在樱桃身上补回来。要是到处都是这样，到处都筑满了有五个肚皮要填满的天杀的黄鹂窝，那么我的樱桃就连一点渣渣都不会剩了！"

我试着让他明白，狡猾的大众夸大了黄鹂这樱桃饕餮的坏名声，告诉他这鸟儿给我们带来的轻微损失完全可以大大地被它们吃掉的虫卵和成虫弥补。我的努力宣告失败。在法国，最不受重视的就是自然科学。孩子接受的教育不仅满是谬误，而且大都无用。塞纳省历任省长中最有名的那一位①是这样解释他对浮夸奢侈的市政工程的侧重及其优先地位的：那些必需的东西都会自然而然地出现。如果我们的教育者们也是这个逻辑，那他们可就错了：虽然我们很容易忘记学过的东西，但是更不想学别人觉得我们需要学的。在这方面，我们也许并没有错，因为对法国人而言，在所有的不足之中，唯有愚蠢这一点从来不会让他人的敬意减少。

① 指奥斯曼男爵（baron Haussmann，1809—1891），法国城市规划师、政治家，1853年至1870年任塞纳省（法国旧省名，下辖区域涵盖巴黎及其周边许多市镇）省长，其间领导了巴黎城市改造工作，为现代巴黎的城市面貌奠定了基础。

　　我发现，自己越是为那可怜的鸟巢激情辩护，邻居就越陷在他对此类害鸟的指控中难以自拔。无知主要是虚荣和敏感的产物。黄鹂一案现在已变性成私人纠纷，我马上将会被指控为同谋或犯有窝藏罪。自尊受损加上被我的反对激怒，他决定找一个无法辩驳的论据，证明他的信条高于我的。我的邻居宣布，就算他把脖子扭酸，也会立即开始，花上五六天找到其他黄鹂的老巢，让它们步上这个窝的后尘。

　　我不由得感叹，与表象相反，不是所有的野蛮人都生在普鲁士。但是，我突然有了个点子，想要试着抚养小黄鹂，这就需要从它们的主人与领主手上得到它们。所以，我没有把以上这个合理却不怎么讨喜的关于他的看法告诉他。至少慈悲的意图可以作为我选择性沉默的借口。邻居也好声好气地满足了我，放弃了对猎物的权利。嗯，至少在这方面，他不是个普鲁士人。

　　在我们说话的时候，我一刻不断地听见叶子间黄鹂的喳喳声。那是怒号，是哀鸣，与之前发出的挑衅之声完全不同。有两三次，翅膀的扑腾声让我抬起了眼，发现了两只鸟：父亲和母亲。雌鸟着一身灰，另一只有着金色和深黑交织的羽毛。它们在我们的头顶盘旋，似乎毫不在意因暴露身份而产生的危险。鸟儿们绝望的一幕很感人，但我并不觉得这痛苦会比人类的更加深重。于是我跨过了分隔着我与邻居家的小溪，把掠夺来的幼鸟们带回了家。

　　在为新的住客们找安身之所的时候，我发现了一个旧的

柳条筐，它大得能够装下全部五只小鸟 —— 如果它们能够像我希望的那样都活下来。再加上一根树枝作为支撑，组成完整的巢，我就可以让鸟窝牢固地待在我家的一个角落里了。

它们不愁食物。我曾试着让黄鹂少吃点水果，内心也不想轻易宽恕它们贪吃樱桃的甜蜜罪过。但是，因为樱桃成熟的季节和黄鹂宝宝们急需营养长身体的阶段正好重合，那甜蜜的果实只得成为让幼鸟断奶的代价。

实践证明，我的想法是错误的，因为我想得太简单了。

我开始有计划地在花园里采摘樱桃，不仅选了那些最好看的，而且还是最成熟的 —— 我知道黄鹂在这方面和我们的国王路易十八一样精致。路易十八有一次让晚饭延期了一小时，只为让油桃抓紧时间成熟。毕加罗甜樱桃、欧洲酸樱桃、英国樱桃，我的收成里种类多样。把它们压碎了以后，我便开始填喂年幼的鸟儿们。

它们一点也没辜负我的辛劳，嘴巴张得跟夜鹰一样大。然而，当它们一口口吞下食物却还是不耐烦地晃着大脑袋的时候，当它们不停地叽叽喳喳都要把我催昏了的时候，当我觉得一只火鸡都应该吃饱了的时候，这胃口让我产生了怀疑。

第二天，我的仆人叫醒我，带来了个坏消息。两只黄鹂宝宝在夜间死去了。

装着小黄鹂们的柳条筐被放在我房间楼下的那个屋子里。在下楼营救我的小可爱们之前，我首先打开了卧室的窗户，随即就看见了两只大鸟。我认出了黄鹂爸爸和黄鹂妈妈，它们正在一棵橙子树头翻飞盘桓。这树正对着孩子们所在的监牢。

它们跟踪了我，就此离开我邻居的园圃，在我的地盘安营扎寨。然后，因为听见了小鸟们挨饿的哭号，它们拼尽全力地靠近，让孩子们知道自己一直都在。

这对可怜的父母英勇忘我到如此地步，实在是很有意思。但是，在弄清楚这勇气究竟能到哪步前，我还有更紧急的事要做——得阻止两只大鸟蹂躏普路托①先生的果园。然而，仔细思考后，我就知道之前有多失算。鸟儿们靠本能觅

---

① 普路托（Pluton），罗马神话中的冥王。

食，不像我们会摸索权衡；它们冲动且直截了当。黄鹂确实像人们说的一样，既吃水果也吃虫子；但在这个季节，只有最常见的东西才能作为大量繁衍的鸟儿们的主要食物。所以，黄鹂父母们都只给孩子们喂虫子吃。我又回了那园圃，邻居这次一点也不会垂涎我拿回来的储备粮了：毛毛虫、蝴蝶、金龟子、小蚯蚓，整整一食品柜都装着这类吃食。他这会儿开始喜欢小鸟儿们了，我也终于高兴地发现它们能吃饱了。

我把装鸟宝宝的笼子挂在关好的窗户的长插销上，回到我的卧室，然后停在窗户后面静观其变。不到五分钟，老黄鹂们就回到了橙子树上。隔着窗子，发现了被囚禁的孩子，母亲颈项长伸，竖直羽毛，双翼直鼓地大声呼叫着，很可能是在用最温柔的词说服它们回到自己身边。父亲用更猛烈的方式表达自己的焦虑——它一头撞上了窗户。这冲击突然而强大，让我觉得脆弱的"城墙"将灰飞烟灭。透明的窗户误导了雄鸟的判断力，它完全没有意识到飞向近在咫尺的幼鸟时遇上的阻力：自己几乎都能看到它们啊！有十次，它卷土重来，怒气冲冲，用双翼击打玻璃，同时用鸟喙大力啄着，想要弄出几条小缝。当所有的努力宣告失败，它依旧毫不气馁。我可以负责任地说，在那一刻，这位深陷绝望的父亲展现的力量比它羽毛的光彩更加夺目。

我太知道所有生灵在这大地上占据着多么渺小的位置，人类也不例外。对造物主无情的法令，我有着充分的认知，不至于因一只黄鹂的夺家之痛无谓感伤。然而，我不得不坦承，其他更具悲剧意义的场景都不如这一次让我深深感到悲悯。我欣赏大自然的慷慨：它让人将其最引以为豪的情感与最脆弱、最卑微的生灵分享。我怜悯这些所谓的二等生物。人类对它们的统治是如此糟糕，实际上又无法操纵它们。难道对它们来说，成为大自然食物链中命定的牺牲者还不够吗？就这么吃掉别的，再被别的吃掉？为什么要成为人类的牺牲品，被漫无目的地杀害？就是为了取乐？是因为人在自封的王国中拥有最愚蠢也是最显眼的特权？为什么它们的命运要蒙尘？

这些哲学性的思考让我产生了一个慷慨的想法：将俘虏还给它们的父母。很显然，只要把鸟窝重新安放在先前被黄鹂父母选为观测站的那棵橙子树上，只要黄鹂父母能在窝里找到它们的宝宝并继续喂养，它们就压根不会觉得摇篮曾一度移位。

不幸的是，我已经有了在自己的大鸟笼中加上一只羽毛上点着金的黄鹂的想法，因为它跟那些热带地区毛色酷似花儿的鸟一样美。这想法一旦掠过脑海，便让我着了魔。对着了魔的人来说，怜悯和理智一样陌生。于是，我干了件天下第一无用的蠢事：做事做一半。我在自己窗户下的外墙上安了个钉子，把鸟笼挂了上去，一边觉得自己还挺仁慈的。我至少赋予了鸟宝宝们与监狱中最坏的罪犯同等的权利：与家人沟通。

　　对监狱看守而言，谦恭就是头等美德。我却还得坦承自己高尚的灵魂也会算计：我欣赏这对可怜黄鹂的爱子之心，更仰仗它们替我喂养黄鹂宝宝。我知道，它们会的。

　　这对鸟儿一个比一个爱得勤。整整五天，它们无数次地在树林和鸟笼间奔波。父亲和母亲可以说是一刻不停地在轮替。爪子紧抓着笼子的网格，它们把为宝宝们捕获的食物吐出来，看着三只小黄鹂你推我攘、争先恐后地争着吃掉，然后立刻返回，继续捕猎。它们全情投入，以至于我明目张胆地把头伸出窗偷看挂在下面的鸟笼时，它们动作依旧。也是因此，我观察到自己原先的估计没有错。小宝宝们的食物确实仅仅是昆虫。

　　雄鸟博得了我的欢心。我决定礼贤下士，跟它做朋友。我在笼子旁边，它够得着的地方，放上了一个装满各类虫子、水果（甚至包括整枝整枝的樱桃）的小筐。结果是白忙一场。它对各种示好都嗤之以鼻，对我的礼物不屑一顾。或许是因为它知道这些礼物出自敌手，或许是嫉妒旁人给自己的孩子送来吃食。雄鸟爸爸不愿意，哪怕是间接地，让它宝宝与他人扯上关系。

　　我的小黄鹂们长得跟蘑菇一样快。直到第六天的早上，我正在书桌旁写作，突然听见几声惨叫——那是和邻居弄翻鸟巢时一样的声音。我匆忙赶到窗边，正好赶上了悲戚的一幕。

　　一只可憎的猫爬上了鸟笼，此刻，笼子已成为惨烈的战场。

趁着两位喂食者都不在，这个强盗悄悄地把爪子伸进筐中，成功地抓到了其中一只小鸟，用它的爪子把鸟压在笼子的圆顶，爪子上还有尖尖的指甲！雌鸟最先回来，这位母亲在它身边翻飞，发出了我先前听见的哭叫。

雄鸟回来的时候，我正好出现在窗台。它很可能在很远的地方就感到了形势极其危急，因为，它的羽毛已经完全炸开，这使其看上去比先前几乎大了一倍。它发出一声尖锐刺耳的叫声，有点像火车头减速的哨音，然后毫不犹豫地——受着一种迅疾又自然的冲动驱使——颤动双翅，昂起鸟喙，扑向来犯者。猫受到惊吓，放开了它的猎物。小鸟掉落在笼中，劫后余生地抽动着。但是，猫科动物都极其擅长那种可怕的回击，这只猫一爪子就打中了英勇的进攻者的头部。雄鸟在空中晃了一下——我以为它要倒下了。几滴血染红了金色的前襟，伤痕极深。但我小小的可怜的英雄既不向害怕屈服，也不向疼痛投降。它不愿逃跑，也不屑稍作休整。它的双爪紧紧地抓着筐上的柳条，身子向后，双翅振动，鸟喙高昂，气喘吁吁地几乎背过气去，但斗志仍在双眼燃烧。在离敌人几寸的地方，它傲然独立，临危不惧，依旧骄傲而可怕。

这一切的发生比我描述的速度要快得多。一听见我的声音，猫就立刻开溜了。我奔下去查看。

到悲剧的发生地时，可怜的黄鹂虚弱的头正不停地抽搐着，僵直的爪子已经无法支撑身体的重量，红珊瑚色的瞳孔失去了光泽。有两到三次，我以为它会掉下来。但是它用尽全力，牢牢地抓着笼网，显然是希望至死都尽可能地靠近自己深爱的孩子们。

终于，它的喉头一阵气呃，一滴鲜血从不住抽搐的、张开的鸟喙里流了出来。同时，肌肉失去了张力，一只爪子变得毫无生气，另一只也放开了那根柳条。它倒在了沙中，却还在挣扎。

我把它捧起来，放在掌心。黄鹂的身体开始变僵，曾经闪耀的双眸已经黯淡。一个生命消失了，我依旧满怀感佩地凝视着它。

震惊之余，我早把在大鸟笼中添上一只黄鹂的愿望抛到九霄云外。捧起鸟巢和幸存的两只小鸟，我把它们安放在高大的橙子树上，希望黄鹂母亲可以独自辛苦哺育 ——那位可怜的丈夫不会再来帮她了。

在走下梯子的时候，我对自己说，与其对邻居的过失横加指责，不如一开始就做我此刻做的事。

小龙虾

    精致筵席中的一点红，是小龙虾。它奉天承运，接受一日比一日有益和重要的使命，人称水中警察。它和软体动物以及一小拨鱼类一样，负责维护家园的纯净和清澈，也因此给居民们提供了卫生的居住环境。

    顺道，我们也见证了造物主令人敬佩的先见之明。它一只手在宇宙中嵌入星辰，另一只手为它最渺小的绝妙作品配备最让人难以觉察的零件。它的智慧首先体现在对首屈一指的清洁工——也就是甲壳类动物——的安排上。大海是地球上所有物体分解归一的地方，甲壳类动物们因此成千上万，无处不在，滩涂上的沙粒可以说因此而成了一种生命力旺盛的吸水材料。相反地，甲壳类动物在大江和河流里的数量相对较少，因为浩浩荡荡的水流容易清走自身的泥垢。除去以上两者，还有细流涓涓的小溪。在那里，一具细小的动植物残骸就能堵塞窄小的溪床，其带来的腐殖质很快就能污染整条细流——这正是小龙虾们理想的家园，它们世代在溪流的两岸间繁衍。人们大可以回答我：是小龙虾的构造和天性让它们如此选择。但这给了我一个新的理由，来感谢那个让其拥有这种构造、赋予它们天性的造物主，来被他折服。小小的虾是如此恰如其分地为大众造福。

您也许听说过一句著名的定义，我不知其真假，据说出自法兰西语文学院："小龙虾，一种红色的小鱼，爬行时呈倒退状。"阿方斯·卡尔[1]由此说了句幽默的俏皮话："小龙虾既不是鱼，又不是红色的，也不会倒着爬。除此之外，这定义完全精确。"

还记得首次听闻这定义那会儿，它的谬误让一位朋友心情大好，以至于慷慨地把他鸡笼子里的几位寄宿者称为"院士"。当然，寄宿者们从来没有如此的野心。有一天，我们把五十来只小龙虾放在几个长带网中，在它们的甲壳上涂了用水稀释了的硫酸，让其看上去与被煮熟时一样红彤彤，然后派这位仁兄去做观察与记录。他回来的时候很是沮丧。"天哪！"他懊悔地说，"真是很神奇，那么多有思想的人，聚在一起就变蠢了！"

现在为了公正，我们还是得承认，法兰西语文学院的定义并非完全错误，至少在小龙虾的颜色上。它青中带褐的外壳有时是会变成红色的。这完全是偶然而非人为。我们捉

---

[1] 阿方斯·卡尔（Alphonse Karr, 1808—1890），法国评论家、新闻记者、小说家。

到过，也看到过这样的虾子，它们在河床上散步，红得惊心，像刚从锅里出来、忙着办自己的事一样。这反常的颜色很可能是因为它们得了跟其他生灵染上的白化病相似的疾病。得了这类病的小龙虾会离开它们的巢穴，在泥沙中盘桓，看上去很虚弱。如果海洋中的甲壳类和溪水中的类似，儒勒·雅南[①]的话就得到了证实——他也一样，曾满怀诗意地称大龙虾为"海洋里的红衣主教"。

小龙虾宝宝们刚出世的时候是透明的，身子极其柔软。在一段时间里，这些宝宝把母亲的尾巴视作最安全的隐蔽处。没有什么比看它们试着爬行、迈步、在妈妈身边学游泳，然后因一点声响（比如有人往水里扔了块石头）就回到妈妈尾巴下面，一副吓坏了的样子更解闷的了。就算谨小慎微、前有甲胄，宝宝们还是会被贪婪的鱼吞去许多。

小龙虾的构造有一令人好奇的特点，即它拥有使意外失去的肢体再生的奇异能力：受伤时，它会毫不犹豫地自我截肢。两天后，伤口处就覆上了一层泛红的薄膜；不到一周的时间，表面形成像球体横截面似的凸起；不久，这凸起转为锥体，越变越长，撕裂，变成柔软的钳子或腿；用不了几天，鳞片就会将它们覆盖，与其他的肢体相比，只剩下厚度和长度的差别；几次蜕壳之后，它们就相差无几了。

小龙虾的构造第二神奇的地方在于它的蜕壳——一场

[①] 儒勒·雅南（Jules Janin，1804—1874），法国作家和评论家。

真正的蜕变，比鸟儿的换羽更奇妙。蜕壳从每年夏初开始，记录了小龙虾逐渐成长、变大变粗的各个时期。耐心且富有探究精神的列奥米尔[1]曾仔细研究过它。

当小龙虾感觉到是时候脱掉窄小的外衣、换上一件更宽松的时，就搓手搓腿，全身扭动。身子肿大，紧身胸衣——即头胸甲——与腹部的第一节相脱离，连接它们的薄膜破裂，肉身开始显现。在这预兆性的变化后，小龙虾会休息一下，然后继续挣扎，掀起头胸甲，让它与腿的根部相分离，向上翘起。固定这片旧甲胄的韧带也断掉了，仅剩靠近嘴边的一处依然与虾体相连。我们看着旧壳的边缘离最前面的一对足越来越远。于是，虾子把头向后一缩，让眼睛离开桎梏。当身上的衣物不再有束缚，在抛弃它之前，小龙虾会先开始脱靴子：从一只钳子开始，或者是一边的所有腿，又或者只是其中的几条腿，这部分的动作内容从来不是一成不变的。当身体每处都挣脱了囹圄，小龙虾就甩下它的盔甲，伸长尾巴，彻底摆脱束缚，角力就此结束。这确实是场搏斗，尽管虾子的腿部构造为其行了方便：它关节铆合的方式有利于一年一度的蜕变。

结束了这场伟大的事业，小龙虾处在极度的衰弱中。在较长的一段时间里，它一动不动，然后缩回巢穴，一直待

---

[1] 勒内－安托万·费尔绍·德·列奥米尔（René-Antoine Ferchault de Réaumur，1683—1757），法国科学家，在许多不同的领域都有成就，尤其是在昆虫研究领域。

到吹弹可破的柔软皮肤找回从前的厚度。这过程需要几天时间。

有人算过，小龙虾每蜕一次壳就会长上大概五分之一的身子，但显然，年龄段不同，它的生长速度也不同。这种甲壳类动物在生命第一阶段的长势很是可观，然后随着年岁渐长而变得不那么明显。它们发育较慢，一只七八岁的虾子几乎都不配被呈上餐桌。这么看，有关部门应该下决心严格执行捕捞法，禁止买卖个头不够的小龙虾。

我之前讲过，比起大江大河，小龙虾更常住在小溪，喜欢叮咚不息、在绿野上清澈蜿蜒的流水。那儿有许多浅滩，涨水季节的水流在溪流两岸冲刷出道道沟壑。虾子在清溪的坑洼中定居，在洞里安家。它一般只在夜间现身，除非受到了近处猎物的诱惑。动物碎屑是它的食物，腐烂的状态似乎更为其增色。它也会猎食几种昆虫和软体类动物，以及恰巧游过身边的小鱼。

诱捕小龙虾是田园生活最有趣的消遣之一，是孩子的乐事，但妈妈们一想到孩子在这项亲水运动中所面临的危险，就受惊绝望。捕虾的方法可多了。

第一种方法最常见又不失效率，就是边在小溪的溪床上漫步，边探查岸底的状况：伸手在水下掏摸，小臂插进洞里，抓出租客。这种原始办法的局限性是会让双腿洗上一场不大卫生的澡，同时也可能发生不太令渔人愉悦的偶然事件：比如，他期待指下摸到的是甲壳类动物，结果抓出了一

只因外敌来犯而怒发冲冠的水老鼠。

在夜间打着灯笼干就能避免此类偶然事件。这样，人们就会撞上正明目张胆散着步的虾子，把它们一只接一只地捉起来。更省心的是，面对光亮，它们会目瞪口呆，压根想不到要跑。

被称为"捕虾圆网"或"秤型网"的是件既方便又万无一失的装置——用铁环箍住的圆形小网。它状似盘秤，也因此得名。人们将其沿着河岸安放，事先挂上一块略变质的牛肝或一只在太阳下晒了一两天的死蛙，大概每隔十五分钟取一次网。大多数时候——尤其是在夜晚——每个小网中都会有几个惊喜。有些人也会在诱饵上浇些松节油或阿魏油，但这类手段会让猎物染上一种芳香，即使在烹饪后都不会散去，只有真爱这般香气的人才甘之如饴。

长袋网也是捕捞小龙虾的工具。它的尺寸跟捕捞目标的尺寸成正比，四十厘米左右。和捕虾圆网一样，人们也将它们沿着河岸张挂，靠近虾子居住的洞口，事先用肉或一两条欧鲌装点。用行内人的话讲，这种长袋网很是"捞得"。但是，遇上不通船的溪水，人们还是得亲自下水安放——这就是为什么我向您推荐捕虾圆网啦。

德国枪骑兵的狗

我们的征服者对法国摆钟深情的抬爱已经成了报纸的笑料。但说他们只偏爱某一样也许是不公平的：他们的追求更广泛，真真涵盖了全部值得被带走的东西。

有一样东西让德国人的胃口被大大地吊到了基准线以上，在这一样上，他们著名的判断力不如在别的事上敏锐：那就是我们的狗。在他们的纵队所经过的村庄，人们有时还能在队伍离开后听见一声摆钟发出的仿杜鹃鸣啭的报时声；然而，就算您苦苦找寻，也找不到哪怕是一只贵宾犬。可以确定，我们在这几个悲伤的月份里所遇见的那四五十万列队前行的男人，他们手中牵着至少三十万只来自各个教区的狗，而它们十中有九是法国籍。我一点都没有夸大其词。

在整个侵略军中，我觉得不会有哪支部队比十二月中旬在我的村庄里驻扎的那个骑兵团受"恋狗癖"的毒害更深了。行军时，这队伍像是在护送一个猎犬群，小小一个上尉就收集了不少于七只指示猎犬 —— 我敢保证战役结束后，他的机会应该更多，不会停留在这个不牢靠的数字上。

上天对我格外偏爱，因为在这群狗当中，只有一只不是偷来的，而上天让我和他分享它。那时候，我不得不让它和四个士官、十四个士兵以及十八匹马同住在我的屋檐下。

它的体貌特征是一张证实其血统来源的证书。那是一只短毛垂耳猎犬，体形巨大而不和谐，长着笨重的头颅、吓人的尾巴，白色的皮毛上缀有栗色的斑点 —— 只有莱茵河对岸的狗才有这样的毛色。它尊贵的气质成功地帮它博得了我的好感，几乎让我连带欢喜上它的主人 —— 一位德军士官。不幸的是，这位仁兄掌握的法语词汇跟我会的德语单词一样少。比画在我们的交流中占了很大的比重，甚至让我四肢酸痛。因为狗语说得比德语略好，我在这只短毛垂耳猎犬身上得到了补偿。我们就像两只独眼的喜鹊一样聒噪不休。我们是那么地两情相悦，以至于我确信，它不会介意那个指挥它主人所在部队的上尉把我收编为第八只犬。

这只短毛垂耳猎犬是公的。您可能也会跟我一样，觉得它的名字很奇怪，因为这名字一般是属于母狗的 —— 主人称呼它为"狄安娜"①。我徒劳地让他明白这乳名不合常理，他的回答一成不变："呀！低安娜，狩猎女绳，绳就是它！"②然后他真情又入神地望着狗，眼睛放光、声若洪钟地

---

① "狄安娜"（Diane）这一名字取自罗马神话中的狩猎女神狄安娜。
② 原文为德国口音的法语。

补充道："噢！杰拙啊杰拙，我的低安娜！"①

在这群德国枪骑兵离开的三周后，出于工作原因，我来到了一处依旧温热的战场。在这片经历了为时两天的战役的地方踱过三分之二的土地，一只狗的吠叫吸引了我的注意。我越过山丘，就看到了一个刚被翻扒过的坟冢。在这别具意义的高处，我望见一只动物。虽然它惊人地瘦骨嶙峋，但我还是马上认出它是那位德国士官的同伴——杰拙低安娜②，我的朋友。

它出现在此不祥之地的缘由堪比一场古典悲剧的念白。用指甲刨，它得以靠近了与战友们一道长眠于此的主人。然后，趴在他的墓穴里，高昂着头颅，向天抛出悲音。

这个战士与狗的旧式传奇有它格外动人之处，以至于即使被悼念的是敌人，也令人扼腕。我径直走向狄安娜，它摇着短了一截的尾巴，证明它认得我。我摸了摸它，在链子上拴了根绳。一阵反抗后，它还是让我牵走了。曾经我在收留它时，还被强加了十八匹马和十八个男人，现在我当然能让它独享一个家。两小时后，狄安娜、我和仆人已经在去往沙特尔的路上了。

不幸的是，马车不是为一只和三个月的小牛一样重的大狗建造的。半小时后，车子的痉挛表明，第三个旅客待不住了。我想看看它是否会跟着。狄安娜很可能已经想明白，

① 原文为德国口音的法语。
② 同上。

这世上没有永恒的悼念，也没有不可替代的朋友，所以，虽然从前没有像随从那样跟在主人屁股后面的习惯，它依然自己跑到四轮马车下，开始跟上步伐，完美得就像一辈子只会做这一件事一样。这顺从让我极度放心，以至于十分钟后才发现它不见了。我无法再耽搁，因此，尽管为不能让这可怜的动物逃离等待它的悲惨命运而深感抱歉，我还是继续赶路。过了一会儿，家仆的一声惊呼把我从思绪中抽离出来："那只狗，先生，您看看那只狗！"

狄安娜真的回到了它的岗位上，但是，带了点行李。它的嘴巴叼了只鹅，还是最肥的那种。很明显，这只鹅肯定是从我们刚经过的一处农场借来的。我拿走了它的战利品。到了我们遇见的第一个村庄，我便下车，希望把受害者还给它的主人。当我和传信人解释这件事的时候，我感到什么东西正在擦着我的腿，于是转过身——是狄安娜。但这一次，它叼着的是一双几乎崭新的靴子。它望着我，那是一种极度渴望我能懂得这殷勤的眼神。

我明白了德国枪骑兵为何把他的狗的名字和"杰作"称号拴在一起。狄安娜是个平庸的猎手，但绝对堪称一等的小偷。但我不是因此留下它的，所以，我把它和马车拴在一起，一路平安无事地来到了一个偏僻的农家旅馆，准备过夜。马被牵到了马厩里，那里还有头牛。狄安娜被拴起来，待在两只动物中间，而我进了我的房间。因为实在太累，没过多久，我就睡着了。

夜晚，我被一阵奇怪的声响惊醒，其中仿佛还能辨别出狗的呻吟。但因为噪声戛然而止，我倒头就又睡了。到了白天，我下楼的时候发现，似乎我的出现让农家旅馆的所有人，甚至我的仆人都感到为难。我没在马厩里看到狄安娜，于是问它去哪儿了。旅馆主人给我打了个手势，把我带进他的房间：

"我对发生的事感到很抱歉，先生，但这不是我的错。另外，为了补偿您失去狗的损失，我们打算给您分一份牛。"

"分一份牛？"我很吃惊。

"是的，先生，昨天晚上我们看到一个跛腿的普鲁士人来到这里。他没带枪，牵了头母牛，正赶去他们位于诺让南边的营地，但迷了路。您懂的，先生，没人可以放任一个如此好的复仇机会溜走。是义务，是爱国之情让我这样做的……"

"那牛呢？您继续说。"我的回答难掩几分厌恶。

"唉，那好吧！先生，当让－克洛德打算掐住睡在马厩里的普鲁士人的脖子时，您那狗魔鬼附身似的挣断了它的链子，保护了这个强盗。它扑向让－克洛德，完美地咬住了他的脖子——只差一点，被扼断喉咙的就是他了。这一切可不是悄无声息的，普鲁士人的巡逻队一直在我的门前来来回回，眼看我们十个人会因为一条狗遭难——天老爷啊！我们用长柄叉叉死了它。但是，我再跟您重复一遍：出于公正，您会得到您的那份牛，它至少值一百埃居。"

"谢谢您，"我怀着沉重的心情对他说，"这只狗不属于我，但是请您帮我为它在您花园的一角挖个小坟吧。像那些为国捐躯的人一样，它也理应拥有一处体面的墓地。"

青 蛙

　　长得像个坏蛋总是件令人心烦的事，然而，长得像个正直的人，有时也不太省心。1852 年，我朋友因为他的鼻子，见识了监狱潮湿的稻草。他似乎充满侮辱性地模仿了某位体面的国家领导人①鼻部器官的发育状况和高度。几个小时后，他们知道自己搞错了，就把这位朋友赶出了门，顺便用"上流社会的礼节"问候了他，企图让他相信自己的不幸遭遇全赖那充满颠覆感的外貌。

　　青蛙是同类意外的另一受害者。它也做了件蠢事：长得像一种勇敢又正直的动物。这动物既无辜又善良还朴素，但是因不雅的面目和人们的愚蠢偏见饱受嫌弃 —— 癞蛤蟆。

　　这相似减损了青蛙理应得到的敬意：它线条优雅，色泽靓丽，性情和顺，而且还有几分益处。当这位沼泽皇后轻

掠水面，一番动作后不掀起一丝波澜，当它静栖在一片睡莲的叶上，亭亭玉立，用那褐色中镶着金圈的眼睛追随着蚊虫恣意的飞翔，您是无法拒绝向它奉上几分敬慕的。也许嘴巴是大了点，但是只有安提诺乌斯[①]有资格说这样的话，我们还是闭嘴吧。

事实上，在刚刚勾勒的画像中，我只看出了一点不足。而且我必须承认，提起这个弱点，另一位两栖动物，癞蛤蟆，比它表妹要好得多——癞蛤蟆明显话更少。话又说回来，我们都把"青蛙"一词定为阴性[②]了，自然得为它放肆的舌头辩护。

多言的青蛙在 1789 年那些个震动世界的可怕事件[③]中很有可能发挥了作用。我们有理由相信，它与伏尔泰和卢梭一样，需要为其负责。在那昔日的安好年代，有个与青蛙相关的封建法令：当领主的妻子刚生产后，封邑里的农户需要日夜不停地敲击护卫城堡主塔的小河，迫使水中的聒噪住户别吵着他们高贵且权倾一方水土的夫人休息。这项苦役备受那些革新者的指责：它具有一定的侮辱性，足以促使他们来将发明它的封建制度彻底推翻。

无意冒犯音乐艺术，但寻常的蛙声就是一首音韵谐美、

---

① 安提诺乌斯（Antinoüs，约 110—130），古罗马皇帝哈德良的男宠，历史上著名的美男子。雕塑作品中呈现的安提诺乌斯通常是合拢双唇、紧闭嘴巴的。

② 法语的名词都被分为阴性和阳性，这一分类没有理性规律。在法语中，"青蛙"（grenouille）一词是阴性，"癞蛤蟆"（crapaud）一词是阳性。

③ 指法国大革命。

不比尼尔森①和帕蒂②女士的曼妙转音逊色的曲子。它不表达需求，也不诠释感受。这只动物全情投入这特色鲜明的无词练声曲，可以说是随心所欲地自娱自乐，而不是为了取悦听众。爱、痛苦、气愤是动物语言所能传达的三种核心感受，而青蛙则以特定的抑扬顿挫将它们表现出来，和它寻常的鸣叫毫不相同。低哑哀怨的音调传达的是第一种感情，一声短促尖锐的嘶鸣则可以涵盖其他两者。当它被捉住，青蛙有时就会抛出后者这样的叫喊。

蛙鸣是雄蛙的专属，发自一处特别且出色的器官。雄蛙的颈项两侧有着可以鼓胀的薄膜，它们绷紧时就会发出声音。当它吸入空气，屏气凝神，薄膜就会张开，嗓子也会鼓起；而当它用嘴唇联合处的一个小孔缓缓吐气时，这些薄膜就会产生鸣响。

之前说过，青蛙对我们而言是种有点益处的动物。这不只是因为它可以食用，可以像我们将在后文中看到的那样，被做成相当精致的菜肴；还因为它有更加严肃的用处。它可以消灭掉大量的被我们称作"大蚊"的飞虫——在沼泽遍布的地区，后者绝对算个灾害。此类昆虫及其水生或陆生的幼虫构成了青蛙的主食。

和土拨鼠一样，青蛙也会冬眠，随着最初的寒潮躲进

---

① 克里斯蒂娜·尼尔森（Christine Nilsson，1843—1921），瑞典著名女高音歌唱家。
② 阿狄丽娜·帕蒂（Adelina Patti，1843—1919），意大利著名女歌唱家。

深水的淤泥或泉水的罅隙里，有时还会聚成一堆又一堆，数量繁多。它们就这么待着，直到太阳晒暖了水 —— 那是唤醒它的钟声。

　　青蛙一次产下的卵从 600 颗到 1200 颗不等。这些黏糊糊的透明小球泡被两层薄膜包裹着 —— 它们就是壳了。

　　在四到八天后（时间受环境温度影响），这些卵就会孵化出一种古怪的动物，我们叫它蝌蚪：长得像一个接了条侧扁尾巴的椭圆。它的嘴巴在胸的下面，跟鲨鱼一样，所以也像鲨鱼似的，要转过身才能捉住猎物。十五天后，脚的原始形态就在这个小东西身上出现了。再过两三个月，就是它变形的日子：皮肤从背上裂开，它离开了襁褓，再出现的时候，已披上了青蛙的外衣。

最让人惊奇的是，青蛙的变身不仅包括它的形态，还涵盖了它的构造。蝌蚪有鳃，跟鱼一样呼吸，青蛙却是用肺。它没有横膈膜，但它的嘴巴被赋予了良好的密闭功能。所以，青蛙是完全意义上的两栖动物。

在英国对法国抱有极大敌意的那会儿，当我们绝妙的邻居问候我们时，最有威力的一句辱骂是"吃青蛙的人"。据说，伦敦的居民们都是在对《圣经》和"法国热狗们只会吃青蛙"的信仰中成长的，但这一点也没影响"绅士们"向我们借大厨。

如果生活在那个时期，我才不会介意这个绰号，反而会像追求荣誉称号一样追求它。因为这足以证明我们比岛国居民更明智——受他们轻视的动物，在我们手下就成了佳肴。在食物方面尤其应当这么说：多什么也不嫌多，青蛙也不例外。布里亚–萨瓦兰[①]曾提出，从服务人类的角度来说，发明一种新菜的天才比打了场胜仗的将军更重要。布里亚–萨瓦兰说对了。

---

① 让·安特莱姆·布里亚–萨瓦兰（Jean Anthelme Brillat-Savarin，1755—1826），法国政客，曾担任律师和法官，但以美食家身份闻名。

我并不是要向您推荐用青蛙来当我国美食的奠基石，也不是要向您证明英国人的讽刺有道理。我只是觉得青蛙可以为我们的菜单带来令人愉悦的丰富变化。这变化不但魅力十足，而且基本上还算干净卫生。但如果您一想到我这水中贵宾亲戚的丑陋样子就望而却步，那我就无能为力了。

1775 年，一个来自奥弗涅地区的名叫西蒙的人发明了把青蛙养肥的方法，赚了一笔丰厚的快钱。在此之后，吃青蛙的风潮就减退了，但市场里一直不缺它：去过皮、洗过的大腿被摞起来卖，卖相很好。可就算货色不错，这商品还是让许多人心里打鼓。而且，实话说，捕蛙人中不乏油嘴滑舌、贪婪爱财的年轻小伙子，这给了人们怀疑的借口。

我最珍贵的朋友之一，因吃货身份而著名、更因作家身份而显赫的大仲马，他就是个青蛙饕餮。我们那时都住在拉瓦雷讷－圣伊莱尔市。有一天，他品尝着一份自己从市场上亲手买来的相当丰盛的菜肴，却发现我对此不太感冒。我于是向他坦承，自己担心癞蛤蟆们诡计多端，混进了这群杰出动物的队伍。

"哎呀，"大仲马喊道，"这是那帮像狗鱼一样贪得无厌的人传的谣，想让我们不要跟他们抢。吃吧，吃吧，肚子会认出谁是自己人。"

然后，他把剩下的都倒进了自己的盘子里。

如果您对此比较敏感，那就一定不要在春天买青蛙。在那时，大约为期一个月，它那一样处在繁衍阶段的伙伴会来到青蛙所在的水域。这两种蛙类生活得相当亲密，给了供应商将它们弄混的上好借口。这段时间一过，您就放心吃吧。捉癞蛤蟆会比捕青蛙更费工夫，还不如后者多产。

此外，您还有一个方法可以保证吃进去的绝对合规，那就是自己捕捞。有了吃前这相当有趣的消遣，享受的美味将更具魅力。

捕青蛙是件简单且容易上手的事。惯手会选在夏天，用小抄网逮它们。在冬天，人们则拿着有密齿的耙子来回在泥沙深处寻找。这都是捕蛙的寻常方法。

相反地，钓青蛙就可以算是种运动了。它会弄出些波折，激起些感情。这运动既要经验，也需几分技巧。

如果您想尝试，择个阳光灿烂的早上吧，明亮的光线让您将要探索的水面闪闪发光。不仅好天气和热量会让您的猎物胃口大增，光线的亮度和反射也会使它辨不清诱饵下的钓钩。带上一根最细、最易隐形但还是很牢固的马尾毛钓丝——青蛙极其神经质，挣扎起来力气很大。这根马尾毛钓丝须得有一个中等的钓钩来配。您再挂上一只苍蝇、一只小虾蜢或一条蚯蚓，必要的话，一小片红布，甚至同样颜色的天竺葵花瓣也行。如此武装之后，您可以一边尽可能地远离岸边，一边将诱饵甩进水塘的边缘，甩进灯芯草或一簇簇睡莲里。很快，一只青蛙就会一个大跳，扑向它垂涎的猎物，张开大嘴。并且，如果那钩扎得正好，您就能收获看着蛙蹦蹦跳跳的愉悦感——它悬在钓钩上。

　　我曾认识一位运动健将。他热衷箭术，不流于世俗手段，对青蛙和野猪一视同仁，让狮子和一切动物平起平坐。他不用子弹，只上真箭。

　　这位绅士发明了一种弩。它的旋转箭不仅带刺，还配了一条能将射中的猎物带回来的细绳，技艺之精世所罕见。这两栖动物只需在莲叶间探一探头，就很难被错过。他也常带回来在这番操作之下丧命的大鱼。

秋季是最适合捕蛙的时节。蛙们在那时很肥美，几乎可算油润了。

我的第一场谋杀

我已经向读者们讲过第一支猎枪的故事，今天就征求他们允许，说说我第一次谋杀四足动物时的特殊遭遇。

由于父母的指定，以及我自身对军人职业难以抑制的向往，我那时非常认可一句并不很站得住脚的格言："狩猎是战争的缩影。"于是，我以学习碾灭同类之艺为借口，将既残酷又庄严的热情投入到对"敌人"的灭绝中——那是少数几个能被我的暴虐激情所触及的"敌人"。

当我用到"灭绝"一词的时候，是让欲想代替了现实。因为我不得不承认，在遭到我一连串无情的追捕后，上述的"敌人"依旧过得平安喜乐。

如果我的这一志向能像我所热衷的众多爱好一样，最终没有成为一记空响，那么也许我还能成为杜伦尼 [1] 和马塞

---

① 杜伦尼（Turenne，1611—1675），法国波旁王朝时期的军事家，1643 年被授予法国元帅军衔，1660 年被授予法国大元帅军衔。

纳①的竞争者呢！到时候会如何，我终究无从得知了。但必须坦承，就我狩猎生涯的开端来看，前路注定与光荣灿烂相去甚远。在我刚成为一个普通士兵的那会儿，我的愚笨和霉运就足以让自己为祖国母亲直打寒战——未来有一天，她可能会把她的命运交付到我的手中。

　　一支双管击发枪取代了我曾跟您提到的那把光彩照人的枪支。我装备齐全，有火药壶、配套的铅弹袋，还有个装猎物的袋子——我不失谦虚地选择了跟小麦袋子相当的尺码。唉，我白白无度地挥霍着弹药，趁天晴一次次在树林中或平原上空跑，这猎物袋依旧跟天鹅的翅膀一样纯洁无瑕。看上去，它的外观或许少了几分光泽，因为新入猎人行当的我怀着赤忱热烈的信仰——没有猎物，我就往袋子里装满石头，只为锻炼自己吃苦耐劳的能力。

　　屡战屡败让我失望，却没消磨我的热情。含屈受辱的我气愤地回到家，满心泪水，受到的挫折却从未让我泄气。我不修边幅，猎枪却被擦得锃亮；我还给它打蜡，精心呵护。忘恩负义的它一点都不值得这样的照顾！夜晚到来，我在梦里报了仇。在成百上千的梦中，只要是我看到的东西，哪怕是相隔千米，也会立刻丧命。我对山鹑、野兔和穴兔的大肆杀戮能让皇帝都嫉妒。然后，清晨到来，黎明时的我比第二天更狂热、更彻底地相信今天就是我自证是天才猎手的

---

① 安德烈·马塞纳（André Masséna，1758—1817），法国大革命和拿破仑战争时期的军事家，1804 年被授予帝国元帅军衔。

日子，直到我成为身手矫捷的战士。

我要命的坚持还是有可取之处的，因为这颗粒无收的状况整整持续了两年。两年来，我至少浪费了上千发子弹。再重复一遍：肯定也是倒霉，瞎子都可能打中了。

在这两年里，我所谓的壮举只有一处舞台可供上演，即我们家族在佩尔什地区拥有的一块土地。第二年，我就该离开预备学校，进入圣西尔军校了。父亲终于把我视作男子汉，他写信让我与他会合。在博斯地区，他有一处庄园，通常和几个朋友在那儿打猎。

我之前从未踏足过这座庄园，但是常听人诱人地描绘它富饶的野味。于是在我眼中，它就像宁录①们的天堂。只要提到它，我的想象就开始狂舞，天知道这想象是何等吵闹喧哗！我觉得，我想起这庄园的次数和我梦想未来成为军官的次数一样多。

我离开布容先生的学校（在那儿我经受了不少考试）时是否满心愉悦？是否在这好日子前一天的夜里合了一次眼？不用我说，想必您已经知晓答案了吧。同样的情感在所有崇拜圣于贝尔的同道中人的心里都激荡过，他们也都还记得。幸福的二十岁啊，那时，最纯洁的快乐能如此轻易又温柔地让心悸动，直至今日，即便被最贪婪的野心撼动，也依

---

① 宁录（Nemrod），《圣经》中的人物，大洪水后的首位世间英雄，起初是一位英勇的猎人，后成为美索不达米亚诸城的建城者和巴比伦之王，率众人建造巴别塔。

旧坚若磐石。

除此之外，还有些很合情理的原因令我坚信，验证我射手之名的日子终于到了。在佩尔什，山鹬们数量不多，常躲在矮树丛中，还喜欢独处。对于略有点身手的猎人来说，这很理想。但对我而言，那时我天真地觉得（我至今依然欣赏这种难得的天真），我的不幸完全是由目标猎物的单一性导致的。听说在博斯，刚开猎的时候，猎物们成群结队，几乎从您的脚下起飞。在我看来，向一群、一片鸟儿射击比猎杀单一猎物容易多了。我相信，一天内，同样的场景只要重复三四次，我那著名的猎物袋就能装上六七只山鹬。这无用的袋子已经苦我太久了。

由于幻想的能力出神入化，对这一结论，我深信不疑。于是，整晚，我都在轻唱："光荣的日子到来了！"这是鲁热·德·利尔 ① 作词谱曲的一首歌。

遵照父亲的指引，我在小城阿布利过了一夜。日出前一小时，我就开始赶路了，去离我只有两法里远的夏维里埃。

父亲是位审慎且老练的男人，他让我不要离开大路，建议我先摸清路线，然后直接来庄园找他。这位偷猎者的死敌对我下了严禁开枪的命令，让我不要闯入不认识的土地，

---

① 克洛德·约瑟夫·鲁热·德·利尔（Claude Joseph Rouget de Lisle，1760—1836），法兰西共和国国歌《马赛曲》的词曲作者。"光荣的日子到来了！"即《马赛曲》开头的第二句歌词。

那儿可能还有人看守。

但是我在地形学上极其自大。因为听人多次谈论过夏维里埃，我觉得蒙着眼睛也能找到它。马厩小哥的三言两语（他一边打哈欠一边抱怨他早起的顾客）在我看来足矣。于是，我怀着前所未有的激越心情上路了。

开始的时候，一切顺利。我在黑暗中前行，只见微光把东边的天空染成了珠光色。在黑暗中，道路像一条苍白的丝带。但是不久，几道火光就让太阳升起的地方变为紫红。光线越来越亮，我开始辨认出几株苹果树的身影，它们稀疏地点缀着肥沃的荒原。还有发黑的线条，那是周遭的小树林。同时，我听见右边、左边，四周都传来了山鹑尖锐刺耳的叫声。这些小可怜！也许，这是它们最后一次向晨光致意。

在此，我满怀谦卑地向夜莺群体致歉，同时对阿狄丽娜·帕蒂女士个人表示歉意，可我还是不得不说，前者的颤音和后者的美妙嗓音为我的神经系统带来的激动从未触及那一刻的四分之一。谢天谢地，我有着像保险箱一样坚实的胸腔——我成功地窒息了。为了屏住呼吸，我做出了令人难以置信的努力。

什么建议，什么父亲的忠告，我从此再无暇顾及，满心都是近在咫尺的荣耀，想象着这样的画面：即将与我同行的狩猎伙伴们睡眼尚惺忪，我就将两三对歌唱家夫妻横陈在他们面前。他们会怎样惊叹？此刻，山鹑的歌声剧烈地搅动着我的心神。

思考从来不是我的强项。所以，刚起这念头，我的脚就已经跨过了沟渠，在休耕田里探索了。

我如果不那么自以为是，就会发现被自己嗤之以鼻的建议不乏可取之处。歌唱家们在离我一两百米的地方飞上天空，还沾着前夜的露水，我聚精会神地向它们鸣枪两声问好，却毫无收获，然后花了十分钟都没有找到想象中的受害者。但是我确信，下一次一击必中。所以，我又开始了疯狂的追逐。

我的问好至少又重复了十次，一直在复制第一次的失败。

即使有几只被我扰了美梦的山鹑在离我很实诚的距离起飞，我也依旧延续着在佩尔什打猎的传统：鸟儿们振翅的婆娑让我惊慌失措，于是东开一枪，西补一枪，而且通常还是闭着双眼。所以，我面对一群鸟时的运气跟面对单独一只鸟时一样倒霉。

当然，我还是打伤了数不清的鸟的。我发誓，每开一枪，我都亲眼看到至少六七只从天上掉下来。啊，有猎犬在就好了！但那时的我还未拥有这位得力助手，只能空自嗟叹。

我越打越疯，火药味让我晕头转向，更怒气冲冲。穿过休耕田、三叶草和摇着夜露的苜蓿，我像匹赛马似的。衣服就更别提了，烂得难以描述。在闯进灌木丛前，能扔的衣物都被甩掉了，剩下用来蔽体的部分和我的身体一样被浸得透湿，溅上了双腿在耕耘田地时带起的所有尘土，并将其完整保留了下来——它们早已融为一体。和中世纪的骑士一样，我戴着护腿，穿着高筒靴。只不过，它们都是由泥土制成的。

但是，战况激烈，怎容得婆婆妈妈！我就这样来到了一个斜坡的边缘，坡上是一个矮树丛，它在高处俯视着临近的田野。我正准备跳上斜坡，进入矮树丛的时候，突然看见一个浅黄褐色的东西从满是欧石南的土壑中溜过。

我不记得当时是怎么架起枪，又怎么射击的。但是，我可以向您保证，绝对没有比之前的任何一次瞄得更准。上天该是被我作为"职业失手"的忘我精神感动了吧，终于同情了我一回。

透过硝烟，我隐约望见一点白色。我眼前一阵朦胧，气喘吁吁的胸膛震出一声尖叫，相隔半法里的人应该都能听到。

"中了！中了！"

于是，为了能更快一些，我抛下猎枪向前扑去，发疯似的连跑带跳了二十多步，来到了之前窥见白色闪光的地方，看到的场景让我头晕目眩。

一只野兔，一只真正的野兔，一只超级棒的野兔断了腿，正在欧石南丛中挣扎。

热血刷地冲上我的头顶。说实话，那时我跟野兔一样，都不大好。我直愣愣地盯着它，眼中有惶恐。也许，是幻觉在玩弄我？

野兔受了致命伤，但我的眼神唤醒了它自保的本能。拖着一条残腿，它还是成功地藏进了金雀花丛，然后消失在一簇从树桩上新生的枝干后面。

猎物有可能脱手！我顿时找回了神智。在浪费了几秒时间来寻找猎枪后——惊慌失措时，我不知道把它扔哪儿去了——我像箭一样，径直扑向猎物，坚信仅凭双腿就能获取胜利，缚住它。

和这只可怜的动物比起来，我快了许多。与其说它在跑，不如说是匍匐前进。但是野兔七拐八弯，还是数次逃脱。狂怒席卷了我。没有别的东西可以扔，我只能用颤抖的手从猎袋深处取出火药壶、配套的铅弹袋，一件件地朝猎物砸去。唉，没有一件击中我想砸晕的兔子。

终于，它因一个没那么灵巧的转弯而露出了破绽，我的脚成功地踩在了它受伤的腿上。野兔一声尖锐的惨嚎。好奇怪，这嚎叫和人的声音那么像！一阵战栗滚过我的脊背，我感到头发都竖立起来——一切都该结束了！我扑在了猎物身上，抓住了它，然后用双拳对它一顿胖揍，并辅以不乏侮辱性的形容词，其中最友善的是"混蛋""土匪""恶棍"。

幸亏老天爷大发慈悲，没让悲惨的它在兔生最后时刻承受被辱骂的痛苦——我身体的重量已足以让它窒息，它早就一动也不动了。

这一刻来得很及时。障碍赛哪怕再多持续几分钟，我就要猝死了。这会儿，我颤抖得像片被风摧残的叶子，鲜血在耳中嗡鸣。到矮树丛边缘这短短的路程，我是像醉鬼一样蹒跚走过的。我迫不及待地在土埂的另一边坐下。在一阵粗重的喘息后，终于能端详战利品，我满心狂喜。

如果您在那一刻问我，这动物有什么好，我一定会告诉您，从来没有人，以后也不会有人再看见跟它一样的野兔了。那是只怎样的畜生啊！我的朋友啊，您可否明了，那是只怎样的畜生啊！我这么想着，摸着它厚厚的脊背，丈量它双耳的长度。我细心地擦去弄脏了它淡黄毛皮的鲜血，让它的绒毛焕发光泽。然后，越端详，我越确信上天从没创造出比这更完美的野兔，并且，一定是他特意把兔子派到地上来让我击杀的。

还没欣赏够，我就想到了个实际问题。

该把野兔放在猎袋的外层网兜中，还是放进猎袋里专为存放兔子而设计、充当衬里的帆布囊袋内呢？

这选择很令我为难。如果把它放进内层，我就终于能用它来为猎袋中的这个小单间暖一暖房，让其发挥一下"保护层"作用啦——每当观察同为猎手的伙伴的猎袋，我都会发出一声充满歆羡的叹息。但若这样，路人就无法看到我的野兔了。我还是想让他们注意到的，就像有人会为了证明自己不是懦夫而刻意暴露那些可敬的伤痕一样。

和在其他微妙情况下一样，我选择两全其美。野兔会被放在属于它的追思台上，但是我使出马基雅弗利式的手段，颇有心机地矫正了一下它的身体，让它的整个头都露在灵柩外边。这怪家伙长着那么一对耳朵，五十米开外的人都认得出它。

我为我刚刚设计的如外交官般圆滑的组合式手段而自觉得意，正小心翼翼地将死者安放在它最后的巢穴中。就在这时，一旁的砾石在一双大鞋的踩踏下咯咯作响，我于是抬起头来。

就算看到了美杜莎①的头，我的面部表情也不会发生像此刻一样激进的变革。

在我嘴上长跑的极乐微笑变成了可怕而扭曲的苦相，因陶醉而湿润的双眼突然呆滞僵住，脸上的所有线条都在痉挛，构成一个恐慌的表情。

面对着我的是一个男人，身上的牌子清晰地表明了他的身份——猎场看守人。这位天使长马上就要让我从天堂堕入炼狱了。我目瞪口呆，一句话也挤不出来。

"啊哈！啊哈！"他没给我回神的工夫，说道，"你偷鸡摸狗倒是会选好时候，我的小鸡贼！幸亏跳蚤们让我醒了个大早。你被抓到了，还被抓了个正着，我刚在那边捡到你的猎枪，现在我只需……"

"我的野兔？"我结结巴巴地接话，本能地把兔子往我的胸膛里搂紧了些。

"你的野兔？你这个混蛋！"他向我吼道，"没脸没皮！竟然把从我这儿偷来的说成是自己的？好啊，现在就把'你的野兔'给我，然后跟着我去见市长，一刻不许耽误！"

我趁他说话的时候观察了他。除了我那被他扛在肩头的猎枪，他的胳膊下还配了副旧马刀。依照这个装备，还有他牌子的形状和制作的粗劣程度，我判断自己遭遇的只是个

---

① 美杜莎（Méduse），希腊神话中的怪物。原为美女，因触犯女神雅典娜，头发变为毒蛇，面貌奇丑。谁看她一眼，立刻变成石头。

乡警①而已。我听说，一般情况下，把一枚五法郎的硬币像单片眼镜一样恰当地放在他们的眉弓下，能让这类人和颜悦色地看向您。我迅速地把手伸进口袋里，掏出了钱包。

但是，这个动作不仅没让天使长缓和下来，反而加剧了他的愤怒。

"顽劣的小子我见得多了，"他双眼喷血地对我说，嘴角还泛着白沫，"但是我确信自己从来没有遇到过像你这样不要脸的。在吃过的盐比你吃过的饭还多的人面前，少装蒜！你会明白这一点的，小鬼头。妄想用100个索尔②来让人出卖自己的主人，没门儿！快！收起你的臭钱，还我的野兔！还有，伸左腿，向前！去见法官！"

他竟说"我的野兔"。此处的主有代词③激发了我的热血，让它在血管中翻腾起来。之前说了，父亲十分强调偷猎的可恶。他会怎么指责我？这一疑虑萦绕在我心头，因一时头脑发热而陷入的困境让我倍感痛苦。只要能从中逃脱，我甘愿奉上全部身家，毫不犹豫。但是不包括我的野兔——我宁愿为它献出自己的生命。

转瞬之间，我已下定了决心。我把猎袋和它里面装的

---

① 乡警（garde champêtre），前身为中世纪时设立的收获期庄稼看守人，在路易十四统治时期又被赋予了监护猎场的职责，大革命后被纳入国家治安体系，成为法国警察系统的一部分。

② 在19世纪中后期的法国，100个索尔等于5法郎。

③ 此处的法文原文有讹误。依据现代法语语法，"我的"（mon）一词的词性应当为"主有形容词"（adjectif possessif），而非原文中所说的"主有代词"（pronom possessif）。

东西甩在背上，一个小跳，稳稳地落在地上，然后一转脚后跟，迈开腿，在矮林①中开跑了。

荆棘丛的簌簌声和乡警的喊叫声告诉我，对手并没有放弃追捕。相反地，他对我的追逐之顽强可以与我刚刚出演的相似一幕媲美。

原本我期待甩开他一段距离，好有时间在树林中藏起来。不幸的是，乡警虽然老，但双腿还很灵活，我们一直相隔不远。整个矮树丛的面积不是很大，跑到边缘的时候，我离纠缠者大概只有五十步，再掉转头去找树荫藏起来，风险不小。于是，我心一横，扑向了原野。

在那儿，与他相比，我充分展现了青春和活力的所有优势：不到一刻钟，已经甩开他五百米。"停下！停下！"那无休止的叫喊，我也不怎么听得见了。从狂奔变为小跑，我爬上了起伏和缓的博斯丘陵，以观察这会儿到了哪里。

站在高处望去，我右边是个大庄园，左边是个村庄，村庄里矗立着一座钟楼，分布着零星的房屋。庄园离我只有半法里，它的周围看起来还有几片矮树丛。如果是去村庄，我还得跑上一法里。我徒劳地环顾了一下四周，发现对手连半个影子都没有。

往庄园去风险更小，不仅可以询问怎么去夏维里埃，遇到可怕的乡警的概率也更低。有一条在原野上蜿蜒的小路

---

① 矮林（taillis），天然次生林中由萌生树构成的林分。

似乎能通到那里，我于是出发了。

我一边快走，一边时不时地回头确认有没有人跟踪。我越来越相信纠缠者已经放弃了追捕，于是开始对自身境况乐观起来。虽然一想到被这可恶的人缴获的猎枪和散在树林中的捕猎工具，我还是会心痛，但是只要背着手，抚摸猎袋鼓鼓的侧翼，就能大致安心。我确信，虽然我拥有的一切都在海难中沉入海底，但我成功地拯救了我宝贵的战利品。这足以告慰我。

在离庄园还有三四百米的地方，有条被长满荆棘的矮小篱笆围起来的小路。我正走着，突然，一处灌木被扒开，纠缠者跳了出来：他伸出双手，想揪住我外衣的领子。

我之前说过，这是片有起伏的原野。那刽子手利用了这一点，绕过了我，在我的必经之处埋伏着。

如果不是我猛地向后一仰，这个讨厌鬼预估的战术完全可能成功，把我逮个正着。

朝着来的方向，我一路狂奔，但是没跑几步，猎袋就离开了我的肩膀，滚到了身后的尘土中。

我之前跟您说过，为了让自己习惯背着沉甸甸的袋子，我往里面装了不计其数的小石头。尽管之前没装过猎物，石头最终还是磨损了钩锁，路上的颠簸和野兔的重量让钩锁最终裂开了。

我折返往回冲，想要捡回袋子里的东西，但疾驰中的我由于惯性而没能及时刹住。等跑回袋子掉落的地方，我痛苦地发现，它已被乡警踩在脚下。

此刻，我确实没什么谈判的资格了。"我会跟您走的，"我对他说，"但是您不许动我的袋子。听到了吗？"

乡警也许在我的眼里读出了温泉关的列奥尼达①那不胜利毋宁死的决心，又或许只是意识到他既没有资格缴我的枪，也没有资格拿我的猎物。这时的他看上去挺愿意通融的。

"好吧，我的男孩，"他回答，"只要你跟我上老板那去。而且我们离他只有两步路了。我也没别的要求。到了他面前，看你还能弄出什么名堂。"

"您等会儿就知道了。我先把这带子系好。"

"哎呀，你就用手提着袋子呗，我们走两步就到了。"

"我告诉您，我必须把它背在背上。"

每次都是这样，乡警的屈尊让步令我恢复了几分镇定，让我心存侥幸，觉得自己还有从他手上跑掉的希望。我一边说着，一边坐了下来，把我靴子鞋带的一头扯了下来。

"您不会拒绝帮我拿着这个吧？"我让对手看了看猎袋和它断掉的钩锁。

他在我身边蹲了下来。

"怎么会呢？"他带着嘲弄的笑容回答我，"只要你放弃挣扎，我就会很乐意帮你。还要把皮带往扣子里缠一圈，

① 公元前480年，波斯国王薛西斯统率海陆30万大军入侵希腊，斯巴达国王列奥尼达为了给希腊军队撤退争取时间，带领约300名斯巴达勇士和部分希腊城邦联军扼守地势险要的温泉关，阻击波斯大军，最终因众寡悬殊，几乎全部战死。

孩子，再打个结，弄紧了就行。这样吧，我就好人做到底，你看上去不怎么熟练，我再帮你把你最心爱的袋子装好。"

这个好人是说到做到。但是沉甸甸的幸福一上我的肩膀，我就一个小跳站了起来。我接着一跳，就离还在震惊中的对话者三米开外了。

"太感谢您了，老兄！"我向他喊，"代我向您家人问好，也祝您身体健康！"

然后，带着因恶作剧和计策成功而起的兴奋，我第三次开溜了。

但那天我是倒霉到了底——才逃脱卡律布狄斯的魔爪出龙潭，还没抬起头，又栽进了斯库拉的怀抱。① 那是两只拦路虎——两顶镶了饰带的军官帽。军队和治安法官都在追我，而故事到此还没结束。

我说过，自己离庄园很近，而在它的外围，有一片比较大的树林。幸亏我跑得跟鹿一样快，恐惧也催着我的脚步。进入树林的时候，身后死死追赶的人群还没有赶上我。

对我来说，这片树林是让被驱逐者最能感到安全的避难所。它树多，叶子也多。在靠近庄园外墙的一边，我看中了一丛黑刺李。虽然看上去密不透风的，但是，双手并用，我还是成功地溜进它枝叶的荫蔽中。当然，我的长裤又遭受了明显的新损伤。可尽管尖刺一直扎进了裤子的里层，我依然感谢它们，因为在我看来，这些铁蒺藜能让植物堡垒变得更坚固。

在隐蔽处安营扎寨后，我首先听到庄园那边传来一阵喧哗的人声，紧接着又是浓重的沉默。起先，我觉得这是吉兆，但现实立刻点醒了我——同样的声音又在另一个方向

---

① 卡律布狄斯（Charybde）是希腊神话中的大漩涡怪，斯库拉（Scylla）是食人女海妖，两者的领地分别位处墨西拿海峡的两端。法语中常用"逃出卡律布狄斯，又入斯库拉"来表达"逃出龙潭，又入虎穴"之意。

响了起来。我清楚地听到人们互相打招呼；与此同时，是树枝被踩断的声音——只有相当多的人在林中行走时，才会发出这种声音。

我虽是个狩猎领域的小白，此刻也清楚地明白，人们把我当作了狼。为了赶我出来，很可能整个庄园的人都出动了。

我的巢穴看来是不太安全了。我怎么进来的，此刻就又怎么出去了。然后，我沿着墙走，想试着前往树林边缘：这样可以了解对手们的战略，在可能的时候还便于突围。

噢，福气啊！噢，天意！在一片空地，我发现了一方树林中特有的、波纹像水晶石一样清澈的塘子，而那里的灯芯草和芦苇又长得跟热带花朵一样欣欣向荣。

我觉得人们肯定不会想到来这里寻我。于是，凭着指引了我这难忘的一天所有所作所为的本能，我毫不迟疑地下水了。

虽然我写的是"水"，但您最好理解成"泥沼"。事实上，这塘里的水很可能连一只麻雀都淹不死，里面的淤泥却多得很。我走一步，泥沙就到了膝盖处；再走远点，又没到了腰部。但这无法阻挡我来到芦苇最茂密的地方，然后保持镇静。我不知道自己究竟是坐着还是站着，但是手里依旧虔诚地提着带来这一系列波折的那物件，不让它陷进塘底的泥里。我自己的身体被吞了一半，却依旧一声不吭地忍受着，坚持让它避免这不那么令人愉悦的接触。我真是好样的。

然而隐忍竟是徒劳。

"叮咚！我们找到他了！"一个我再熟悉不过的声音喊道，"看，这是他新鲜的脚印。我刚看到芦苇丛在乱蹦，他在那里。朋友们，就在那儿！你，麻子，快去告诉老爷，我们抓到了那个贼骨头，同时让拉比什先生给我一个长钩，以便把他拖上岸——如果他还想跑的话。"

乡警刚提到的名字让我眼冒金星。那是夏维里埃的佃农的名字啊！他说的"老爷"，应该就是我的父亲了。我在自己的土地上偷猎了，而我们的乡警和我相看不相识，猛追了我一路。

我心心念念的野兔得救了。可是，我该感到高兴，还是该为这场冒险出乎意料的结局而失望？我还没想好。但我立刻就想到，如果人们看到我这副模样的话，自己将面临无法避免的讥讽和嘲笑。

"比松伯伯，"我一边拨开芦苇，一边朝他喊道，"我给您二十法郎，只要您能避开其他人，把我带到庄园里。"

"啊！他知道我是谁。"比松伯伯说。他坐在水塘边上，气定神闲地舞弄着他的那把旧马刀："但你也该知道，我会怎么对待你的礼物。"

"哎呀，快点拉我上来吧，比松伯伯。如果您知道我是谁的话，您该后悔这么对待我啦！我是乔治①先生。"

---

① 作者加斯帕尔·德·谢维尔的全名是谢维尔侯爵加斯帕尔·乔治·佩斯科（Gaspard Georges Pescow, marquis de Cherville），乔治是他的中间名。

震惊的比松伯伯失手丢掉了他的旧马刀。

"乔治先生！"他边喊边打着绝望的手势，"乔治先生！啊，千刀万剐啊，我在干什么啊！但在那边的时候，您为什么没告诉我？还有老爷，如果他知道我从早晨开始一直追捕的人是他儿子，他会怎么处置我？我完全有可能失业的！我的九个孩子之后会怎样？老天爷啊！"

眼见着比松伯伯在他个人的不幸中沉沦，无暇顾及我，我决定自力更生。

但一切还是太迟了。我的脚刚踏上坚实的土地，父亲和他的朋友们、那位佃农和他的手下都聚到了空地上。

那一刻我所处的状态难以用言语描述。拉比什先生原本正打算把泥塘剔净，来为他的田地施肥。他说，我让他珍贵的肥料减了足足一车。

好在野兔光洁如初，我的猎袋也不再是崭新的啦！

野兔和穴兔

　　如果给动物们按它们的机灵度弄个排行榜，我相信穴兔应该能在四足区名列前茅。

　　与穴兔相比，野兔在自保的计策上更胜一筹。被猎犬狂追的时候，它能用近乎精深的战术将敌人彻底甩掉。但只有危险迫在眉睫的时候，此类聪明的对策才会光顾它的脑海：平安无事时，它的自我保护措施仅限于意义不大的迷犬回径计，即通过折返一段距离后再改变逃跑方向来使足迹出现分岔，从而给追踪它的猎犬制造麻烦；除此之外，它只会用指甲刨地，让身子不探出地面，躲在空旷的原野上，慢慢受着一种被人们称作"恐惧"的可怕疾病的折磨。

　　穴兔在计策上没那么多的创造性，但却在头等重要的领域里胜过了野兔——它知道未雨绸缪。

　　早在危险探头前，它就感知到了，不会等到厄运降临的那天才去找安乐窝。这窝，在太平的日子里就已经挖好了。自出生起，它就为这窝辛勤劳作，令其更宽敞舒适。穴兔心里清楚，比起任何谋略诡计，房子才是港湾，一旦有风吹草动，能让它及时上岸。

也许，穴兔只是受本能的驱使，但这本能比理性领悟更可贵。更何况，本能还赋予了它几分社会交往的天赋。不论这天赋从何而起，都该被看作它智慧的最高表达方式。

穴兔对集体生活的偏好并非基于某种胃口或者某种更高等的需求。这就让我对它们的此种偏好更感兴趣了。野狗们为了能分食猎物成群结队；狐狸有时出于同样的目的并肩作战；仓鼠和一些候鸟也会在迁徙中凭借数量对抗危险；还有乌鸦，它们是为了共同警戒。但我不太懂穴兔选择群居是因循何种原初法则——肯定不是为了在冬天报团取暖。也许它们有点想以团结凝聚力量，凿出可观的地穴？不管怎么说，人们还是该歌颂这聚合倾向，歌颂这好脾气，歌颂这令它们独一无二的可爱个性。

穴兔们的群体穴居并没有妨碍个体的独立。兔兔有房住，但仅此而已。出了房子，可就得看每只兔子的心情了。它们会因为心情选择团聚，也因为心情而分道扬镳。

我刚提到过穴兔的好脾气，它可不仅仅体现在兔子和同类的相处上，还烙印于生活中的一举一动里。这好脾气体现了脚踏实地的生活哲学，很是令人艳羡。

与人类多次交手后，所有的动物都觉得，这是可怕的考验，就连食肉动物也不例外。它们事后也都会焦虑。比

如，野兔摆脱危险后摆脱不了恐慌。就算把猎犬远远甩在身后，它也会提心吊胆，无暇喘息，一会儿到这边，一会儿到那边，一会儿支起后腿静立。朝着风的来处，它垂下那对美妙的号角状助听器，然后一动不动，贪婪地倾听着。之后，它四足落地，继续走着，又停下，肚子贴着地面，肋骨一鼓一鼓地——那是呼吸。可是，几乎是马上，没有一丝声响，没有一片树叶被卷起，也就是说，没有一丝令兔子惊惶的理由，它却刷地跳起，而后又嗖地像箭一样射了出去。在二十步远的地方，它突然又停下，再次直立，然后开始问询清风。此刻，地平线一片寂静，而饱含威胁的狗吠像惊雷一样，翻山越岭之后已销声匿迹。喧嚣停留在那一边，远远地，为自己无力弄清迢迢路程组成的迷宫而感到羞愧。但是，对于野兔来说，结束并非终点，那些暴虐的吠叫即使不在耳边，也依旧捶打着不幸者的心神。猎犬的利齿未能钻进野兔的皮肉，但是比牙齿更尖利的恐惧渗了进去，折磨着它。

也许穴兔不比野兔更勇敢，但无忧无虑的特质赠予了它一副无所畏惧的假面。前一刻的危险，在它眼里，跟前几年的雪差不多。它还知道，从吝啬的命运手中夺来的快乐，哪怕只有一分钟，都是无价之宝。所以，只要火山没喷发，它就能在火山口一边跳，一边用兔子独有的表情说："快乐万岁！"

几声陌生的吠叫和急切嘶哑的喉音证实了它的敌人——猎犬正离自己百步之遥。但是，一只经验丰富的穴兔知道，这声音也说明狗狗还青涩。它满心只有逮到猎物跑向主人，所以叫个不停。又叫了几刻，它才竖起全身的覆毛。这时，穴兔才挨近了自己的巢穴。哎呀，为什么要待在地底下呢？空气还那么温暖；在白桦树发灰的枝干间，阳光闪耀得那么迷人；而它浅褐色的光泽缀在撒了一地的落叶上，像金色的地毯。明明还有几刻闲暇时光呀！穴兔停下了脚步，没有忘记不速之客——分给了狗一只耳朵，已经算给面子了。理所当然地，它好好享用了这一刻的安宁：打了个哈欠，抬了抬腿，闲逛了会儿，再用细柳枝磨了磨白牙。面对着笼罩自己的死亡，无畏的穴兔想到了梳洗打扮，它的爪子像小松鼠似的在毛发上来来去去：刚刚在不安的时刻，它穿过了一处车辙印，里面的泥水令柔软闪耀的绒毛黯淡了几分。它又打磨了一下自己的胡须——是为了雌兔吧？这

一切都发生在马上要喷枪子儿的枪口之下！继续谈论你们的斯多亚主义吧，某些只会造响亮句子的人！炫耀你们快乐的怀疑论吧，给饮酒歌写谱子的人！相信我，你们都应该去穴兔课堂学上一课。

但是，如果我继续在穴兔的"美德"上赘述下去，一些读者也许就会觉得我在说假话了。所以，现在我会谈谈它更具实际效用的品质。谢天谢地，幸亏我今天的主角满身优点！

穴兔也许是最低贱的猎物，但也可能是最珍贵的。它既是大庄园里枪猎活动的奠基石，又是普通狩猎活动——无论猎者人数多寡——的日常所需。说实话，我们谁都可以不要它，但就是不能没有它。就个人而言，如果有一天人们告诉我全世界的穴兔因一场灾难而全军覆没，我想我会在第二年放弃申请持枪许可。

如果说穴兔的某些精神品质胜过野兔，那么在射击的愉悦感上，前者也要优于后者。此外，在美食领域也是如此。

在最后一点上，事实比我的长篇大论更具说服力。

住在阿登大区时，我需要换掉一位打猎时跟随我的仆人。有一位应征的男子长得又高又匀称，在各方面都符合我对该岗位的要求。而且，他在薪资上很好说话，招聘事宜一时间更加顺利。只是，我刚向他讲完自己的条件，他就神情中不乏尴尬地问道："我接受先生您所有的条件，只是想知道一点——先生您让我在厨房吃野兔吗？"

许多好理由让我给出了肯定的答复，他也满脸欢喜，对该岗位心仪无疑。这心仪是双向的，有这么个强健的管理猎犬的仆人，我的小猎犬们追起猎物来肯定得心应手！事实确实如此，在半个多月的时间里一切顺利。但是很快，唉，灌木丛空空，动物巢穴空空，总之，用猎犬界术语来说就是——四手空空，而这成了我出猎的常态。

我狩猎的树林都面积宽广。在山谷里，它们被一片片耕田包围着，而快到山顶处则是无边的、生长在低洼地上的欧石南。也就是说，猎物只要出林，大多往最后这个方向跑；而它们总是决心出逃的。但是，因为猎犬们最终会回来，矮林又被开辟得恰到好处，所以我很少跟在猎犬后面，而是让上面提到的那个男子负责协助。而自从逆风开始侵袭我征途的那天，我的等待都化作了徒劳。在漫长的数小时内，我在猎犬的必经之路上苦等。在每一次的焦心后，我看到仆人回来。他有时一个人，有时带回喧哗的猎犬队，但无论哪一次，他都带回了完美的理由，用于解释又一次的徒劳无功。某天，猎犬们受骗被一只野兔带到了两法里之外；又一天，它们失误，丢失了猎物的踪迹；等等，等等。我对此不知作何感想，只能本能地点头。但是，有一天，猎犬们跟着猎物左冲右突之后，我正好靠近了它们，于是听见了有些奇怪的鞭子声，然后就是长长的静寂，最后是我的猎犬管理员集合队伍的号角声。更让我惊异的是，这一阵阵的号角声像是从同一个地方吹响的，也就是说，吹号的人跟在猎犬的身后，却没有改变原先所在的位置。于是我跟着号角声，向那个方向走去。还有两百步左右的时候，我狡猾地藏在树后面，慢慢靠近现场。于是，凭借这谨慎，我看到了奇异的一幕：坐在山毛榉的树荫下，仿若维吉尔《牧歌》中的提氏卢斯"在榉树繁枝造就的华盖下斜卧"，我们新的提氏卢斯正抽着烟斗；抽了两下，又举起号角吹一下，然后重新开始吞云吐雾。至于猎犬们，它们被成对地系在一起，绑在十步远的地方，姿态各异——这一切，很可能在我听见鞭子声的时候就开始了。我坦承，那时我的态度不怎么和缓。我的仆人立刻意识到自己的"秘密战略"被识破了。他双膝跪地，双掌合十地喊道："啊，先生！我已经连续三个星期只有野兔吃了！您看看我，再多吃一只，我就要吃出毛病来了！"

他的脸色实在蜡黄，于是我原谅了他为不吃自讨的苦而做出的极端举动。我们和解了：他答应不再以激励猎犬为借口来阻挡它们追踪猎物，在此基础上，我也很乐意让人一周只给他吃两次野兔。

而穴兔在烹饪上的优点用一句格言就能总结彻底："穴兔是猎场看守人最好的蔬菜。"猎场看守人这么说，也没有猎手不这么想。它是一种能轻松搭配所有酱料——起码有三十多种，包括火上锅①的汤汁——的"蔬菜"。听我的，把一只老穴兔放进锅里（当然要配以牛肉和真正的蔬菜，就像石头汤②一样），您就会告诉我有多好吃。它是一种我们天天吃都不会脸黄如柠檬的"蔬菜"。因此，我们永不餍足，一直想要"种植"它。

追捕穴兔是短腿猎犬的专利，但是我们也可以用指示猎犬找到它，然后亲手结果它——这种追踪方式挺让人愉悦的。当穴兔在树林中逃遁的时候，想要射中它，就需要

① 火上锅（pot-au-feu），法国传统菜式，即用蔬菜和香草调味过的清汤中倒入几块肉（大多数情况下为牛肉）后慢炖，炖好的汤汁可用作酱料。

② 石头汤（soupe au caillou），法国传统农家菜式，现依然流行于洛林地区，在炖汤时放入一块干净的石头慢炖。

稳、准、灵。这是新手猎者最好的学校。

去寻找穴兔吧！到长了二到五年的矮林里，到树篱旁，到覆满荆棘的葡萄园的墙边，到靠近树林的灌木丛里。要小心地寻找避风又向阳的地方，这是它们最爱的筑巢处。在您探索的这片土地上，它们会出现在回巢时途经的小径，出现在玩耍的地方，出现在巢穴里。

您必须像在平原上狩猎一样，严格明确地带着猎犬嗅闻猎物的气味。从清晨就开始待在巢里，穴兔没有给您留下任何可以用来找到它的挥发物。因此，您必须来来回回地走：您和猎犬不应该错过任何一处灌木丛和任何一根草。

这只猎犬应该被训练成在您下令"叼回来！"之前静静地指示目标——至少能够在枪响前保持这一状态。在树林里，一只跑来跑去的猎犬，不仅在大部分情况下会影响主人的射击，还可能让他享受愉悦的游戏变成悲剧之痛。

当猎犬突然停下，开始指示目标时，您需要保持镇静，慢慢靠近穴兔，然后快速选择一个站位，让穴兔在枪响之后不得不往草木最稀疏的那条道上跑。成功在很大程度上取决于您在这件事上的机灵度和洞察力。同时，您需要继续观风，保持随时可以将猎枪抛上肩头的状态。穴兔这时一般是静止的，但也可能不等催促就大逃特逃。这还不算最糟的。在特定的气候条件下，风低气润，您的猎犬到达穴兔家门口的时候，穴兔早就不见了。

当它遁逃的时候，您想象一下一支在灌木林和欧石南丛中穿梭的箭。当瞄准器在左边的时候,它跑到右边,而当您把准头对往右边的时候,它已经在左边了。穴兔只为了消失而出现。您可以试着在树丛中任性地勾勒出阿拉伯式的涡卷线状图案或蝴蝶飞行的路线,那就是离了巢的穴兔奔跑的样子。

跟上它,在蜿蜒的追踪过程中让它停留在您的枪口底下,这永远是一件艰难的事,有时是不可能的事。所以不要让它跑掉,也不要想着能在面前的林间空地上等到它——十有八九您会把自己等成榆木脑袋。不管它离您是十步还是三十步,一发现它,请您立刻射击。射击的时候,您要把猎枪抬高点,这样才能正中起跳的逃犯。如果草丛或灌木遮住了您的视线,那就往预估的地方开枪吧!也就是说,借助您的判断。"不用瞄准。判断,然后射击。"德约①在他的《老猎人》一书中这么说。

---

① 泰奥菲尔·德约(Théophile Deyeux,生卒年不详),19 世纪法国作家。

灵缇犬

而今，灵缇犬代表着被放逐的犬类。1844 年出台的法令终结了那项它们在其中扮演重要角色的运动。从此，您在路上、在散步大道上遇到的灵缇犬不过是遗留下的珍奇。

然而，在别的土地上，它们依旧备受尊重，人们还不至于用过火的禁猎来维持猎物的数量：在英国、荷兰和西班牙，人们可以恣意享受这项生动曲折的狩猎运动带来的速度和激情；更不用说北非和东方的一些地区了，那儿的人对别的狩猎助手毫无概念。

让我们先来了解一下灵缇犬的起源、历史和外貌特征。

在布丰①生活的年代，物种系谱图大行其道。他觉得有必要为生长在两个半球上的不计其数的犬类也编个系谱。跟一切出自这位伟人头脑的成果一样，这系谱编纂得精密而

---

① 布丰（Georges Louis Leclerc de Buffon，1707—1788），法国博物学家、作家，进化思想的先驱者，《自然史》的作者。

机巧，但是和他著作中的许多部分一样，它也招来了不少批评。

他认为灵缇犬是被引进到南方国度的大猎犬的后代。在那儿，它们的身材发生了变化，变得最为硕大。当它们被引入北方的时候，体形逐渐变小，成了我们所看到的样子。而在英国，它们就变得最袖珍，成了小型灵缇犬。

这套异想天开的理论可谓漏洞百出。如果外貌的相似能够说明问题，那么灵缇犬无疑与牧羊犬——而不是大猎犬——亲缘更近，毕竟它们有着一样的竖琴线条般的肚子、细长的脸，有时还有相似的肌肉力量。再者，罗马人最爱的凯尔特灵缇犬（他们称之为"vertagus"）来自高卢地区。奥维德①就曾把追求达芙妮的阿波罗比作追逐野兔的高卢灵缇犬——它在快要捉住猎物时会纵身扑出，步履匆忙。最后，在北方国度，灵缇犬们的身材没怎么变小。在爱尔兰，曾经存在着一种体形巨大的灵缇犬，它们身高至少一米。而今，这个品种已经绝迹了。

在我看来，把全世界的狗的起源都归结到一类狗身上，说它是唯一的祖先，真的是件很天真的事。博物学家们宣称，他们艰苦工作如斯，是为了向《圣经》致敬。这些人没有意识到，对经典过度的崇敬恰恰暴露了对无所不能的造物主的能力的怀疑。他们敬重神圣的言语，却对说出这言语的

---

① 奥维德（Ovide，前43—约17），奥古斯都时代的古罗马诗人，代表作有《变形记》《爱的艺术》等。

神不怎么敬重。在人类身边，犬类被赋予的角色——我们几乎可以称其为"使命"——是多样的。它必须保护人类不受凶猛野兽的侵害；它必须协助人类看管归顺的动物；最后，它必须帮助人类捕获猎物。既然我们已经解开了想象的缰绳，那为什么不能就犬类的三大职能，分别假定三种最原初的犬类呢？它们就是獒犬、牧羊犬和灵缇犬！这个假设简化了致力于为狗编纂系谱的专家们的工作。而对于造物主来说，用黏土再捏出两种犬也是小事一桩——毕竟他大手一挥，就在宇宙中洒满了星辰。

于是，灵缇犬就成了人类历史上第一位猎人的命定辅具。他裸着身子，除了棍子以外没别的武器，捉住猎物的唯一方法就是追上它。在远古时期，灵缇犬聊胜于无的嗅觉不会带来什么不便。那时，猎物肆意繁衍，且还没有学会防备人类的陷阱。

灵缇犬在古代就享有盛名，但中世纪才是它的高光时刻。作为封建领主和贵族们的专属，它是他们所有享乐与宴会的同伴。甚至在他们的坟墓前，都有灵缇犬伏卧在他们的脚下。

在那时，灵缇犬被分为三类。第一类是拴系型灵缇犬，它们的毛长而硬，呈铁灰或黄褐色，偶尔是白色，被人们从布列塔尼、爱尔兰或苏格兰牵出来。它们负责追捕狼和野猪，只要看见猎物，就能追上它。第二类是猎野兔型灵缇犬。最后一类就是小型灵缇犬了，它们可不是只会在美丽的女主人绣着族徽的枕头上打盹——它们还能追逐穴兔。

在法国，随着狩猎术逐渐成为一门科学，我们的土灵缇犬逐渐消失，被美丽的群猎犬品种取代：诺曼犬、圣通日犬、普瓦图犬……唉！可就连它们也都将与其先行者一道，在不久之后化作回忆。只有苏格兰保留了它的本土灵缇犬品种，猎手们在那儿的高地上与它们一道捕鹿，爱德温·兰西尔[①]的画让这一品种出了名。

在今日的俄国也还能找到皮毛刚硬的灵缇犬，高加索地区的人们用它追捕狼和胡狼。库尔德斯坦[②]的灵缇犬还像绵羊一样长着浓密而卷曲的毛。

作为现代社会封建阶级的代言人，阿拉伯地区的谢赫[③]们对灵缇犬的钟爱一如我们的男爵。他们美妙的斯卢夫猎犬披着短小的毛发，全身或呈浅黄褐色，或长着黑斑。有了它，谢赫们可以战胜胡狼与野猪，追上沉浸在撒哈拉冥想曲中的狷羚和瞪羚。高哥西班牙犬以及产自波斯和叙利亚地区的有着长而柔软的毛发的灵缇犬也不乏其长处。

虽然在温和的气候和多愁善感的文明的双重影响下，以速度见长的灵缇犬在我国已经变成了例外或珍奇样本，但

---

① 爱德温·兰西尔（Edwin Landseer, 1802—1873），英国维多利亚时代的画家、雕塑家，擅长表现动物的健美和生气，尤以画犬而闻名。

② 库尔德斯坦（Kurdistan），西亚库尔德人分布地区的习惯名称，位于西亚北部，包括土耳其东南部、伊拉克东北部、叙利亚东北角、伊朗西北部和亚美尼亚一部分。

③ 谢赫（cheik），阿拉伯语音译，原意为"长老"，是阿拉伯人对氏族部落首领的称谓，后成为伊斯兰教对教内德高望重者的尊称。

在南方国度，它仍是一切捕猎活动中的重要工具，而且优于人们意图引进的所有品种。那些地区干燥的土壤无法贮存猎物散发的气味，炽热的日光会立刻驱散土壤中的留存，犬类灵敏的嗅觉发挥不了作用。况且，用不了多久，这嗅觉也会受极端气候的影响而零碎不全，速度和力量因此成了狩猎协作者脱颖而出的主要因素。在那儿，灵缇犬们的好日子还长着呢。

灵缇犬独一无二的外形显示出其存在的目的。外表从未如此有说服力地阐释着官能。它纤细的头颅非常轻盈，完全不压迫前腿；颈部的肌肉异乎寻常地粗壮有力，在向前出击扑倒猎物时发挥了重要作用；它的胸腔也是异乎寻常地厚而广。它和其他以速度见长的动物们一样，后腿比前腿发达许多；两只后腿修长而不羸弱，肌肉丰盈，几乎没有脂肪；骨头结构紧密，密度令人惊异。它的腹部紧实地收起，长而细的尾巴上没有一丝赘肉。

它在才智方面的造化就差了一些——好吧，是平庸，它短缺的额窦证实了这一点。然而，它对主人似乎表现出几分眷恋——性情温顺的灵缇犬很喜欢被抚摸。它嗅觉一般，但是听觉灵敏，眼神也很尖锐。

我曾提到过，在英国、西班牙和爱尔兰，人们依旧用灵缇犬追捕野兔。但在上面所提到的第一个国家，这项运动只是竞速比赛的多种形式之一——人们把主角从马换成了

狗，仅此而已。在那儿，该运动和赛马一样，还能成为赌注相当可观的赌局。

相反地，在荷兰 —— 我们曾在那儿参与这项娱乐 —— 狩猎运动保留了出人意料的元素、兼具田园风光与风波起伏的面貌，以及令人激动的曲折情态。它们也都是一切狩猎活动的必备要素。我曾遇到一位住在布雷达①市郊的地主，他拥有五对灵缇犬。它们虽然血统不同，但外形上却一只比另一只更完美。主人坚持要向我证明它们有着与英俊外表相配的品质，于是我们约定第二天见。到场的只有四只狗，配好对，列成群，被看管的仆从领着。一只小小的母英国波音达犬巡查着一片土地。一旁的我们不用说，自然是骑在马上。不久，这只母狗就停在了一簇荆棘前。我们很快地围了上去，但是野兔没有等我们。它跑掉了，洞穴是空的。我们徒劳地踩在马镫上，却因为处在略微起伏的地段的低处，看不见什么。突然，一只灵缇犬喷出一声低吠，然后力量十足地一跃 —— 牵着它的仆从差点摔了个趔趄。

"尼禄比我们看得更清楚，把绳子解开。"主人说。

没了束缚，这犬一跃而起，身后跟着它的三个同伴，一眨眼的工夫，已经上了高坡。只见它们犹豫了一瞬，然后就消失了。等我们也站上了高坡，辨认出无边平原上有个灰点 —— 野兔哎！它周围就是四只猎犬。它们紧紧攒成一支

---

① 布雷达（Bréda），荷兰南部城市。

小分队，以令人惊叹的速度直指向前。我们也向那方向扑去。我永远无法忘记这场速度的较量。无论我们的奔马怎么跑，没了命地跑，都无法缩短和猎犬群的距离。我们用尽全力指挥着马儿——终于，它虽然赶不上猎犬队，但明显能靠近野兔了。幸亏这一幕发生在可爱的荷兰，它的土地和居民的个性一样和缓平顺——灵缇犬们在我们面前上演的这一幕完全攫去了我的心神，如果我同时还要注意跨越障碍，那么我的同伴们极可能听见两记毙命的惨叫，而非一记了。

用来描绘它的隐喻皆可按字面意思来理解：我们看不清猎犬的跑动；它们的跳跃迅疾得异乎寻常，让我们来不及辨认出方向；它们是四支跨越了空间的箭，从大地上空飞掠而过。

"呜哈！呜哈！"我的荷兰朋友高喊道。

野兔的一个急转弯让情势有了改观。猎犬们的一瞬犹豫给了我们赶上它们的机会。它们的喘息已能吹动猎物的毛发，而原本领先的野兔将二十来米的距离以每秒一米的速度让了出去。那只首先发现猎物的黄褐色大灵缇犬从右边包抄了它。那可怜的小兔看到了，想向左奔，然而在这一边，另一只灵缇犬和它的同伴也在同一时间赶到了。正是这个动作葬送了野兔。脚下速度不减，前一只猎犬用嘴的前端叼起了它，扔向两到三法尺的空中。然后，野兔被另一张全副武装的嘴不怎么仁慈地接住了。狩猎结束了，耗时九分钟。我们的领队，也就是越来越兴奋地喊着"呜哈！"的那位跳下了马，跑向那只黄褐色的大灵缇犬，满怀热情地亲吻了它。谁说荷兰人总是沉着冷静的？

让 诺 [1]

　　我对穴兔有着特殊的偏爱。也许我的偏爱是出于好奇，好奇白葡萄酒炖兔这道菜，但更是因为对它既活泼又调皮的小脸兴趣十足，因为它是树林里常见的活力四射的小鬼头，因为它的兔生哲学。

　　穴兔是兔类里的无产者，具备这一阶层赤条条而无牵挂的特性，任何政治狂热都改变不了它的这一天性。它会因为风吹草动而害怕，也会因为一点承诺而安心。风儿轻扫，草儿摇动，它能抬腿就跑。但是，在一个大战初歇的傍晚，就算才以兔子的方式（或者说是以帕提亚 [2] 战士的方式，也

---

① "让"（Jean）是拉封丹的寓言《猫、黄鼠狼和小兔子》里穴兔的名字，"让诺"（Jeannot 或 Janot）是"让"的小名。

② 帕提亚（Parthie），西亚古国，地处伊朗高原东北部，原为波斯帝国属地，公元前 4 世纪曾被马其顿亚历山大占领，后属塞琉西王国，公元前 3 世纪独立，建阿萨息斯王朝（中国史籍译称"安息"），后扩张至整个伊朗高原和两河流域，与贵霜和罗马帝国相抗衡，公元 226 年为波斯萨珊王朝所取代。

就是逃跑）结束了战斗，就算才奇迹般地脱险而没被某个厨子卖掉赚钱，它还是会在草丛中蹦蹦跳跳，丝毫不受早上糟糕情绪的影响。贫穷还让它多产：如果人们忽视它几年，对其族类高强度的镇压消停一些时候，整个地球、整个未来都将属于穴兔。大普林尼[①]不就认为是穴兔推倒了塔拉戈纳[②]城墙吗？

　　和印加人一样，穴兔也是太阳之子。它产自非洲，后被引入西班牙。在那儿，它们繁衍惊人，以至于该地被卡图卢斯[③]冠以"cuniculosa"的称号，也就是"兔之所"。兔子们也就是从那儿北上的。只是，即使拥有独树一帜的适应力和繁殖能力，到了一定的纬度，它们也会日渐凋零，难以繁衍。因此，在巴黎附近，甚至在加莱地区的沙丘上都随处可见的穴兔一旦到了比利时，尤其是到了高低起伏的阿登山区，就成了数量相对稀少的猎物。

　　在这片土地上，我度过了人生的三载。那时我病情严重，遵照医嘱去斯帕[④]接受温泉疗养。对病愈这件事，我满怀感激，无法不承认那儿的水起了作用。但是同样地，我也

[①] 大普林尼（Pline l'Ancien，23—79），古罗马作家、博物学家、政治家、军人，有哲学、历史、修辞学等多种著作，今仅存一部百科全书式的著作《自然史》（亦译《博物志》，37卷）。

[②] 塔拉戈纳（Tarragone），西班牙东北部城市，公元前218年被罗马人征服后发展成一座大型要塞城市，建有高6米、总长达3500米的环城城墙。

[③] 卡图卢斯（Catulle，约前84年—约前54年），古罗马诗人，作品以抒情诗最为著名。

[④] 斯帕（Spa），比利时列日省东部的一座城市，坐落于阿登山区，以温泉和天然矿泉水闻名。

必须肯定，每日在山间漫步时双肺如饥似渴地吸入的带着草木清香的空气的作用也很大。这处明媚的山谷也给我的心灵和精神带来了静谧和安宁。

索维尼埃河也许是不老泉的支流，对此我并不怀疑。而且我可以证明，萨尔、雷凯姆、热隆斯泰尔和贝兰格森的丛林是真正的猎人天堂，满是狍子、松鸡、野兔和丘鹬。可其间独缺穴兔。出于偏爱 —— 这种偏爱我在前文已表露过不止一次 —— 我对它的缺席深感遗憾。

九月的一天，我手持猎枪，在安妮特和吕班①的山间游荡。当走到公墓旁边一处未被耕作的山脊时，我看见我的猎

---

① 安妮特（Annette）和吕班（Lubin），让－弗朗索瓦·马蒙泰尔创作的道德故事《安妮特和吕班》中的两位主人公。他们是一对表亲，居住在斯帕附近的山中，从小沦为孤儿，过着与世隔绝、天真无邪的原始生活。人们从此把斯帕附近的山峦称为"安妮特和吕班的山"。

犬狄安娜在一丛金雀花前停下了。照着惯常做法，我翻了翻灌木丛，然后用猎枪的枪管拍了拍。一个响动就从我脚边擦了过去。透过欧石南，我隐约看到一个发灰的东西。于是，我开了枪——甚至不知铅弹射向了何方猎物。因此，当狄安娜把它叼回来的时候，我有些吃惊地发现，自己拥有了自从开始探索该区域起遇见的第一只，也是唯一的一只穴兔。同时我也发现，受害者是雌性，并且正处于哺乳期。

于是我领略到了猎者常有的一种感受——比大家料想的要常见得多——从胜利的喜悦变为懊悔和惭愧参半。

有人说，智者七转舌而后言。摆弄猎枪如同言谈，往往子弹刚一射出，射手就反悔了。

我曾多次哀叹，在每日的战利品里，一只穴兔也没有。上天许是听到了，往这片幽独之地领了一对冒险家，打算填补令人遗憾的空白。而我既愚蠢地褫夺了这只可怜的小兽做母亲的使命，又堵塞了未来可以带给我快乐的源泉！于是，我把穴兔放在掌心里，翻过来又倒过去，面色阴郁。我再一次发觉了人类的无能：我们可以轻易地让生命消逝，却无法起死回生，哪怕只是还给生命一寸表象。我向您保证，这些思考没让我感到更自豪。

尽管忧心忡忡，过了一会儿，我还是注意到狄安娜又变回了最初的姿势。这表明在它的面前还有第二只猎物。

尽管知道穴兔们一般不门对门住着，尽管雌兔在哺育小兔时会着意避开雄兔，我还是猜测，狄安娜找到的是逝者的伴侣。

我确实得承认，自己的懊悔和鳄鱼的眼泪几乎无二——这相似性让人不爽。但我还是战胜了猎手的贪欲，摇晃密密的荆棘丛，决心向因我变成鳏夫的小可怜鬼举枪致哀。

灌木丛静静的，没什么动静。但是，拨开金雀花时，我发现它们根部的泥土被抓挠过。让猎犬停下来做出指示姿态的，只是个穴兔的"育儿窝"。

雌兔永远不会让小兔进自己的家门。家作为庇护所，只是看似安全，而在这看似安全背后，潜藏着让它远离的理由。这理由既合理又可怜：穴兔不是完美的，从前我向您夸耀过其可爱活泼的性子，可它们中的雄性是萨图尔努斯[①]的传人，跟这天神之父一样有吞食自己孩子的癖性。而它的女伴，因为还没能想出用石头替代小朱庇特的招数，只得选择逃离两口之家，奔向远方，为自己的后代找寻一处摇篮。

在与地面齐平的地方，它会挖出长度不等的坑道，再布置成一个真正的窝——用干草和从自己肚子下面拔下的绒毛一起编织成床垫——再把兔宝宝们放上去。然后，每次做了乳娘，它都会再用青苔和泥土巧妙地藏好地下小窝的入口。

——————————————

[①] 萨图尔努斯（Saturne），罗马的神祇，天神朱庇特的父亲，有吞食亲生子女的癖性。朱庇特出生后，母亲奥普斯不忍心看见自己的孩子被吞食，于是用一块裹在襁褓中的石头将小朱庇特调包而出。

这就是我们口中的"育儿窝"。

我拨开了这个窝，发现了两只兔宝宝。它们只比我的拳头大一点，却已显出机灵的神色，表明了其在绵延家祚上的绝佳天赋。

只是，我觉得它们还太脆弱，无法挨过断奶和失母的日子。但从另一个角度而言，猎手的经验让我明白饲养穴兔要面临的所有艰辛。所以，我在两种选择前犹豫良久——它们可以让我弥补一点犯下的罪过。

最终，我决定让被害者的后代拥有两种生存的可能。我把其中的一只小兔抱到胸前，决定带走并哺育它，把另一只放回了坑道，又用手尽可能不那么拙劣地掩好洞口，让它听天由命。

除了对穴兔的好感，还有一种全新的考量影响着我的决定。那时，我有位朋友，我打算让他也参与我的饲养事业。我敢肯定，我的这一计划会让他非常开心。一想到这儿，我就情不自禁地提前弯起了嘴角，同时想象着他迎接孤儿兔时手舞足蹈的样子。

这位朋友——请您先别笑，不会有人比他更珍贵、更美好——他是个小男孩，那时大约五六岁的样子。他的父母和我住在同一屋檐下。

爱德蒙，那是他的名字。

他是个金发孩子，白里透红的，又有些羸弱。长相机灵的他笑起来挺顽皮，蓝眼睛很深邃，深邃得让所有人感到惊诧，更令他的母亲害怕。总有些这样的孩子：他的眼神似乎永远落在这个世界外面；有种直觉牵引着他走向无穷；不由自主地，他的憧憬出尘而崇高。对于这些孩子而言，被放逐人间的时间从来不会太长。上天把他借给我们，让我们知道天使该是什么样子，但又从人世将他匆忙领回，回到真正的家园。

我完美地预估了领养计划给我的伙伴带来的快乐。他抱起了兔宝宝，紧紧搂在怀里，然后一边吻遍它的全身，一边惊叹地赞美着。大自然显然从未创造出比它更萌的动物。紧接着，他又为一眼望不到边的未来做打算：大象一百二十岁的寿命都装不下爱德蒙为他饲养的小可爱制订的兔生规划。

毫无疑问，这只兔十分感念对方的一片热忱。但我还是觉得，一点具象的补助对它的肚子来说不是坏事。用一个细口玻璃瓶、一个穿了孔的木塞、一根羽毛和一个棉花塞，我很快就做了个奶瓶，往里面装满了奶，然后向帮手展示了如何使用。不一会儿，他用起这个工具时，就跟博斯地区的乳娘一样熟练了。

我去换了套家居服，回来的时候，听见从侧厅里传来嘶哑的犬吠和低吼。一打开门，只见爱德蒙蹲在一个狗窝前，窝里是一只名叫"吉卜赛人"的母梗犬。它刚刚产完仔，这五六天来，一直在为人们给它留下的唯一宝宝喂奶。

看上去，爱德蒙和"吉卜赛人"是在激烈地争论着什么。这小男孩一会儿恳切地哀求狗狗，一会儿又猛烈地威胁它。而"吉卜赛人"的回答虽然方式单一，但清楚地传达了它的不满。他们的争吵令人惊讶。毕竟，在"吉卜赛人"眼里，爱德蒙是最忠实、最真诚的朋友；而对爱德蒙来说，"吉卜赛人"是最乖巧、最柔顺的奴隶。

走得近了一些，我听明白了。

小朋友灵机一动，想到我们根本不需要奶瓶，这里就有现成的乳娘。于是，他马上将灵光付诸行动，来到"吉卜赛人"的窝前，一只手强迫狗狗继续保持侧卧姿势，另一只手让兔宝宝接近一个乳头，直到兔子能含住它为止。

"吉卜赛人"对这一强暴其母性的行为表示严正抗议。

狗是兔族最顽固的仇敌，让它来喂奶，确实是个很别致的点子，我也想出力帮忙了。然而，帮的却是倒忙——我刚动手帮小男孩按住，"吉卜赛人"就不只满足于低吼和挣扎，暴怒的它结结实实地咬了我一口。

我明白，是自己的介入把事情搞砸了。所有的动物都对孩子格外容忍，比起我们，更愿意听从他们的号令。更何况，对"吉卜赛人"而言，与它关系亲密的爱德蒙所拥有的特权岂是我这个自大的外人可以觊觎的。

我让孩子一个人去实现他的理想了。不久，理想就照进了现实。"吉卜赛人"回到了原位，爱德蒙又把兔宝宝送到了小狗旁边。抚摸和柔声责备渐渐感化了易怒的乳娘。它不吭声了，只是时不时地哼哼，似乎在祈求小暴君不要让这残忍的考验继续下去。

兔宝宝吃饱后就被抱走，放在一个铺满羊毛的小盒子里——那是它的家。几小时后又进行了第二场考验，形势比第一场明朗得多。接着，就是第三场。第二天，"吉卜赛人"看上去已经决定容忍第三者的存在了——它抬起头，仓皇地打量了一下兔宝宝，然后将略带湿润的双眼转向了它年幼的朋友，很明显是在说："让我忍受对身为狗的尊严的如斯亵渎，我对你得是真爱啊！"

半个多月以来，让诺（兔宝宝还太小，没法觊觎那个为它族类准备的专属名字①，于是被赐名"让诺"）一直在舔舐母梗犬的乳头。狗狗是好样的，它似乎已经对这孩子产生了真挚的感情，不仅自愿献上自己的母腹，还有三四次，被

---

① 见第110页脚注①。法语中兔族的专属名字是"让"，"让诺"即前者的迷你版称呼，相当于中文的"小让"。

我发现主动地舔着让诺，像照顾自己的孩子似的为它梳洗小脸。然而，我还是只放了一半的心，建议小男孩在他的小可爱每次吃饭的时候都待在近旁主事。接下来的事情证明，我对"吉卜赛人"的评判过于草率了。

　　长成大男孩的让诺开始在大碗里喝奶了。"吉卜赛人"跟母猫一样馋，每次都羡慕地看着让诺的美食配额。

　　它离开了窝，狡猾地慢慢靠近，然后入席了。让诺不怎么喜欢大咧咧的食客，于是，为了宣示自己的主权，它把双腿放入碗里，然后整个兔跳了进去。如此，它既能更自如地舔舐碗里的东西，又能阻止乳娘的舌头对食物的侵占。即使垂涎欲滴，"吉卜赛人"也从来没有借助力量优势抢夺过美味。它只是谦卑地舔着地板上因让诺的伸展运动而溅出的奶，然后回到它的垫子上。

人们把它唯一的狗宝送走之后，"吉卜赛人"对让诺的感情从强者的友好谦让变成了真正的友谊，它们一玩儿就是几个时辰。它跟着小兔在整个房子里跑。当兔子一躲，突然转向时，"吉卜赛人"会从它身上跳过去，用爪子紧紧搂住，轻咬它的颈背和耳朵。这一切，"吉卜赛人"都做得极其小心。尽管狗狗的爪子游戏臭名远扬，结束后，让诺身上却一点剐蹭的痕迹都没有。然而，兔子毫无感激之心，这让狗的隐忍越发显得可贵。打闹的时候，只要兔子发现自己占据了有利地形，就一定会边蹬后腿边以爪为剑，像床垫梳理工似的抓挠，让松了手的"吉卜赛人"疼得直吼。但是，就算被如此虐待，狗狗也严格要求自己绝不还手，只是躲到忠实的观众爱德蒙的双腿后面，祈求他的介入。可我不得不承认，让诺对爱德蒙的指责毫不在意。

乳娘和奶宝日渐亲密。不久，小男孩房间里"吉卜赛人"住的狗窝就成了让诺唯一的住所。"吉卜赛人"慷慨地与兔子共享房间，尽管与后者做邻居实非易事。

"吉卜赛人"有几个习惯：当它的小主人休息的时候，它尊重他的睡眠；但是，天一亮，它就离开自己的垫子，来到地毯上，面朝主人的床；在那儿，它乖乖坐着，眼睛一眨不眨地望着小天使，耐心等待他醒来。男孩只要一睁眼，它就蹦到床上，舐着好朋友带着窝窝的手背，然后，要不就跟他一起玩儿一局，要不就藏到他的被褥下，在他身边暖暖地小憩一下。

让诺可没有这些柏拉图式的想法。它实际多了，迎接每个清晨的方式就是考虑自己的肚皮。它左逛逛，右转转，想找到几粒面包屑，或者昨晚饕餮的剩饭——漏下的一点红萝卜丝。如果找到了，就把它欢天喜地地吞掉。只是，由于盛宴的残羹冷炙会让整个房子都显得面目可憎，它的此类餐食受到了严格的管控，让诺的寻找也因此常常失败。一天，胃口的诱惑让它着急上了火，竟想剥夺两个伙伴在玩儿的时候不带它的权利，剥夺他们在它冷的时候不带它一道进入温暖梦乡的权利。于是，在数次尝试眼见着"吉卜赛人"成功过的路线却宣告失败后，它对让自己永远只能留在地毯上的无能后腿深感愤怒，便对面前第一件伸手可及的物品展开了报复。它的坏蛋生涯开始了。

这天早上，在出发打猎前，我正用着早餐。当我看到爱德蒙的时候，吃了一惊——他光着脚，身上穿着睡衣，看上去像刚起床，哭着到了餐厅。

泪水在他脸上肆意奔流。他的衬衣下——那是他身上唯一的衣物——藏着一个似乎挺大的东西。

我把他抱在怀里，问他为何如此难过。

"你看！"他对我说，一边向我展示手中的东西，"坏让诺把我崭新的漂亮靴子弄成了什么样子！"

他给我看的这个东西最多可以被叫作拖鞋，而且全是破洞，就像不幸的、戴着镣铐的犯人的鞋。至于鞋顶部那缀着贝壳纽扣的优雅的蓝克什米尔羊绒护腿，几乎已经不剩什么了，只有几缕被划破了、割碎了的细碎破布还挂在上面，给整个靴子平添了几分凄凉。眼前的这一幕让我和我的小朋友一样目瞪口呆。而审视灾难带来的危害的时候，他的泪水又加倍地滚落下来。

"怎么面对妈妈呀？"他一边抽泣一边说。"这要是我的错就好了。是的，我会挨骂，但是知道怎么获得原谅，这就好了呀。但是她会生让诺的气，还会惩罚它，也许还会把它送人！就像她把'吉卜赛人'的宝宝也送人了一样。天哪！"他一边烦心地用脚踢着桌子，一边接着说："兔子该有多笨才会做这样的事呀！"

在这点上，我赞同这孩子的看法。我知道他的害怕很有道理，所以首先要考虑的，就是该怎样挽回我们那位寄宿者不小心造成的后果。我把爱德蒙抱上了床，求他先冷静一下。然后，我把他曾经的短靴放在袋子里，去找了鞋匠。万幸啊，他正好还有双颜色一样、尺码也相同的靴子。而且，爱德蒙的女佣也答应站在我们这边。让诺干的坏事就成了我们三人虔诚保守的秘密。

不幸的是，不知让诺是从皮革和布上尝到了一种我们无从得知的美味，抑或是被一种本能且强烈的摧毁欲望感染，它没有止步于自己的第一件杰作。得不到短靴——年轻的主人每晚放在它够不着的地方——它就攻击所有牙齿能够找到的东西。某天是某把软椅的流苏掉了下来，第二天就是某片被咬穿的地毯或窗帘，直到没有一件家具不曾留下它门牙的印记。

它每干一桩坏事，我的小伙伴就哀伤一次。不忍他难过，我也尽己所能地补救。只是，我实在没钱把整个卧室的家具都换成新的，而让诺似乎下决心毁灭一切，直到最后一件。一天，它在不幸掉在地上的鹅绒被里刨了个兔穴，然后洗了个健康又有趣的鹅毛澡。爱德蒙的妈妈发誓，她不会让这昂贵的客人再在家里多待哪怕一分钟。

但是母亲的誓言和酒鬼的誓言有相似之处。如果说一杯酒就能让后者忘记承诺，那么对前者而言，一滴从纯真光滑的脸蛋上滚落的泪珠也有此功用。爱德蒙祈祷，哀求，痛哭。面对孩子流露出的柔软心肠，面对他早早就得到证实的对感情的忠贞，母亲的怒气像烛焰下的蜡一样融化了。兔子就算把她的四肢啃掉，她也会原谅它的。于是，对让诺的流放被减为暂时羁押。

只是，责罚就算再轻，也不合让诺的胃口。它的房子又大又舒服，甚至可以说是高雅。房子里面还安了个水槽和喂草架，架上永远都摆着充足的饲料。只是，门前的锁把一切都毁了。独立明显是我们的兔子最鲜明的个性：没有自由，对它而言，这片土地也就没了乐趣。用又白又细的木头搭建它的宫殿是个错误，不出两日，它就在上面弄出了个不大不小的洞。第三天晚上，它就在房间里闲逛了，并且，作为一只毫无长进、顽固不化的兔子，它吃掉了漂亮的黑丝绒外套的一整只袖子。确实，这只袖子不该待在椅背上，垂到接近地板的地方。

这一次，爱德蒙的妈妈毫不留情。修好的监狱被转移到了花园上方的一处台阶上。一串链子锁着让诺的脖子，它必须像犯人一样，昼夜不分地被锁着。于是，为了给不幸的它一点可能的慰藉、一丝来自古老年代的芬芳，我在它处所的外墙上装饰了一块铭文，写的拉丁文虽然有些随意，却化用了古时候世界主宰们在其看家犬的窝上刻下的文字。我写的是："CAVE LAPINUM！"①

正当让诺在苦苦忍受着恶化的监禁环境时，还有某人也在为前者的境况感到心烦：这个"某人"就是"吉卜赛人"。它和奶宝的友谊经受住了逆境的残酷考验。

---

① 拉丁文，意为"小心恶兔！"，化用自常见于古罗马贵族家门前的拉丁文警告标语"CAVE CANEM"（小心恶狗），后者意在提醒访客避开拴在门口的看家犬，并对擅入者起到威慑作用。

　　当爱德蒙离开它去上课的时候，它就无视壁炉强大的吸引力，与罪犯一道承受被放逐的辛酸。它们一起玩耍，即便锁链的阻碍让游戏不再完整。"吉卜赛人"舔舐兔子，有时也进到窝里，在它身边打个盹。

　　有一天，我一进花园就看见它们在窝前并排坐着。让诺尽可能地张大粉红的嘴，打着哈欠，而"吉卜赛人"把脑袋偏向一边，似乎在轻咬它的脖子。这一幕的确温馨美好，但我已经习惯，就没多注意。但是，五分钟后，我再次经过花园的台阶，却惊诧地发现窝已经空了。也就是说，"吉卜赛人"和罪犯一起消失了。而且，被拦腰截断、躺在地上的

链子向我证明，这母狗很懂得该怎么逃跑。讲义气的它方才明明是在咬断链子，而我却幼稚地以为它不过是在表达细致入微的亲热。

逃犯没跑太远。在六个星期的严酷监禁后重获自由，让诺实实在在地陶醉在喜悦中。它的黑眼睛像宝石似的闪耀着，然后，鼻子向着风，耳朵垂在颈项，在园圃里展开了一场名副其实的障碍赛。它向着一片生菜丛发起绝命冲锋，像颗炮弹一样炸开了拦住它去路的豆荚墙，转身、转向、定后肢旋转，完成了所有的高阶盛装舞步，弓背跳起、原地腾跃、腾跃亮两后掌、连珠屁，在周身激起一片沙雾和灰尘。

朋友的狂热也感染了"吉卜赛人"，它加入了队伍，尽职尽责地帮助让诺洗劫园圃。不幸的是，一个突发的状况让情势产生了转折——急转直下的那种。

我之前就买下了一只嗅觉猎犬。它和其他的猎犬一起被关在犬舍里，被两米来高的围墙拦着。但这只犬惊人地灵活，已经几次翻越了这个障碍。看见这只兔子竟然跑到它眼前来挑衅，它一个大跳，上了围墙顶端，再一个小跳，来到了花园，然后径直扑向让诺。哎呀，让诺是在公寓里长大的，哪里懂得底层兔子都了然的疾苦？它竖起了耳朵，一动不动，与其说是害怕，不如说是惊讶。

我纵身扑救，但靠我救命肯定是来不及的。幸亏"吉卜赛人"在——也许它本能地觉察到同伴有危险，又或者只是打算和想加入玩闹的第三者打个招呼。它急急地冲到了嗅觉猎犬的身前，咬住了它的耳朵。不管伤口有多疼，都无法完全抵消天敌对穴兔的垂涎——它猎惯了啊！在让诺的头上，它张开大嘴——幸亏捞了个空。突然出现的巨大獠牙已经把兔子吓坏了，更何况还有两只闪着凶光的眼睛。它马上闪开，躲进了一方卷心菜田，急迫地想从中找到一处庇护所。我终于成功地控制住了这只狗，把它送回了犬舍，只是——捉住让诺就难得多了。

也许它还记恨我们像对待苦役犯人一样对待过它。要不就是它被吓瘫了，一时间认不得人。我对此毫无头绪。面对我们最温柔的邀请，它都无动于衷。它坚决抵制一切由我们组织的捉回它的行动。

爱德蒙在这场戏刚开始的时候就加入了我的行列。他叫苦不迭，我自己也隐约害怕：我们也许会永远失去这小可爱。花园与原野间只隔了一道没被泥土封上的篱笆，往外一百步就是树林。如果兔子不往康庄大道走，它在夜晚就有沦为某只猛兽的猎物的风险，而夜晚很快就要降临了。

当我们展开最后一场追捕，想把它逼到路和房子的墙面形成的死角时，它一溜，消失在了花坛中。我徒劳地跑到另一边，打算围堵，但它比我要敏捷得多。一直在尽己所能帮我们的"吉卜赛人"追在逃犯身后，用它的方式告诉我们，兔子已经穿过了篱笆，到了原野上。这时，天彻底黑了，我们得回去了。

爱德蒙很伤心，饭也没吃。我尽己所能地安慰他，向他保证会带回另一只兔子，替代忘恩负义地抛下我们的这只。他伤心地摇头："不，另找的兔子就不是让诺了。爱是替代不了的。如果我妈妈离开了我，难道你也能给我找一个新的吗？"

晚上，在睡觉前，他没有像"鞋子惨剧"发生后习惯做的那样，把短靴放在椅子上，而是随意地摆在床前的地毯上。

"那万一它又回来了呢？"我微笑着问。

"噢，它早就忘了我们！"爱德蒙边回答边吞下一颗泪珠。

"谁知道呢？"我说。

说实话，我太明白自由的魅力了，没有多指望奴隶可以重回到枷锁中。但我也想到，人的喂养和闲适的日子可能已经消磨了兔子身上的野性。因为知道它不会在附近遇到任何的同类，所以我没有放弃希望。怀着一丝期待，我虚掩着花园的门，也给小男孩紧邻着前厅的卧室开了一条缝。

第二天，当我走进小伙伴的卧室时，等待我的是一个甜蜜的惊喜。

爱德蒙坐在床上，神采奕奕，向我指着蜷成一团的让诺：它在"吉卜赛人"的垫子上睡大觉，两只前腿藏在毛茸茸的身子底下取暖。它需要从前一天的疲累和紧张情绪中好好恢复。母狗就坐在它的窝前，跟小主人一样温柔地望着它。

至于短靴，它遭受了和它的前辈一样的虐待。让诺选择以牛油皮为祭品，庆祝自己的归来。

那会儿正值盛夏。手持猎枪、冒着雨或大雪的远征被平静的、在花园小径里的散步所取代——斯帕和它周围的地区就是一个无与伦比的英式花园，也是唯一一个能让人类触及自然同时又不扭曲其面目的地方。

漫步时，爱德蒙是我的伙伴。每一天上演的场景都不相同。

当我说"爱德蒙"时，指的其实是他小小的身躯上呈现的三位一体形态："吉卜赛人"跟这孩子如影随形，而爱德蒙决心一刻也不再离开让诺。

让"吉卜赛人"也加入我们的散步，这完全没有问题。它虽然个头小，但是像灵缇犬一样机灵又敏捷。它围着我们跑，而且经常跑在前面领路。至于让诺，所有让它试着像我们一样步行走道的企图都宣告流产。一会儿是遇见了一只狗——一看见它，我们就得急忙让兔子回避。一会儿又是遇见了行人，这兔子害怕了，抬腿就逃。它时而对我们的呼唤充耳不闻，在一根细草前嗅上十分钟；又或者，它那出名的任性一时过了火，固执地要走一条我们不该走的小路。指挥一整队羊群应该比带领这只爱闲逛、胆小还冲动的兔子散步更容易。

爱德蒙是个足智多谋的男孩，为此他想出了一个对策。他用别人送他的小猎袋装兔子，以此作为它的车骑，这样，舒舒服服坐轿子的让诺就可以在主人的背上旅行了。看上去，猎袋有点像个布道台，而把前腿和头探出来的让诺简直像在对路人宣读四点式布道词。

到了林子里，就再也不用担心不速之客了，我们于是把让诺从它的车骑上放下来。我和爱德蒙专心采摘让这片清幽之地满是芬芳的鲜花，让诺则跟它心爱的"吉卜赛人"一起玩闹。

人类文明很有可能改造了让诺的天性，因为它不再想着滥用我们留给它的自由——这样的漫步重复了至少三十次，它却一次也没再想过逃跑。相反地，它倒是看起来很怕失去我们。

有几次，趁着它和"吉卜赛人"正玩得入迷，我们走远几步，藏在一处岩石后面，或者躲在横跨溪流的几座带着村野气息的小桥下。只需一声口哨，"吉卜赛人"很快就会回到我们身边。身边突然没"人"了，兔子会呆愣上几秒钟，明显带着焦急地左顾右盼，后腿直立起来，倾听着，朝着微风来的方向闻闻，再用后腿扑打土地——那是它表达恐惧的方式。然后，它开始寻找我们的，或者不如说是"吉卜赛人"的足迹。找到后，它就像狗狗似的循着足迹，毫不迟疑地加入我们，然后在我们脚下一动不动待上一会儿，跟回到兔穴里一样。

　　回家的路上，让诺用的还是同一种交通工具。它经常在小男孩带回的扛在肩上的花束中找到怡情的美食，为第二次旅行的乐趣更添了几分魅力。芬芳再醉人，这只啮齿动物也不留情面。有一天，小男孩在肩头扛了一束极美的金银花，想要献给他的妈妈，回来的时候只剩下了一小捆花茎，上面既没有叶子，也没有香香的花骨朵了。

美好的事物总是不长久。

一天，也是命中注定，我带着漫步小分队到了让诺的家乡——雷凯姆地区的山地。就是在那儿，我在一个育儿窝里发现了让诺和它的兄弟。

我之所以往那边走，不只是出于好奇。当初发现让诺的时候，我觉得那儿快要有兔群定居了。而现在，狩猎季快开始了，我想知道这兔群是否已经繁衍壮大，让诺的家族是否已有众多的后代——我希望它们的数量和雅各①后代的数量一样庞大。

路上一切顺利。男孩兴高采烈，"吉卜赛人"前所未有地开心雀跃，高处的让诺坐在避风港袋里，一副嘲讽讥笑的样子，似乎在对搭 11 路的悲惨行人表示轻蔑。

我们爬上了安妮特和吕班的山。穿过萨尔的大路后，我们绕过公墓的围墙，最后到了那处狭窄的山谷，也是文中最初的一幕发生的地方。

没有比这片土地更具野性和田园风光的地方了，虽然它与喧闹的小城只隔五百米。

这是一处大约五十米宽的山谷。在它的左坡，一片茂密的高大松林像厚厚的帘子，添了几分幽森。这地儿虽然被夹在两山之间，但因为正好在山腰，所以可以眺望全景。脚下是无边无际蔓延的葱绿幕布，那是步道两旁树木的树冠，

① 雅各（Jacob），《圣经》人物，育有十二名子女，以色列十二支派先祖，犹太人祖先之一。

遮住了整个城市，让人们虽听得见来自城市的喧嚣，却看不见街景。更远处是些平地，被克雷普①颜色各异的农田所覆盖。农田上方层层堆叠着一片又一片的树林，阿登山脉几方微蓝的山峰为之戴上冠冕。

这片山谷被耕种过，但是下犁的艰难很可能让田地的主人放弃了农耕。金雀花、荆棘和蓝莓在这儿蓬勃地生长着。

和往常一样，让诺这会儿自由了，而爱德蒙跟着我，开始了计划中的探索。

穴兔以及大多数野生动物都跟人类一样，有自己常走的路。就算在最荒凉、最人迹罕至的树林，它们都很少冒险前往同类或自己从未探索过的区域。虽然它们的步子很轻，但是来来去去的踪迹总会在青草、欧石南和荆棘丛间留下痕迹，很容易被有经验的猎人用肉眼发现。这些小径被称作"走兽回窝路"。

我零零散散地发现了几条走兽回窝路，以及一处"玩乐场"，也就是穴兔挠过泥土的地方。这也许是为了消遣，也许是为了让爪子保持锋利。最后，我还找到了能验证其存在的无可辩驳的证据 —— 兔粪。穴兔既讲究又具前瞻性，它总是把排泄物寄放在自己不可能开饭的地方，所以，那儿一根草也没有。

———————————

① 克雷普（Creppe），斯帕西南部的一个村庄。

不幸的是，这些明显迹象的数量还很少，我无法得出雷凯姆兔群已经壮大的结论。但是，在走到一处因山坡塌陷形成的陡坡时，我的期待又有了些切实的证据。在我面前的，是一处兔穴。穴口完全没有草或落叶，证明常常有兔进出，而当穴兔们下决心花精力建造地下宫室时，说明它们正逐渐适应环境。

在探查周遭的时候，我发现草上挂了不少兔毛。还有兔毛整簇整簇地挂在金雀花的枝丫上 —— 是被风带到那儿的。我知道，尽管兔子是合群又和气的动物，但它们之间也常常打架，打起来的时候，被抓掉胸毛比流血更常见。但是，这场战斗的遗迹也太不寻常了点，让我开始带着几分怀疑去认真打量这处起先让我如此开心的兔穴。

我折了根树枝作棍子，打算探探这穴的深浅。当我正蹲在穴口，旁边的爱德蒙正用他这个年龄孩子的好奇模仿着我的一举一动的时候，一只大鸟的阴影从离我们头顶只有几法尺的高度飘了过去。

"啊！讨厌的野兽！"男孩叫着，"让诺，当心！"

我已经转过了身。离我们十步远的地方，有一只隼。它正准备攻击和狗狗在林间空地上玩耍的穴兔。"吉卜赛人"吃了一惊，但它镇定自若，并不害怕。它从原地一跃而起，想捉住这个从天而降的敌人。隼的行动被打乱，错失了瞄准的猎物，但它产生的冲击力依然强烈 —— 在滚了几滚之后，让诺侧身晕了过去。

"让诺死了！让诺死了！"孩子几乎窒息地喊道。

让诺没死，因为它马上就直起了身，但彻底丧失了理智。它惊恐万状，被吓得慌了神，在空地上东跑西颠。当我们试图捉住它时，它一会儿从我们的双腿间穿过，一会儿又从我们的指间溜出。最终，在经过我之前说到的兔穴时，很可能它的直觉苏醒了，指引着它——告诉它这是同类寻常的庇护所。于是，它狂乱地一头扎了进去。

"冷静点，别哭了。"我对小伙伴说，"至少这会儿能确定，让诺最终会被带回家。"

唉，我还没把胳膊伸进穴口，就听见从深处传来一声轰鸣，像天雷从地底滚过——那是最阴森恐怖的预兆。

这个声音，从前我听过很多次，而且怀着与这会儿完全不同的心跳。这是我将鼬鼠放进穴兔的地下房屋，逼后者出来的时候才会听到的声音。这是可怜的动物在长廊里疯狂奔跑的声音，是它们企图从敌人的利爪下生还的声音。

很明显，让诺才逃脱卡律布狄斯的魔爪，又栽进了斯库拉的怀抱。它从隼的爪下生还，竟是为了去喷臭气的野兽前送死。一只石貂或鸡鼬在残杀了这洞里的原住民后住了进来，正如之前在兔穴周围发现的毛发让我预感到的那样。

我唤来了"吉卜赛人"，鼓励它进去。但是尽管个子小，它还是进不了狭窄的穴口。这只小兽似乎懂得，黑暗的甬道里，朋友正遭受着危险。它开始用爪子疯狂地刨土，咬着，又切又砍，用牙齿嚼碎拦住它的植物根部。

蹲在土堆上，我尽己所能地帮助它。唉！一声锐利刺耳的尖叫，一声痛苦的、濒临绝望的呼号让我明白，在这洞穴深处发生的悲剧要收场了。

我看向爱德蒙，他的脸色瞬间跟蜡一样煞白，发白的嘴唇也哆嗦着，大颗大颗的汗珠从额头上滚下。他双手合十。我听见他用颤抖的声音低语："我的上帝！我的上帝！请不要令让诺受到伤害！"

我意识到，眼下最重要的，是不能再让这可怜的孩子恐慌焦虑。我牵过他的手，将他带到了公墓的看守人那儿。

看守人的妻子在家，我在她的手上放了一枚银币，嘱咐她："请发善心，守着这孩子一会儿。"

然后，我假装听不见小男孩的声声祈求，操起一把鹤嘴锄，一路跑着，回到了土堆前。

等我到那儿的时候，悲剧已经演到了收场诗。"吉卜赛人"嘴爪并用，终于抓住了洞中的怪物。最后，它把一只硕大的石貂从兔穴里弄了出来，然后扼死了它。

我把手伸进豁了口的甬道里。在离出口几寸远的地方，我摸到了可怜的让诺的身体。它毫无知觉，一动不动。

为什么不承认呢？我不觉得自己有勇气再看死去的可怜小动物一眼。它活着的时候，曾经被小男孩那样深爱过。

我把尸体重新放回了地下，然后用鹤嘴锄铲了几锹，就把这地方夷平了。让诺将以此为墓。

在那之后，每当我建议小男孩一起散步，他就点着披满金发的头答道："我很乐意。只要不去公墓那边，我可怜的让诺在那儿。"

唉！几个月后，爱德蒙还是回到了这片埋葬着尸骨的土地。这次，是他要在此安歇，长眠不醒了。

母驴和它的驴宝宝

秋天。正午。早上愉快地过去了。丈量了光秃秃的平原，捡了几根干瘪的苜蓿草，又拾起些躲过镰刀的三叶草的细枝，母亲和孩子发现了一片绿洲：附近的水塘让那儿的青草保留了柔软和清香，和它们的翡翠色一样鲜嫩。盛宴啊！作为深知机遇之重要的老手，优秀的母驴一个箭步，上前攫住了转瞬即逝的时机。它拔呀拔，拔了又拔，连瘤胃都撑不住了——请宽宥它的贪吃吧！它还要顾着另一个灵魂，也就是宝宝。真是位值得尊重的女士！然后，它懒懒地打了个盹。这是对敌人的第二次征服。它伸展着身体，不漏下一丁点穿过多云的天空来触及它的浅金色阳光。

驴宝宝怀着它这个年纪特有的、有益而无害的莽撞，跳着、转着，在绿毯子上打着滚。母亲的咬合肌自然会为它劳作。这是所有富家子弟共有的可爱罪过，它当然也不例外。凛冽的风吹得云上下翻涌，也让它灰色的亚麻衣服上褶起了可恶的寒噤。于是，自以为有权利像别家一样怕冷又娇气，它躲到了灌木后面。眼前的宁静让驴宝宝有点不耐烦了，它的一只眼睛心不在焉地瞧着驴圈的方向，想回去。为了打发时间，它抬起了白鼻子——白得像母亲的奶还糊在上面似的——用唇尖吃掉了为它挡风的野蔷薇最柔嫩的花茎。

可怜的小小驴！肆意地享受这一切吧！它们马上就会被剥夺！这些自由的快乐和无拘无束的馋嘴！在柔软的青草上撒欢吧，不去想粗粝的风和严酷的苍天，因为你在这世间还将经历许多别的痛苦和悲惨。只剩几天了。你将充满苦涩地追念逝去的时光。因为这些宁静的时辰只是你生命中精打细算的一寸。人类在那儿，他盯着你，不时用手滑过你的脊背，让背上的关节噼啪作响。你把这当作爱抚，你也想用你善良简单的头颅还他一点温柔。天真的小兽！你那好主人只想知道，你的脊梁够不够牢固，能不能背负驮鞍！驮鞍，你听明白了吗？驮鞍——马有马鞍，而驮鞍则是你的专属，代表着最沉重、最低贱的奴役。

于是，你不再有闲暇，再也没有睡过一个囫囵觉，而食物比觉更少。这就是等待你的命运，可怜的小小驴！将肥料沿碎石遍地的小径运往葡萄园，将蔬菜和水果背到市场去，将一担担面粉抬去磨坊，将微薄收成往家里搬，还有木头、饲料、青草，等等，等等。被当成车，这就是你的任务。第七天，在上帝亲赐的休息日，你拉着一车女孩子去舞会，从中稍微缓解自己的疲累。

无论任务有多重，无论你单薄的躯干和负担的重量多不相称，千万别随随便便地炝蹶子或跪下：在人类看来，这两种行为的含义是一样的。同时，也别让你细瘦的腿保持慢而平静的步伐，不然就得小心……可不是小心鞭子，它用在你身上就过于高贵了……要小心为你准备的木棍！谁教上帝让你出身于殉道族之家！而这一切将会持续十五年、二十年，甚至三十年。因为上帝在对你的种族如此严酷的同时还赋予了它悲哀的长寿。并且，就算是死了，你也逃不出暴君们的手掌心。他们继续打着用你的皮做成的鼓。

而这还不是全部，我的小可怜！既然已经开了头，我就为你揭开残忍的未来吧，看看你将忍受的所有罪恶和不公。你的主人们不仅不满足于让你的族类成为他们最可憎的本能——自私和残忍——的牺牲品，还百般诋毁它，让它名声扫地。虽然也有少数几个观察者能够公正地评价你的聪慧，指出你的智商在动物世界中仅次于犬类，并称赞你的灵敏和不失狡黠的和善，但是大多数人都还是把你的族类当成无知和愚蠢的象征。说实话，如果他们愿意找一找——有时甚至根本不用找——就能发现无知和愚蠢也存在于他们自己的同类间。

你用消极的反抗回应剑子手反复无常的荒诞言行，却被当作生性顽固的证明。这样想的人简直是在用愚蠢对抗愚蠢。有位热门的博物学家认为，用"耐心"和"朴素"给你

的同类定性就已经算是高抬了它们。其实，假使布丰先生能像他本应做的那样，和驴群一起生活一段时间，好好了解研究对象，那么他就能在其身上找到最优秀的哲人即实践哲学家的身影。精彩的推理、斯多亚学派七贤人的理论，与勇气、坚定、逆来顺受相比又算什么呢？这就是一只简单的驴回应它严苛命运的方式。同时，一个唯一而令人宽慰的真相支撑着它：只要到了终点，它在这世上占据的位置就不会亚于一位帝王所拥有的。

亲爱的驴宝宝，但愿在前方崎岖的道路上，你祖先的这一哲学指引着你。但愿它能唤起你对一路上不得不忍受的坏人的蔑视。我还欠你一句鼓励的话。在人类最近的一次骨肉相残中，巴黎饥饿的市民发现，你的滋味胜过了你那优秀的竞争者——马，因为你肉质细腻。如果，正当盛年的你想早一点与悲哀的劳作生涯说再见，决心提早进入永恒的睡眠，现在，你有机会用丰腴的身材去诱惑他们了！

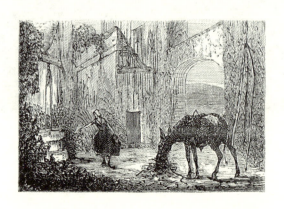

百灵鸟

如果说夜莺为小树林唱赞美诗，那么百灵鸟就是平原上的抒情诗人。它的声音让蛐蛐和知了不协调的鸣叫和美起来。如果没有它，这些不和谐的音调将独自撩拨静寂孤单的农田。百灵鸟从它盘桓的高空倾泻下一簇簇轻快灵巧且富有节奏感的音符，为穿越一片片单调平原的旅人减了不止一分的忧愁。

对大多数鸟儿来说，歌唱是为了诉说爱情，赋一首助婚诗。繁衍的吉时一过，有的鸟儿就变成了哑巴。它们中的大多数依旧能叫唤，但完全无法再歌唱——也许已经赞颂过盛大的婚礼，就不屑再为二人世界的庸俗烦恼服务。几乎只有百灵鸟从春唱到冬。因为从草长莺飞到皑皑白雪，只有它保留着爱的特权。因为它对做母亲的渴求一直延长到气温彻底变冷的日子，直到严寒令它无法进行孵育。

"百灵鸟，"布丰说，"是为数不多的在飞行时还会歌唱的鸟。它飞得越高，唱得就越响亮，而且通常声音大到即使它远远地飘在天上，甚至在肉眼看不到的高度，依旧能让人们清晰地听见。要不，这歌声是简单的爱情或欢乐之歌；要不，这些小鸟是为相互攀比和打招呼而歌唱。靠力量和计划捕猎的猛禽独来独往，一举一动中有种孤僻的沉默，生怕弄出一点响动，引来同类分享猎物。而弱小的鸟类则为了保持警惕而鸣叫，也就是集合起来，彼此示警，相互依靠，让自己或者是至少相信自己因团结而变得强大。"

尽管布丰威望不小，但就百灵鸟歌唱的原因而言，我仍旧倾向于第一种猜测，而非第二种。我赞同它坚持歌唱更多是为了爱情和欢乐，而不是跟一些别的鸟类一样，是因为需要依靠团结来确保自身的安全。我们人类不在意危险，这是我们难能可贵的品质，而我并不觉得百灵鸟在这方面逊于我们。只要眼下安全，它就会一直快活下去。当然，和别的物种一样，大自然一定也给了百灵鸟"当心！"这句惊叫的专属表达，但它不会让人辨不清最欢乐的小曲儿和像特拉伯苦修会士们那句"兄弟，该去死了！"[①]一样阴森的招呼语之间的区别。最后，百灵鸟不仅一年能生几次宝宝，而且还通行多配偶制，所以盘旋在空中的雄鸟不会停止对在身下麦浪中踱步的雌鸟

---

① 特拉伯苦修会（la Trappe）是1140年创立于法国索利尼市特拉伯圣母修道院的隐修会，又译"缄口苦修会"，其修士严守苦行，通常保持缄默，只做祈祷、礼拜和体力劳动。在19世纪，随着浪漫主义文学的兴起，法国社会开始流传许多关于特拉伯苦修会的传说。这些传说中的特拉伯苦修会修士向往死亡，每日只做一件事，即为自己挖坟墓；他们碰面时只说一句话，即"兄弟，该去死了！"（Frère, il faut mourir!），并将其作为相互之间的招呼语。

热情的呼唤。除此之外，雌鸟们自己也对百灵鸟曲子的多样性做出了贡献——从六月一直到九月，我们都能听见。

我们还有另一个钟爱百灵鸟的理由：先于"高卢公鸡"，它曾是我们父辈的象征。①

鸟类是最最有趣的存在。它是交融的产物，脚爪使其具象化，翅膀使其理想化。为了生活，它离不开大地，无垠的天空却不停地吸引、召唤着它。它是世界和天际之间的连字符。不知何种模糊的直觉呼唤着我们向往天际，那里一直以来都被人类视为自身的最终归宿。

———————————————

① 百灵鸟（alouette）是法国国鸟，但其作为法国国鸟时一般译作"云雀"（云雀为雀形目百灵科中的一个属），本书为了保持"alouette"一词前后译名一致，统一译作"百灵鸟"。

鸟儿是唯一引得我们歆羡的低等生物。无论人类怎样借天赋努力，也无法与之比肩。我们火车头的马力再足，在这有力的翅膀旁也相形见绌。它能在几小时内横跨大洋，把一个大陆的气息带到另一个大陆。怀疑和分析为很多奇人奇事给出了答案，只有一桩无法破译——那就是鸟儿。这些天空的客人拥有的神秘奇异的能力应该深深震撼了原始人的想象力，所以才被他们选作自己的图腾。在那时，凶残、专横、嗜血、以掠夺为生的鸟儿成了几乎所有国度的象征，代表着它们的形象。在那个力量即唯一法的时代，人们别无他选，因为暴政和奴役之间没有折中。那时，人如果不想死去，就注定要杀戮。

在将残酷和暴力的形象用作自我象征的大潮中，有一个例外。有一群人曾击溃了以骄傲的雄鹰为图腾的罗慕路斯①后裔，而且是在后者狼烟滚滚的都城。这支部族曾凭靠不羁的独立自主意识，在恺撒的膝下抗争了整整十年。这些桀骜不驯的战士曾向云层抛出一声蔑视的怒吼："落下来吧，让我们长矛的刺尖托住您！"他们选择了——我再重复一遍——一种祖国田间的鸟儿作为军队的标志。早起的百灵鸟象征着无忧无虑的欢乐，挑战鹰的利爪。

他们战败后，恺撒从中招募了一支军团。百灵鸟装饰

---

① 罗慕路斯（Romulus），传说中罗马城的建立者。

着士兵的头盔，后来就成了这支军团的名字①。苏埃托尼乌斯②记载道："Unam etiam ex Transalpinis conscriptam, vocabulo quoque gallico, Alauda enim appellatur."③米什莱④又加了一句："于是，高卢百灵鸟在罗马雄鹰的带领下，第二次攻占了罗马。"不过，贝隆⑤认为，恺撒之所以以百灵鸟为高卢军团命名，并非因为士兵们头盔上的纹章，而是因为其斗篷的风帽使他们看上去像凤头百灵："恺撒给一个法国军团起名'百灵鸟'，据我们判断，这是因为他们戴着凤头风帽——一种修士帽一样的帽子，但形似凤头百灵的凤头。"在诗歌的敌人中，词源学家是最丧心病狂的。⑥我个人和图瑟内尔⑦一样，对我们祖辈这一迷人的象征青眼有加。他的溢美之词如下："爱好和平的百灵鸟是农民的朋友。它唱着歌飞向蓝天，给上帝带去了大地的祝福。"如果把这一光荣的贵族称号从鸟儿身上拿掉，我会很遗憾的。

百灵鸟把巢筑在地面上的两个小土块间，也没什么技

---

① 该军团的名字一般译作"云雀军团"，本书为了保持"alouette"一词前后译名一致，统一译作"百灵鸟军团"。

② 苏埃托尼乌斯（Suétone，约70—约140），罗马帝国时期历史学家，著有《罗马十二帝王传》。

③ 原文为拉丁语，意为"其中还有一支从阿尔卑斯山另一边招募的军团，它有个高卢语名字，叫'百灵鸟'"。

④ 儒勒·米什莱（Jules Michelet，1798—1874），法国历史学家。

⑤ 皮埃尔·贝隆（Pierre Belon，1517—1564），法国博物学家、历史学家。

⑥ 法语中"凤头风帽"（coqueluchon）和"凤头百灵"（cochevis）两词的前缀相近，被认为存在着词源学关系，皮埃尔·贝隆在罗马百灵鸟军团名称来源问题上的观点便是基于此。

⑦ 阿方斯·图瑟内尔（Alphonse Toussenel，1803—1885），法国博物学家。

巧：往里面填几根草、一些根茎，就有了为孵蛋准备的凹面。但是，它会注意让周围长得高高的草遮住自己的窝，而且做得很成功。在大多数情况下，这巢能完全逃过掠食鸟的侦查和人类的搜寻。一窝蛋大约四五个，颜色灰灰的，零星洒着褐色的小斑点。孵化期为时十五天。不到下一个十五天，小鸟们就能独立生活了。于是，大鸟会立即开始产第二窝蛋。阿尔德罗万迪和欧利纳认为百灵鸟一年会产三窝蛋：第一窝在五月上旬，第二窝在七月，最后一窝在八月。可布丰认为："但这一般适用于天气更为炎热的国度。在那儿，蛋的孵化期更短，幼鸟可以更早地离巢，母亲也可以更早地开始产下一窝蛋。"事实上，阿尔德罗万迪和欧利纳之所以会得出百灵鸟一年产三窝蛋的结论，是因为他们的观察与记录是在意大利进行的，德国人弗里施就认为百灵鸟一年只能产两窝蛋，在西伯利亚的施文克费尔德甚至宣称它只能产一窝。也许它的年产卵次数没有绝对的规律，也许这次数跟气温有多热、有多少好天气息息相关。我曾在九月十五日左右遇上羽翼未丰的小百灵，它们显然是在月初破壳而出的。由此可以推断，只要环境有利，在我们所处的纬度，一年孵化三窝蛋未必是不可能的。

当小鸟们还不会飞的时候，它们在白天会彼此保持一点距离，但又不隔得太远。百灵鸟妈妈像是想补偿在孵化期不得不被闲置的双翼似的，尽情地享用着蓝天，直到再一次被迫远离。所以，它是在高高的天上守护散开的鸟宝宝们的。它飞着，从越来越远的地方扑向小鸟，尽一位乳娘的职责：一会儿让自己的孩子们不要走得太远，一会儿给它们分发食物。

百灵鸟几乎在新旧大陆上所有具备耕田的国家都很常见。科布斯断言，它们也能在没有农田的地方存活下来，只要那儿长着大量的欧石南和刺柏。它们在法国随处可见，但最钟情平原国度。百灵鸟对农业生产的贡献很大，能吃掉大量的蠕虫、毛毛虫，消灭蚂蚁的幼虫。昆虫是它的主食，种子和浆果只是副食。所以，不管那以它为主要原料的著名肉糜酱美食有多大诱惑，我还是希望出台一些有力措施来阻止人们对这珍禽的疯狂戮杀 —— 在有些省份，人们选择在冬天捕杀它们。

因为母亲们总在孵育，所以百灵鸟在夏天总是很消瘦。但是，当它们只用考虑自己的食物时，立刻就能胖起来。

一到十月初，它们就丰腴诱人，可以被做成一道最精致的佳肴了。从前有个治病的方子，把百灵鸟，尤其是凤头百灵的肉当成了万灵药。贝隆说："因此，凤头百灵在医学上比在厨房里收获了更多赞誉。甚至，连迪奥斯科里德斯①（盖伦②就是从他那学到这药方的）和大普林尼都说，用百灵鸟炖汤或者将其生烤，能够治疗腹痛和腹泻。"相反，林

---

① 佩达努思·迪奥斯科里德斯（Pedanius Dioscoride，约25—约90），古罗马时期的希腊医生、药理学家、植物学家，著有《药物志》。
② 克劳狄乌斯·盖伦（Claude Galien，约129—约200），古罗马医生、哲学家。

奈[①]不仅不承认百灵鸟肉的疗愈作用，还认为它会加重肾结石患者的病情。如果您问我对这个健康问题作何感想，我会说，我不相信一道精致的菜能搞出这么多名堂。只要您别吃撑肚子，弄得消化不良，就不会有埋怨它的理由。

在结束关于百灵鸟的自然史层面的讨论前，我还要简略谈谈一个问题。它引起过不少争议，不出意外地拥有形形色色的答案：百灵鸟会迁徙吗？法国中央和地方政府的某些行政法令把它列为候鸟。这是谬误还是不乏道理？布丰完美地解答了这个问题。他说："人们完全可以相信，那些很小的鸟儿，当它们飞到很高的天空时，有时可能会被一阵风远远地带到海的上空，甚至飘到海洋的另一头。汉斯·斯隆[②]医生因此在离陆地四十英里的大西洋上空见过它们，马西里伯爵[③]也曾与其在地中海相遇。但不管怎么说，它们肯定没有全体飘洋过海，因为在我们国家，一年四季都有它们的身影。在博斯、皮卡第和其他许多地区，人们在冬天能捕到数量众多的百灵。这些地方的人都认为它不可能是候鸟。如果在最冷的日子，或者在积雪长久不化的时候，它们消失了几天，那么一般是去岩石下躲着了，而且如我前文所述，找了个好位置——靠近温泉的地方。"

---

① 卡尔·冯·林奈（Carl von Linné，1707—1778），瑞典博物学家，二名法的创立者，著有《自然系统》。
② 汉斯·斯隆（Hans Sloane，1660—1753），英国博物学家、内科医生、收藏家。
③ 路易吉·费迪南多·马西里（Luigi Ferdinando Marsigli，1658—1730），意大利博物学家、军人。

很显然，布丰的观点是有道理的：百灵是漫游鸟，而非候鸟。当寒冷、积雪、过于庞大的种群数量让它们的食物供给不再稳定与充足，它们就走了，换个地方。这不是迁徙。如果它们是候鸟，那么整个族群都会遵守这一规律，而事实正好相反。就算生存条件非常不好，这批百灵鸟前脚刚走，下一批百灵鸟就会来代替它们，以至于几天之后，我们几乎看不出总数有多大变化。虽然我们也无法否认，在有些国家，这些鸟儿真的会来去迁徙。我们可以这么解释它们的行为：尽管格外青睐海拔较低的地面，但只要有耕犁的地方就有它们的身影；春天，我们可以在山中或是高原上的耕田里找到它们；在那儿，它们做窝，孵蛋；冬天一来，这些地方就没法住了，于是百灵鸟就放弃这些海拔高的地区，往下飞，一直飘游到一个能让它们好好过冬的地方。

在法国，我们拥有不下八种百灵鸟，分别是普通百灵[1]、凤头百灵、普罗旺斯凤头百灵、林百灵、草原百灵、草地百灵[2]、鹨百灵[3]和蝗百灵[4]。凤头百灵长着优美的冠，草原百灵比普通百灵大一倍，它们两者最引人瞩目。当然，要是细细描述，我们就扯得太远了。

---

[1] 普通百灵（alouette commune），即云雀。

[2] 草地百灵（farlouse 或 alouette des prés），即草地鹨，现代生物分类学认为它与百灵同属于雀形目，但应当归于鹡鸰科，而非百灵科。

[3] 鹨百灵（alouette pipit），即鹨，现代生物分类学认为它与百灵同属于雀形目，但应当归于鹡鸰科，而非百灵科。

[4] 蝗百灵（locustelle），即蝗莺，现代生物分类学认为它与百灵同属于雀形目，但应当归于鹟科，而非百灵科。

这招摇的小猎物也引来了不少敌人。我再说一遍，人们实在太有理由反对对百灵鸟族群的过度捕杀。首先，它的存在是农业繁荣的前提。更何况，前面提到的捕杀几乎全属于偷猎行为中最可恶的那种，即夜间偷猎。

在大多数省份，法律只允许用猎枪捕百灵鸟——要么趁鸟儿起飞时开枪，要么利用镜子引诱鸟儿。但是，在巴黎的市场上售卖的百灵，十中有九是用别的违禁器具捕捉的，尤其是大拉网。这网子在鸟儿最爱的筑巢地很好用。在博斯、皮卡第和香槟地区宽广的平原，几乎没有人注意用放置荆棘丛的方法来保护它。而更让人惋惜的是，在每个晚上，捕百灵鸟的大拉网都会误抓到山鹬。这些人是否会在一份上天送给他们的礼物前良心发作？答案不言而喻。夜袭不是人们对它进行的唯一一场不公正战争。他们还用套索、绳圈、陷阱等对付过它。除此以外，在下雪的时候，清扫一方空地，再往里面撒上几粒谷子，人们几乎总能一枪结果六七只鸟。幸存者也没吸取到什么经验。枪响十分钟后，可怜的饥饿的小鸟依旧蜂拥来到它们的同伴倒下过的致命地点。

趁百灵鸟起飞时开枪射击不只对新手来说是极好的练习，而且对所有想保持射击稳定度和速度的猎手而言都是如此。上午十一点开始是这类捕猎的最好时机，因为那时在地面上的鸟儿最多，它们起飞的时候离猎手也没那么远。人们借着天时在原野上扫荡，开枪的机会接踵而至，瞬息万变。

由于鸟儿一旦起飞就会爬升高度，所以一定不要瞄准它当下的位置，也就是说准头要对得高一点。我们还必须尽可能地让猎犬待在自己身后，避免鸟儿被它们叼回，否则，如果有一天狗狗和您去捕更重要的猎物，它就只会为您指示鸟儿，而不是您要捕的猎物的位置了。指示百灵鸟虽然是项罪过，但没有严重到上绞刑架的程度，可看到被带回来的是一只小鸟，而不是一只大山鹑，总是挺让人失望的。生活给我们准备的失望已经够多，还是不要自寻烦恼了吧。

百灵鸟并未荣登猎物的榜单，只有当用上一枚引诱它的镜子时，针对它的射击才变成一场真正的捕猎。同仁们对此很熟悉，我就不赘言了。

只是，究竟是什么原因，让闪闪发光的镜子对这些鸟儿有特别的吸引力呢？

有人把百灵鸟对镜子的钟爱美化抬高，解释成女性爱美的本能。但想到这一出的人比起猎手，更像诗人。画面太美好，一点也不严肃。

以图瑟内尔为首的几位鸟类学家把镜子对百灵鸟强大的吸引力归因于这位太阳的情人对耀眼的光热情奔放的爱——光芒让它回想起春天灿烂的日子，将它无可避免地推向镜子，尽管倒映在镜中的仅仅是那灿烂日子的残影。在很长一段时间里，这一观点在我看来是唯一有道理的。但在读到加尼耶少校①先生的一本关于用镜子捕猎百灵鸟的书后，我对图瑟内尔绝妙解释的信念开始有点动摇了。让我们来听听加尼耶少校先生怎么说：

"准备好四面镜子，各面镜子参数如下：1. 一面由许多大块镜片构成的亮面镜；2. 一面由许多钉帽状小镜片构成的亮面镜；3. 一面经抛光、涂漆、打蜡的哑面镜；4. 一面仅接受过抛光的哑面镜。各面镜子间隔 12—15 米放置，然后让镜子转动起来。实验条件：十月结霜的晴天早晨；东风，即最有利于狩猎的风向。反复实验，我们均可以观察到如下结果：

"百灵鸟径直且一声不吭地飞到第一面镜子前，但只是在天上翱翔，与镜子保持着一定的距离；然后它很快就下降到第二面前，又很快弃它而去，飞向了第三面和第四面；第四面镜子尤其吸引它，它靠得很近，而且盘桓良久，有种说不出的执着。

"所以到底是什么把百灵鸟捆缚在我们的镜子上方，甚至可以说是让它一动不动，再也听不见别的声音，看不见别的东西？

"我可以毫不犹豫地说出原因，因为我确信，镜子起到的作用只不过是，也只能是几近完美地模仿了一只飞在空

---

① 加尼耶少校（Commandant Garnier），皮埃尔·加尼耶（Pierre Garnier，1811—1899）的笔名，法国狩猎自然史学家、军人，曾在炮兵部队服役多年，领少校军衔，故取此笔名。著有《法国猎狼史》《法国猎兔史》《关于使用镜子和枪捕猎百灵鸟的专论》等。

中的百灵鸟。发现地面上盘桓着一只同伴，诧异的百灵鸟也许在问自己为什么同伴要这么做，然后就跑到更近的地方好好观察它。从此我们明白了，百灵鸟们固执的盘桓动作，以及它们对危险漠不关心的态度，都出自天生旺盛而浓厚的好奇心。"

上面引用的文字包含的观察之仔细、之合理，让人无法提出异议，让人至少部分赞同加尼耶少校先生的结论。在我眼里，它唯一的问题就是太绝对了。

水　獭

　　水獭，人称"水之狐"。和陆上的狐狸一样，它也以我们人类的食谱中最珍贵的那一部分为食。所谓人类食谱中最珍贵的那一部分，就是那些不用人们劳心、劳力、费财，就能繁衍、生长、壮大的食材。因此，水獭成了人类文明少有的敌人之一。然而至少就法国而言，这个讨厌的对手几乎没怎么遭受过系统性的捕杀，如果偶尔丢命，纯属运气欠佳。除去少数年老的猎场看守人会为了价值二十来法郎的皮毛而利用积雪上的足迹追捕它，人们对它完全是自由放任，任它无忧无虑地搞破坏。所以，我们的水中鱼丁渐稀，水獭身上有笔不小的账。它造成的灾害往往因为看不出来而越发严重。有时，人们过了好久才发现罪魁祸首是它。如果是一只狐狸把一个有经验的猎场看守人的辖区内的小动物吃个精光，后者肯定能察觉到。它的脚印、回窝的路、留下的痕迹都是证据。但在水獭身上，一般都找不到类似的控诉证据。

由近及远地，一块头骨、几副鱼刺、白色石头上面的一点粪提示人们它来过，但常常因为在第二天找不到这些相同的痕迹，就误以为它只是路过。事实上，水獭几乎总待在同一块地方。每晚，在神秘的河底，相同的悲剧一次又一次地上演着。

没什么比数字更有说服力的了，它会准确地告诉您养一户水獭有多费鱼。

成年的水獭每天至少需要吃掉两斤鱼。假设小水獭每天只需要一斤，那么獭爸、獭妈和三个宝宝每年得吃掉2250斤①。没有比水獭更贪嘴的好吃鬼了。它喜欢捕捉最大的鱼，却很少回到前一天晚上的屠杀现场吃剩菜，这导致它浪费的跟吃掉的一样多。您如果得知了这一事实，就能意识到，我估计的数目说不定还低于实际情况，一点也不夸大其词。

作为夜行大盗，水獭不怎么以真面目示人。它歇在布满岩洞的蜿蜒河岸旁，垂柳裸露的根茎间，只要太阳还挂在天上，就一直在原地睡大觉。如果有什么意外之事打扰了它，就猛地扎到水底，潜行于暗流，喘不上气之前不上岸。然后，一个深呼吸，再次消失。就这样，水獭又到了另一处。每次日落后，它就离开巢，开始捕捞行动。其实应该说是开始"捕猎行动"，因为它的战术和那些直接上手抓鱼的

---

① 此处应是作者计算错误，正确的数据应为2555斤。

危险偷猎者没啥差别。它来到河床中心巡逻侦查，左转，右转，声势浩大，掀起一块块石头。惊惧交加的住户们撒开鱼鳍逃窜，然后依照习惯，躲在河岸的凹陷处。于是，水獭减了个速，悄无声息地滑进它要探索的深处，找准受害者，一扑而上就抓住了它。水獭绝妙的武装就是为拘捕这类受害者设计的，无论鱼儿的鳞有多厚，皮有多滑，都能轻松逮捕。它每只爪子上又大又坚硬的五个指甲像鱼钩一样，有着弯曲的尖端。它口中的犬齿也是同样的形状。不规则的牙齿能撕大被咬猎物的伤口，让水獭更有胜算。和所有其他猎物比起来，它的首选是大鱼，所以二者的搏斗注定异彩纷呈，碰上了肯定很有意思。它很可能会历经一番艰辛，最终战胜这些水下世界的巨人。也有可能，当鱼儿们的抵抗持续到第六至第八分钟时，袭击者就必须放手，回到水面呼吸。但第二种结局很少见，无论鱼儿的体形有多大。以我的亲身经历为例。一天早上，我去维尔河①起钓竿，在草丛中发现了一条刚被水獭抛下的鲑鱼。我突然出现，把水獭给吓跑了，它只来得及吃掉鱼头。这条鲑鱼重十一斤半。

　　水獭的远征不会止步于它居住的河流。周边的每一处沼泽、每一方水塘都要向它进贡，水獭已将它们烂熟于心。而且，为了向这片土地征收自认应得的什一税②，它甚至会毫

---

① 维尔河（la Vire），法国诺曼底地区的一条河流。
② 什一税（dîme），欧洲基督教会向信徒征收的一种宗教捐税。公元6世纪，教会利用《圣经》中有所谓农牧产品十分之一"属于上帝"的说法，开始征收，税额常超过纳税人收入的十分之一，负担主要落在农民身上。

不犹豫地上陆地冒险。水獭不只吃鱼。有一次，一位尚皮尼地区的打鱼人在马恩河旁发现了它的巢穴，我们一起去查看时，找到了一只水老鼠的后半段。它的头和前躯已经被穴主人吃光了。对哦，如果我所记不差，水老鼠算是两栖动物，吃它不算破了教规。但是，在两年前，圣普雷市附近的一个农夫大白天在他屋旁的牧场击毙了一只远离陆地几乎一公里的水獭。由于那地方周围既没有水坑，也没有水渠，而且这个农夫在牧场上养着众多从早到晚啄食不止的家禽，所以我推断，这只水獭曾偶尔屈服于开斋的诱惑。如果我过于武断，希望水獭的亡灵可以原谅我。

水獭们尽管不怎么露面，却不害怕被听见，至少小水獭是这样的。夜里，那些爱着月华的渔人轻滑在波光粼粼的幕布上，快乐让他们不再惧怕宁静下暗藏的危险。他们会听见一声尖叫，近似于含糊不清的猫叫。这叫声持续不断地重复，有时甚至成倍或成三倍地叠加。它总是从他们游弋的船只轻掠过的岸边传来。这声音就是小水獭的。叫声无限循环，而且夜有多长，音乐会就持续多长，简直完全暴露了它们的行踪，以至于那些目的论者的论断都变得合理起来了：上天之所以把贻害不浅的聒噪强加给水獭，是为了让我们能轻易地干掉它。之所以说这天意不偏不倚，是因为没多少动物比水獭更兼具温柔的母性和警惕性。不论这些新生儿给了您多少提示，在它常待的崩塌的土方和河岸的蚀沟间找到它的巢穴从来都不是件容易的事。时刻保持清醒的水獭妈妈只要一猜到您的行动，对您意图的纯洁性有所怀疑，就把自己珍贵的成果换个地方。而您能找到的只是一些小树枝——宝宝们的床垫。

　　我们本土水獭皮毛的价格虽然比不过海獭皮（即堪察加水獭皮，其贸易以中国为主要集散地，能卖到一件一百至五百法郎），但还是较为可观的。在过去，小市民们对水獭皮极为追捧，可以说，它因此成了那帮人的标配。这给它造成了极坏的影响，让那些在意他人眼光的人不愿穿戴它。幸运的是，水獭还是战胜了这一偏见。而今不少人戴獭毛帽，穿獭毛马甲的人就更多了，因为后者可以炫耀这獭是自己亲手猎来的。所以，我们尽管没有为了维系水生生物种群数量而去消灭水獭，却依旧费尽气力去追捕它，只因它的皮毛位居珍贵战利品之列。不幸的是，等下就会看见，我们在捕獭这方面不像拉芒什海峡对岸的人那样装备齐全。由此自然可以推断，只要我们还缺兵少马，就依旧是纸上谈兵，离消灭这群淡水里的海盗还远着呢。

　　就先谈谈怎么驯化水獭吧。最负盛名的狩猎主题作家图瑟内尔起过这个点子，而有些北方国度在很多年前就成功做到了。最主要的例子在瑞典。

　　一位斯德哥尔摩瑞典学院的院士在一篇内容挺稀奇的论文里讲述了他们国家的驯化方法："首先把一只小水獭细心地拎起来，接下来的几天，用水和鱼喂养它。然后，在水里混上奶、汤汁、卷心菜和牧草。当这位学生开始适应这些新食物，就把鱼换成面包，但仍要时不时地给它吃点鱼头。不久，习惯就会代替天性。

"等水獭经历了几个月的监狱生活后，您就可以像教小狗一样教它捡东西了。练习够了，就把它带到小溪边，扔鱼给它，让它捡回来，然后再把鱼头作为奖励给它吃。之后，您可以给它更多的自由，去河里抓鱼，然后带回来，给它的主人。水獭之于主人就如猎鹰之于猎人。"

您也看到了，这并不比培养一个中学毕业生更难。但我怀疑院士的名头对教师的成功而言必不可少。我也试过，但很可能因为不属于任何学者团体，所以尽管在上述方法的基础上下了几倍的功夫，却也只能遭受屈辱的失败。在付出了被咬伤上百次的代价后（这咬伤疼得很，您得信我！），我终于成功获得了学生的许可（也就马马虎虎吧，主要是因为它已饱餐一顿），让我能够拿走它在小池塘里抓的鱼。可之后，我眼睁睁地看着它跑回了逃兵军团。这让我很是窘迫。那是我第一次，也是唯一一次把它放回小溪里（照书里说的，那儿该是它首度展示学习成果的地方），想发挥一下它刚刚习得的小技能的功效，毕竟那是我历经艰辛才给他灌输的。我的一个老朋友，夏尔·菲尔纳①，他要不就是身上的霉运比我少，要不就是身上的幸运比我多。因为，就当驯化课程正向步履维艰的态势发展时，更谦逊的他带学生去植物

① 夏尔·菲尔纳（Charles Furne, 1794—1859），法国编辑兼书商，以出版整部《人间喜剧》（巴尔扎克著）而闻名。

园毕了业。

我是想用这些例子证明水獭是不可驯化的吗？不是的，许多读者都能用无可辩驳的事实反驳我。我个人就知道两三个完美驯养，甚至是驯化它们的例子。德拉吕先生就曾养过一只对他弹奏的吉他和弦特别敏感的水獭，但这只音痴獭捕起鱼来就像是到了异教徒的领地。

我举这些例子是想证明，这些驯化水獭的案例和驯化狐狸的一样，是艰苦劳作而取得的成果，为此需要一番实属异乎寻常的耐心，需要拥有排除万难、直达天堂的能力；只有付出最持之以恒的照料和最极致的坚韧才能收获成功，也就是说，需要人们撇开其他事情，只顾这一件。和结果相比，如此辛劳值得吗？实话说，即便我对克服困难分外眼

馋，也不觉得值得。我不是要否定那些水獭赞颂者的叙述，我很愿意相信，如一位博物学家所说，在瑞典，它们中有的被完全驯化到能去养鱼池里抓厨师指定的鱼。但反复无常才是这动物的真性情——我亲身经历过，所以无法信任它。如果要在船上的养鱼箱里捞条鲤鱼，我还是偏心于用捞网；如果要去河里捕它，我就会很庸俗地用套网。网们也许不怎么特别，也没那么百发百中，但肯定比一位如此任性的助手可靠。还是不继续嘲笑水獭了吧，也放过斯德哥尔摩的院士，我现在要说说怎样让它在您身边消失。在我看来，这个话题才合理嘛。

如果同胞们身为法国人的优越感因我在下文中的言论而打了折扣，那么我很抱歉。但这很难遮掩——我认为，在运动方面，英国人是我们的老师。

我们的犬猎运动与英国人疯狂的障碍赛马运动基本没有什么可比性。前者的规则严谨且讲究实际，可与战争媲美，后者则以猎取狐狸或黇鹿为借口，实际上只不过是这世上最勇敢、最老练的骑士参与的一场场精彩的骑术表演罢了。但是，尽管我们的优势确凿无疑，我们的英国邻居依然有着诸多值得羡慕的地方！

当我们让猎犬恣意杂交，其混乱程度足以跟建巴别塔那会儿媲美的时候，他们却培养、繁育了完美地满足不同需求的动物物种。在我国，狩猎者和偷猎者一起卑鄙地耗光了繁盛的猎物资源——它从前是那么地富饶，人们曾那么愉悦地享用它！英国人却谨慎又节俭地利用它：他们建立了法定狩猎时段和保护区，并一直遵循着这套体系。我们每天都在抱怨猎物匮乏，而得为此负责的其实在很大程度上是我们自己。合理的制度和识时务的节制措施造福了英国人。今天，尽管巴黎的普通食品价格远在伦敦之下，山鹬在法国市场上却比在英国贵得多，雉鸡说不定也是这样。

我们法国人缺乏创新精神，有些以狩猎为主题的作家曾试着为此做辩解。他们把海峡那边阔佬们的巨额财富和我们微薄家产之间的差距归咎于大革命和《民法典》。其实比起那些，也许原因更多与双方的种族差异有关。冷淡忧郁的英国人对打猎的爱和我们的不一样。他们想从中找到情绪的波折，尤其是能给他们的神经系统带来电流般刺激的情感。相反地，在我们当中，除了极少数被狩猎的神圣火焰点燃的人，大部分只是希望用这个长久以来专属于贵族阶层的享乐满足自己的虚荣心。

在法国，人们很少用猎犬追捕水獭。可与此同时，我们的河流和水塘中水獭的数量实在太多，以至于沿河的居民无一不抱怨它们肆行劫掠的行为。况且，捕水獭不仅毋庸置疑地有益，而且还相当有趣，因为它一点儿也不简单。

英国人十分欣赏这种两栖猎物的魅力。他们为其准备了专门的猎犬——很可能是格里芬犬和超小型巴贝犬的后代。它们和骑士查理王小猎犬一样大小，和斗牛犬一样勇敢，在满是冰凌的小溪中蹚水时跟鸭子一样淡定自若。

兰西尔的绘画让猎獭运动在苏格兰流行了起来。他展现猎物被围待毙时的那幅画绝对是这位以狩猎为主题的画家最吸引人的作品之一。我想不到还有什么比这画中的猎犬群更生动、更鲜活、更气势汹汹的了。这群小小的狗像蚂蚁般聚集在一起，围着负责看管它们的仆人你推我搡。仆人满腔豪情地举着长矛，矛尖上是挣扎的猎物，它只剩最后一丝无力的痉挛。画的前排有只小格里芬犬，黄褐色的毛发油光水滑，它的狂吠仿佛在我们耳边回响。看这幅画的时候，没有一个猎手不强烈渴望到画中的苏格兰高地去，真枪实弹地来一回。

就算我们的法式习惯不容许这排场十足的田园风光和舞台布景，不代表我们就不能时不时也给自己准备一次震撼人心的围猎体验。乡村猎手的小猎犬也许没有苏格兰猎手手下小格里芬犬的水上风姿。与习惯水上运动、接受过专门调教的后者相比，它的身手也没那么矫健。但是，只要让它多品味几次，结果也可以令人很满意 —— 反正完全能把水獭带到您的枪下。这也算是求仁得仁啦！

伽弗洛什

　　请您放心，那个拥有这个传奇名字的家喻户晓的巴黎流浪儿[1]已然成了个政治性过强的形象，我在这篇文章里不会谈到他。我的伽弗洛什和前者不只有一点的相似，他们拥有许多一致的优点和同样的毛病，一样地大胆、厚颜、放肆、聒噪又馋嘴。但我的伽弗洛什没穿过破烂的工装，也没发明过俗语新词，更从未面对面地干翻过巴黎城市警卫队的上校。他属于长满羽毛的那一类。我的伽弗洛什是只普普通通的家麻雀。

　　我们在制定针对动物的法令时添加了不少稀奇古怪的夸大成分——借着从它们手中篡夺的至高无上的权力。我们违背了听从陪审团意见的传统，从不依据可减轻罪行的

---

① 指维克多·雨果的长篇小说《悲惨世界》中的人物伽弗洛什，他是一个流浪巴黎街头的孩子。

情节斟酌律令。正如已去世的格拉索①的台词（我不记得是哪部剧里的）："给第一宗罪判死刑，即便对第二宗可以留情！"我们只会干这个。不过，跟众多被法院判了刑的人一样，大多数被人类定罪的动物其实都逍遥法外。正因如此，被指定为公共利益最十恶不赦的敌人、注定被一代又一代的人类唾骂厌恶的家麻雀得以亲眼看见自己的头颅被悬赏捉拿。听听搞统计的人怎么说吧：他们一粒一粒地估算出，一只家麻雀在一年内可以或者一定会（对于这些先生来说是一回事）吃掉总计数百升的小麦。这一总额让人毛骨悚然，真是"弥尼，弥尼，提客勒，乌法珥新"②般的末日预言啊！当人们看到这个数字时，他们的下颚被震惊得停止了活动，最后一口面包因此被保留在唇上。一个无法克制的念头攫住了他们——把这口东西保存下来，就像保存圣骨一般，好将曾经喂饱了先辈们的食物标本留给名为未来的博物馆。为了防止计算结果被推翻，统计学家们没说的是，家麻雀不只吃小麦，还吃昆虫，还吃水果，还吃各种各样的种子。当然了，如果它有办法溜进谷仓，看到里面全是一捆捆丰盛的小

---

① 保尔·格拉索（Paul Grassot，1799—1860），巴黎皇家宫殿剧院的话剧演员。

② "弥尼，弥尼，提客勒，乌法珥新"（Mané, Thécel, Pharès），《圣经·旧约》中记载的一则关于巴比伦陷落的预言，原始版本为希伯来文，转写成拉丁字母为"Mene, Mene, Tekel, Upharsin"。相传巴比伦国王伯沙撒在一场盛宴上大行渎神之事，突然乌云降临，从中伸出一只手，在墙上写下了该段文字。国王不解，请来先知但以理帮忙解读，但以理将其解读为："'弥尼'意为计量：上帝已计量你的在位时间，你的统治已近尾声。'提客勒'意为称量：你已被放上天平称量，结果证明你不足斤两。'乌法珥新'意为一分为二：你的王国将被玛代人和波斯人瓜分。"之后，巴比伦很快陷落，伯沙撒身亡。

麦，它也会甩开嘴大嚼——不然您想它怎样？但这究竟是谁的错呢？如果不是因为谷仓主人疏忽，忘了关好门、堵上外墙的裂缝，家麻雀又怎能溜进去呢？不如叫那名为"银行"的女士在相同的艰难年月里朝大路半掩着门试试，到时候我们就会明白，人类是否适合教家麻雀学会节制。

请您注意哦，我可不是想否认家麻雀干的坏事，最后像赦免许多别的物种时那样赦免它。但我坚定地相信，它们给农人带来的损失被放大了，而且这损失仅限于很短的一段日子——当成熟的谷粒尚未被收割的时候。此外，受其害的区域也很有限，因为这些鸟儿只在人类住所附近活动。我的结论是，与农人们相比，园丁们更有理由对家雀心怀怨愤：同样地，也不是因为它们劫掠的数量有多令人发指（像有人宣称的那样），而是因为它们特别讨厌。这群强盗总是去抢园丁最想保留的、最美丽的那些果子，而且完全不上人类想出的、用来唬它们的当——什么小风车啊，什么纸糊的小旗子啊，镜子碎片啊，等等。有时，它甚至在假人的头巾里筑巢——原本人们还期待这有益的震慑能教会家麻雀尊重他人的财产。当然，我们也不能忘了，它在花园里品尝樱桃和豆子的同时，还会啄几只毛毛虫和不少金龟子，以及其他昆虫。公平起见，就它给人们带来的好处和犯下的贪污挪用罪行，我们得做个总结。

作为其最毋庸置疑的受害者，园丁们一见家麻雀这名儿就想骂它。如果告诉您，我自己也是园丁，您就知道我做了多少退让，肯定得赞叹我伟大的灵魂 —— 我不仅能原谅家麻雀的所作所为，甚至还对它充满了好感。

首先，对于动物，我跟那位被锹形虫撞了脸的哲学家想法一致。他用大拇指和食指轻轻拾起虫子，然后边说边将它放生："飞吧，朋友，世界之大，足够容下你我。"在我看来，没什么比因口腹之欲而杀生更合理的事。地球就是这么转在一张大嘴上。是天意让我们在被野兽当盘中餐前先以万物为刍狗。然而，毫无目的地杀生，又杀得不费吹灰之力，才是件最大的蠢事。我也做过类似的事，我也是人。但是，面对我的"杰作"，想到即便全人类都听我调遣也依旧无法让这可怜的动物起死回生时，想到我是如此愚蠢地剥夺了它的乐趣和它的欢爱时，我便感到一阵羞愧，以至悔恨万分。

不过，不仅烤家麻雀从未撩拨得了我的馋虫，而且我还得承认，活家麻雀也没败我多少园艺兴致，我甚至还从它们令人头昏的叽喳，乱哄哄、旋风似的鸟阵和讥讽人的狎昵中发现了几分乐趣。绿树给孤独以安慰，只有活泼的生灵才能点亮孤独。也正是为此，即便家麻雀们不幸有些屡教不改的陋习，我也从没觉得房子周围鸟儿们的数量太多。也许我为它们带来的欢乐付了几斤樱桃、几斤豌豆的费用，可我从前难道就没付上高于这二十倍的价钱，到一间臭烘烘的音乐厅里听 X 先生或是 Z 小姐唱无聊透顶的曲子？

但是，言归正传的时候到了，该说说伽弗洛什啦。

我这房子的前主人一定不像我一样对家麻雀心存爱怜。因为我一住进来，就发现所有朝南的墙上都饰有一些花盆。这些花盆看上去有利于鸟儿们筑巢，实际上却为那些企图灭绝它们的人提供了一条简便又稳当的途径，来将其幼雏一窝接一窝地杀死。

我没动那些花盆，只是让它们真正配得上另一个形容词，与之前的那个大不一样：险恶的花盆变成了守护者花盆。也就是说，我从不去撩拨不间断地一茬茬出生的宝宝们。从这些好客的赤陶盆里发出的叫声越响，鸟儿们的断奶期就越顺利，我就越开心。

一天，我带着名叫"小男孩"的狗，在屋子前走来走去，然后略带惊讶地发现，其中有个花盆以一种很奇特的姿势倾斜着。

我立刻就把这闹腾归因于某桩家庭纠纷：我的家麻雀在打老婆。读了不少莫里哀的我非常清楚，被卷入这类斗争是很麻烦的。正当我想走远，一阵更剧烈的扑腾让花盆挣脱了悬挂它的钉子，掉了下来。然后，在盆划过空中的同时，我看见一只老鼠的大脑袋像窗户或大门似的堵住了鸟巢。我原先的揣测不仅有失公允，而且毫无根据。

但是，发现侵略者踪迹的不止我一个。花盆掉在地上的那一刻，"小男孩"纵身而上，还没等那坏鼠转身，它就一口咬断了那探出天窗的脑袋，干净利落地让受刑者上了断

头台，像是已故的桑松先生 ① 帮了忙似的。

　　"小男孩"天神降临般的小小干预结束了这出刚开场的悲剧。罪犯得到了应有的惩罚，剧中的道德寓意让人满意。而我，卑微的凡人，所能做的只剩查明这场世间无人可以拯

① 已故的桑松先生（feu M. Sanson），指的应当是夏尔－亨利·桑松（Charles-Henri Sanson，1739—1806），法国史上著名的刽子手，出身于刽子手世家桑松家族，于法国大革命时期处决了大约 3000 人，其中包括法王路易十六。

救的劫难。一场彻底的劫难：巢里原来的三四只小鸟只有一只幸存。充当全家床垫的羽毛包裹着它，也因此像神盾似的护它逃过了老鼠残暴的欲念。也许它的爸爸或者妈妈也是——很可能双亲都是——这怪物的受害者。因为我在周围没见着它们的身影。

我拾起了已经长满羽毛的小雀。它还没有学会觅食。念及它或许已经死去，或许已经被这场恐怖的侵略吓破了胆的父母，我预见到小鸟可怕的死亡。我对它的悲惨遭遇产生了同情，决定带走并一直抚养它，直到它学会自给自足。

就在这时，我发现，"小男孩"跟随着我的一举一动，还对小雀表现出明显的关心。啊！您千万别认为它像寓言里的鳄鱼，后悔没有像结果老鼠一样消灭小雀。它不可能产生如此卑鄙的想法。的确，翘起来的耳朵和晃起来的尾巴对于狗狗们来说是相当普通的用来表达满意的记号，普通到让人几乎不可能破译其背后的具体含义——究竟是什么让它们如此满意。但狗狗会用眼睛说话，甚至很有口才。而这只狗金黄色大瞳仁里的光彩很明显在对我说，它赞成我对小雀的举动，它也与我一样心慈。

知道吗，"小男孩"不仅是我遇到过的最善良的狗，也是上天让我在这世间爱过的最贤良淑德的四足动物。

一看到"贤良淑德"这个形容词被用在狗狗身上，您就撇嘴了，我漂亮可爱的小姑娘！可别大惊小怪，您日后就会懂得，那些在我们生命中占据重要位置的生灵会获得怎样慷慨的褒奖。况且，我可以保证，这个形容词比您想象的要恰当得多。动物们可以跟您一般贤良淑德（其实我也想说，它们可以跟我一般贤良淑德，但是我觉得自己不配，所以没有这么说）。只是，这些美德在动物和人类身上有着不同的表现和被验证的方式。而且，在这些美德里，有的适用于所有物种，比如善良。它是所有美德中最伟大的，我们的同类也因它受益最大。我心中的善良品格包括仁慈、对弱者的尊重，以及一种出自本能的温柔，一种对那些像您一样，我年轻的姑娘，尽管迷人，却因此更需要帮助和保护的生灵的温柔。我的狗就是真正拥有这善良品格的一员。在一生中，它常成为那些像您一样肤若凝脂、颜若桃花的调皮小鬼恶作剧的对象。它获准参与您所谓的游戏——您之所以称之为游戏，是因为您能从中获得乐趣。"小男孩"是否特别喜欢被调皮的孩子们当马骑，喜欢他们的身体在自己的耳边晃荡，喜欢看着自己的尾巴被他们变成马车的车辕呢？我不知道。我可以肯定的是，无论这些奇妙的消遣活动给了它的神经以何种反馈，它那一成不变的脸孔都不会显露任何情绪。然而它身躯强壮，哪怕只是轻轻地咬上一口，都能让整个孩子团溃逃；可它连哼都不允许自己哼一声，甚至宽容大度到去舔舐施虐者们肉嘟嘟的小手。而当孩子们玩得实在有些过了火，它只是用我前文提到过的那双金黄色的大眼睛（但是低垂着，不希望让它的伙伴们难过）对我念着受难狗狗的那一套祷文："主人，把我从这群恶魔的爪子中解救出来吧！"

而且，这只好狗狗对孩子们充满耐心的容忍远非它高尚温柔品性的唯一证明。这品性还体现在它对所有弱小、羸顿的生灵都抱有令人难以置信的关怀——不论它们是何物种。

它的妻子正在分娩，而它就像个斯多亚主义者似的泰然地等待妻子与宝宝暂时分离的那一刻，然后接过小狗，细细地舔舐每一只。就连最狂热的狗妈妈都无法从它的动作中挑出一丁点儿的毛病。

小猫们也见证了它充满慈爱的关心。有十次，我亲眼看到它一只接着一只，而且非常轻柔地把小猫咪衔到了我的床上，然后诚挚地爱抚着它们。那诚挚的样子，仿佛猫族不是狗族生来的对头似的。

另一些时候，它用一整刻钟又一整刻钟的时间待在关着母鸡和小鸡的笼子旁，善良的大脑袋随鸡崽们来来去去的步伐转动着。当有鸡崽不小心迷路，走到它的爪子间时，它就会轻晃尾巴；如果鸡妈妈有些着急了，朝着它咯咯叫，它就会温柔地把鸡崽推回笼子里。狗狗似乎对这样的凝视入了迷，我也不是很明白为什么。

因此，这些对"小男孩"从前事迹和行为的陈述足以向您证明，我把"贤良淑德"这词用在一只如此正直的狗身上是没错的。同时，这也证实了我先前所说的并非谎言：它对我手上捧着的那只孤儿鸟的命运充满关切。

而且，没过十分钟，我就得到了一个确凿无疑的证据，证明了它对我们协力从死神手里救出的小鸟怀抱着情感。

我把鸟放入一个小笼中，垫的还是被毁掉的巢里的羽毛床垫。我略有些轻率地把鸟笼放在了一张靠墙的矮桌上，然后就翻开了邮差刚送来的报纸。

如若做不到恶其所恶，就不能称之为爱。对狗族彻底又强烈的喜爱自然而然地让我也和它们一样对猫族抱有厌恶

的态度。泰奥菲尔·戈蒂埃①和尚普弗勒里②那些颂扬猫族的妙言妙语不足以让我与之和解。然而，我还是得忍受着猫族，因为我对老鼠的憎恶多过对这种微型老虎的讨厌。这个世上，类似的例子多的是，尤其是在政坛：一堆"麻风病人"让别的祸害显得没那么讨人嫌。

于是我不情不愿地让家庭动物成员里多了两只猫。

第一只猫叫"咪咪"。它太懒、太馋，以至于丧失了信念。一旦它自己吃饱喝足，就会赋予所有生灵以吃饱喝足的权利，哪怕是老鼠们。只要后者不跑去挑衅，搅它壁炉旁的酣梦，它就会任由它们自由自在地啃噬奶酪。更何况它本来就不爱吃奶酪。

至于第二只猫"戈比"，老天赋予了它别样的秉性。当它个头还没拳头大时，我就在它身上嗅到了偷猎者的气味。我要做的就是将这秉性扼杀于萌芽之中。不幸的是，那时我还相信教育的益处——那可是免费的义务教育呀！于是我在它身上实施了一整套让最蔫坏的天性也无法经受住其洗礼的教育体系。我听说，猫在被剃了耳朵毛以后，其耳道会与水汽和露水相接触，这会使它变得恋家，不再外出狩猎了。深信这绝妙法子的我剃去了小戈比两只小羊角似的耳朵上的

---

① 泰奥菲尔·戈蒂埃（Théophile Gautier, 1811—1872），法国诗人、小说家、文学评论家，主要作品有诗集《死的喜剧》《珐琅和玉雕》，小说《莫班小姐》《木乃伊的故事》，文学评论《论怪诞》《浪漫主义史》等。
② 尚普弗勒里（Champfleury, 1821—1889），法国艺术评论家、小说家，代表作有《猫：历史、习俗、观察、逸事》等。

毛，一直剃到后脑勺。我剃得那叫一个干净，这样一来，就连最讨厌的老鼠都能在它面前安然无恙地经过。配上这样的发型，戈比就拥有了一颗您能想象得到的最漂亮的苦役犯光头。此外，为了让头尾和谐，我还把它那条足有四法寸长的尾巴剃得光光的，这让它的外形特点变得越发引人瞩目。

可叹哪，这一切的后果就是让我不再相信任何小道消息！戈比还没六个月大，就开始在小花园里闲逛，十分可疑。人们观察它，发觉它攀上了树，没过一会儿，嘴里叼着罪证的它就被抓了个正着。戈比热衷于抓鸟。我便开始尝试各种强制措施。我的呼喊、扔出的石头、扬起的鞭子以及狗的追踪都徒劳无功。尽管光着脑门，戈比追起猎物来持之以恒，披月戴星，无论天气阴晴。雨水、冰雹、大雪，没有什么可以阻止它的脚步。我觉得，戈比其实跟它的两足同行们一样，走向战场前会先戴上棉帽。我起码有二十次宣判过它的死刑，但我们还要同生共存哪，所以每次判决后我又不得不恩准它以缓刑。于是，尽管每天挨着骂，这个讨厌鬼每天还是继续干坏事。

您可以想象，在猎物似乎是自己找上门来时，如此热衷于偷猎的戈比会不会坐而视之：家麻雀刚一进门，尽管一动不动，猫一个抬眼就发觉了它的存在。戈比迅速上前几步，身子也越伸越长。到了矮桌前，它俯下身来，脑袋紧紧贴着地面，眼睛死死盯着笼子，尾巴兴奋地摇晃着。然后过了两到三秒，它向前一扑，一个小跳，就到矮桌上来了。

趴在矮桌下的"小男孩"十分关切地看着这番动作。它一直关注着眼前正在上演的一系列事件，心中的怒火表露无遗。正是因为觉察到了这一点，我才没赶忙出手。

果然，猫爪子刚碰上大理石桌面，一个脑袋瓜就凑了上来——狗的脑袋瓜。这让猫在空中划出了条抛物线，在三步远的地方落了地。这之后，狗又恢复了端正的坐姿，但仍用一种眼神盯着那坏蛋，就像在说："你回来试试？！"

可是，装模作样了一会儿，戈比还是回来了，这次对它的处理就没第一次出手时那般客气了。狗把它更加结实地骂了一顿，然后在家具下追着一顿乱撵，直到把它轰出了餐厅才罢手。

我对小雀的命运稍稍放了点心。我原本忧心忡忡，但乐于助鸟的"小男孩"应该能消除小雀所面临的最大危险。

只要鸟不出笼子，"小男孩"就会继续当它的保护伞，但那是种不经意间的保护。它只在猫似乎会对鸟构成威胁时才出手；其他时间里，只是轻描淡写、漫不经心地给予鸟儿一点关注。

我说过，原先的计划是，只要小雀不需要照顾了，我就立刻将它放飞。因此，当它长大，开始在家中翻飞以后，门窗便一直是大开的。然而，或许是从人心中被驱逐的感恩之心跑到了家麻雀心里避难，或许是奴隶制也有些许优点（不管别人怎么说），我不无惊讶地发现，我的小可爱并不想挣脱枷锁（实际上确实没啥枷锁），也不想好好利用我交与它的逃跑机会。好多次，它飞到了外边，一会儿停在棵橙子树上，一会儿栖在屋顶的一角，但总是马上就飞回来，还大声叫嚷着，像被这尝试吓坏了似的。然后，它便立刻开始大吃一种由面包碎和牛奶混合而成的饲料——它对此种饲料有明显的偏好。

也就是从那时起，它和"小男孩"之间的关系开始变得亲密，昔日一直颇为傲慢的庇护者成了家麻雀心中的朋友。

野外的家麻雀聒噪得让人讨厌，家养的也是一个德行。伽弗洛什（这是我给它起的名字）除了在睡觉的时候外，无时无刻不希望得到人们百分百的关注。我发誓，在这方面，没有一个美貌的女子比这小鬼头的要求更高。当我拒绝做它的玩伴时，它就不依不饶地缠着我，甚至到我的书桌前撒泼。它会飞到我的头顶望着我，在我写作的时候啄我的手指，在纸上走过来逛过去，而且总要——总要在上面留下些可以证明它得到了我的慷慨喂养的无可辩驳的证据。久而久之，它让我感到厌烦，所以有那么五六次，我把它关进了笼子里，惩罚它，教它对我放尊重些。

作为一名实践哲学家，伽弗洛什果断地做出了决定。面对坚硬的心，它不是一只只会站在一边等到地老天荒的鸟。它马上就去找"小男孩"了。比主人更闲的狗更善于因应这等旺盛的交流欲。

我也因此见证了从不相信会发生的事——狗雀之戏。

始作俑者总是伽弗洛什。它会停在高处的某件家具上，然后发出邀请——一声尖叫，重复数次。游戏总是由此开始。

一听到这声音，不管是醒着还是正睡着觉，大多数情况下，狗都会直起身来，然后竖起双耳，环顾周围，直到发现它的朋友。一旦找到了它的朋友，狗的眼睛就不再离开。它一边注视着，一边从右到左、从左到右地晃着脑袋，像是在回应："开始，来吧！"

这些表明善意的场面一般不会无休止地重复。没等这些场面完整地上演，伽弗洛什就从高处飞了下来，绕着房间飞个两三圈，然后落在地板上，但总是与它的大玩伴保持一段很短的距离。

它们就这样相互对视几秒钟，双方都一动不动。淘气的伽弗洛什很快就受不了了，它用力一啄，对着朋友身体上离它最近的部位表示了不满。"小男孩"便伸长爪子回击。只是，也许是偶然失误，也许是有意失手，它没碰到对方。后者立刻就飞了起来，绕着屋子一圈又一圈地回旋。狗狗这边呢，开始假装追击，步步紧逼，让被追的那位不得不一个急弯加一个急弯地遁逃。但它又十分注意怜惜自己的心头所爱，以至于它那可怕的巨嘴从没尝试过把鸟儿关进去，就算后者在经过的时候用翅膀把它擦了一下。累了，它们就休息一会儿，狗恢复到最开始的姿势，伽弗洛什也一样。然后，鸟儿又发起了新一轮的挑逗，游戏又有声有色地开始了，直至不堪忍受此等喧闹的我怒而决定为之画上句点。

当然了，有的时候，"小男孩"要不是被持续时间太长的捕猎累着了，要不就是完全沉浸在哲学性的沉思中，表现得不那么想玩游戏。但伽弗洛什耍起小性子来绝不含糊。它的失望很快就化作怒火。它竖起羽毛，拍动着翅膀，喊着，叫着，像个疯子似的叽喳嚷嚷。它冲向这只不顺着它心意来的狗，落在狗的背上，然后用上天赋予家麻雀的最厉害的啄功对着狗一顿乱戳。幸亏"小男孩"是只格里芬犬，它的心有多柔软，皮就有多坚硬。大多数情况下，它只略微抬起头，抛给那只易怒的小角色一个同情中夹杂着指责的眼神，然后又开始打盹，留下家麻雀全然自由地在它的皮肤上试剑。鸟儿最终也冷静下来，但也不挪窝，就把脑袋藏进一侧的翅膀下，也开始心安理得地睡起了大觉。也有些时候是狗让步了，但在这种情况下，整局游戏也是一样地无聊，整个追击过程缺乏活力，这清楚地印证了狗做出让步只不过是出于好意，是为了照顾鸟儿的感受。

"小男孩"有个我们都有的缺点：它不喜欢别人在它的碗里吃饭。一只缺乏边界感的猫必然会招致"小男孩"的怒火——这是惹那善良动物生气的唯一途径。"小男孩"甚至也不允许自己的妻子——一只名为"米可"的母狗这样做，尽管后者为它生了几个孩子，本该拥有几分特权来获得它的格外垂怜。只有更加受宠的伽弗洛什能破例。不过还是得说一句，作为一只小小的家麻雀，它完全不懂能被一位如

此重要的人物接纳并共享餐盘是何等值得吹牛的事。它看上去一点也不知道感恩，一旦自己吃饱了，就会拼尽全力，阻碍它的东道主享用餐食。

我也无须多说，自从"小男孩"把伽弗洛什擢升为自己的朋友，那两只常常被撵着跑、偶尔还被胖揍一顿的猫最终还是放弃了长久以来对鸟的一切血腥幻想。就连鸟类灭绝者戈比都在家麻雀面前表现出如古埃及人对圣鹮一样的崇敬。当伽弗洛什栖在厨房里的烤肉铁架子上时（它像土拨鼠一样怕冷），这只通常笼着四只脚在炭火的灰烬里舒服打盹的猫最多只是畏畏缩缩地投给身旁的鸟一个眼神。它很可能在内心极尽挖苦之能事，来发泄对眼前无常世事的不满：家麻雀生来就是为了被猫吃的，可身为猫的自己却要被迫向其表示尊重；要知道，家麻雀之于猫犹如公序良俗之于人类，人类无法在公序良俗面前永远保持尊重，可猫却能在家麻雀面前表现得毕恭毕敬。

狗要求我所有的宾客都对它的朋友保持谦恭的态度。只有一位抗命。不幸的它啊，唉！抗命者最终因反抗此种绝对意志而受到了严酷的惩罚。

这个坏人是只冠小嘴乌鸦。它长在家中，所以也和伽弗洛什一样放肆。我们叫它"科拉"①，这个名字可灵活适用于所有性别、所有种类、所有体形的乌鸦。从一开始，家麻

---

① "科拉"（Colas）在法国图赖讷地区的方言中可以指代多种鸦科动物。

雀就跟科拉发生过不止一次的争执。科拉之所以抱有敌对情绪，并不完全是因为它渴望品尝鲜嫩多汁的家麻雀肉。实际上，它更多是受寻欢作乐欲念的驱使，想从家麻雀身上寻些开心。尽管身着丧服，嗓音像个感冒了的掘墓人似的，但科拉其实是一只爱开玩笑的鸟。只不过，它那些为自己带来十足欢乐的玩笑都是建立在其他同伴的伤口和肿包之上的。科拉开的玩笑都是些恶臭闹剧。

不幸的是，伽弗洛什还喜欢挑衅。这就给了科拉许多机会来发挥其捣蛋鬼本性，不断地给伽弗洛什制造麻烦。伽弗洛什不仅没有谨慎行事、远离科拉，反倒不屈不挠、顽固地主动去找它打交道——科拉是伽弗洛什身边唯一一长着羽毛的家伙，这也许让伽弗洛什心中对它起了隐约的好感。的确，科拉的体形比家麻雀大一点，但这没什么值得骄傲的！谁不知道，动物和人一样，都不是依照体形大小论资排辈的呢？况且，虽然家麻雀那么小，但比起那只巨型鸟，它有个无可辩驳的优势：它的翅膀依旧健全，而被刻意剪短了双翅的科拉只能用双腿蹒跚行走。这优势完全可以在家麻雀心中激起骑兵对步兵常有的那种轻蔑。

被威力强于自己几倍的鸟啄啄了几次，吃痛地被拔了几次小毛，都没能治好伽弗洛什爱招惹世上大人物的毛病。当类似的不幸来临，它就会叫得像只老鹰。然后，"小男孩"就会跑过来，把乌鸦直撵到花园尽头。与此同时，伽弗洛什歇在壁炉框上，梳理羽毛，平复心情。还没等把凌乱的翘毛抚平，它就已经忘记了此次教训。于是，第二天一到，它就凭借一如既往的莽撞，撞向了新的危险。

与所有的乌鸦一样，科拉也喜欢囤粮。不知是单纯为了满足这一喜好，还是像我前文提到过的那样，是出于捣蛋鬼的本性——我无法确定其中原因——只要狗或猫在饭盒或者盘子里留下了点东西，它就占为己有。胃口好的时候，它就吃掉；如果吃饱了，它就把食物一点一点地搬运到草坪上。在后一种情况下，它会从厨房跑到草坪，再从草坪跑回厨房，能跑多少趟就跑多少趟，直到物主的碗里连一点碎屑的痕迹都不剩。

为了抑制它那狂热的征服欲，我们把器皿都收了起来，宾客们的食物都被放进了壁橱里。这越发激起了科拉存粮的渴望，但它这下只能在桌子下捡拾它所能找到的碎屑了。

一天，我正坐在屋子前的长椅上，看见乌鸦从厨房里出来，嘴里还叼着片跟核桃一般大小的面包。和往常一样，它走向花坛，把战利品放在草上，然后蹦跳着回去找下一个。

但是，除了我，还有一位也目睹了这一幕。栖在百叶窗一角的伽弗洛什全都看在眼里。还没等乌鸦跨过门槛回到屋里，家麻雀就已经到了藏食的地方。虽然有些重，但它还是衔起食物，飞起来，落到栽种橙子树的花盆上，开始小口撕咬抢来的硕果，一边还光明正大地发出挑衅声。

这声音在科拉衔着新收获的战利品再一次离开厨房时

到达了最高潮。科拉立刻明白了这叫声的含义，停了下来。它歪着大脑袋，发现了栖在它头顶上方半米处的伽弗洛什。科拉认出了自己的财产。看见自己的财产就这样被别人卑鄙地糟蹋掉，它惊讶至极（准确地说，是愤恨至极），以至于嘴里那原本要拿去与第一份战利品会合的第二份战利品就这么掉了下来。

可是，小家麻雀怎么会懂得"见好就收"这门大艺术呢？它陶醉在自己的胜利中，一点也没被科拉蓝黑色眼珠里那匕首似的投向自己的光芒吓着。它飞下花盆，然后，借着丧失理智般的勇敢，尝试拾起——在乌鸦本鸦的喙下——科拉刚刚掠得的第二块战利品。科拉只一个伸腿，就把伽弗洛什困在乌鸦那与猛禽一样锋利的脚爪下了。那一刻，羽毛们四下飘扬。

我匆匆上前，但要等到我插上手，一切肯定就太迟了。运气还是在伽弗洛什这边的：先前那堪作这场悲剧之序曲的非同寻常的叫声早已唤醒了睡梦中的"小男孩"。在现场情况眼看就要急转直下的那一刻，它猛地出现在乌鸦身后。眼见朋友情势危急，它全然忘记了下手的分寸，重重地咬了那么一口。不幸的科拉被凿穿了脑袋。它挣扎了一会儿，咽了气。

我仍费了一番力气，才把伽弗洛什从可怕的乌鸦脚爪中解救了出来。遭受了这一番虐待的它没了一半羽毛，一连三个多星期都快快不乐。但是，一场短暂的地狱之旅终究胜不过轻率的头脑。尽管这次事故很严重，可它依旧不出意外地健忘。

在接下来的六个月里，狗与家麻雀的交往一天比一天更奇特与有趣。但即使这些小事在记忆里仍然鲜活，我还是别讲述了吧，读者们会厌烦的。无论它们多么动人，我都明白，对两位主角怀有的真挚友谊很可能让我过于热情，回忆带来的满足很难让他人感同身受。甚至也许已经有读者觉得，我夸大了"小男孩"的高尚品性。希望他们原谅我的偏心。被爱的，都转瞬即逝。就算它只是一条狗，死后依旧留下了难以填补的空白。因此，即便我们出于懊悔而让它的形象失真几分，也是可以被原谅的吧。

尽管家麻雀顽皮的个性和弱小的肌体为它带来了源源不断的危险，然而，在前文着墨颇多的那段感情关系里，爽约的却不是它。

1867 年的那个秋末，因太频繁的狩猎而过于劳累，加上难以忍受的燥热，"小男孩"死了。离开的时候，它还年轻。两天的时间，一种狗族很难躲过的病把它带走了。是黄疸。

伽弗洛什只比它多活了一个星期。

但它并非因为埋葬了一位忠诚的朋友而难过至死，您大可以信我。它身上绝对没有这样的弱点。

我甚至怀疑它不曾因此洒过一滴泪。可以肯定的是，它的话很多——这场厄运降临到它身上，正是因为它太吵了。

每天的游戏缺了伙伴，这打乱了它的小习惯，而家麻雀对习惯的坚持，就如同看门女佣对早上饮咖啡的执着。

然而，家麻雀所信奉的行事原则（我在前文早就提到过一点儿）让它相信，寻找安慰并不难。国王死了，新国王万岁；朋友没了，给新朋友腾位！伽弗洛什就是这么想的。"小男孩"走了，唉，是真走了。但不是还有米可嘛！而且，因为伽弗洛什天性自以为是，所以从没想过米可是否乐于占有这被空出来的位子。它最遗憾的，还是失去玩伴嘛！

但格里芬犬的遗孀完全没有它死去的丈夫那般温柔宽仁。它是只严肃的狗，满心只想着干正事，也就是捕猎。只要有人打扰了疲累的它应得的休息，它的脾气就会彻底变得暴躁易怒。因此，伽弗洛什的挑衅只能得到负面的回应：它主动勾搭米可，换来的却是颇具威胁性的低吼和多次警告。我因为大体上不担心家麻雀会有什么危险，所以也只是偶尔插手。有那么几次，在发生了些挺激烈的情形后，我把它重新关进了长久以来被荒废的笼子里。但您是知道的，伽弗洛什的脾气比普瓦图所有的骡子都倔。

一天，我觉得这家麻雀已经被关老实了，所以还了它自由。然后我就坐在书桌旁写作，着手一份比较紧急的稿件。过了一会儿，一阵扑腾加上四足落地的声音让我分了心。接着，我又听见几声表达气愤或痛苦的叫喳。但我对伽弗洛什类似的闹腾已经习以为常，手头的事情又完全吸引了我的注意力，所以我没离开座位，只是下命令让骚乱停止。

片刻以后，当我把眼睛从纸上抬起时，看到米可端坐在书桌前，一副叼回猎物的姿势。我认出，它嘴里有个灰色的东西。

这个东西，就是伽弗洛什。它是"按照命令"被扑杀的。

这下场确实是它应得的。但是一想到我可怜的"小男孩"，我就对它的这位家麻雀朋友感到十分愧疚。

我拿了把铲子，来到那棵喜马拉雅雪松前。在长眠着我那老朋友的树荫下，我掘开了覆盖着它的土，把家麻雀放入了坑中。

伽弗洛什将永远躺在"小男孩"身旁。这是我赠予它的最后的礼物。它对此不会挂心。但我确信，"小男孩"，在它生活的那个世界，一定会懂得我的这片心意。

海 马

我要请您看一出悲剧。

万事俱备，不欠开场白，也不缺收场诗，舞台布景的绚烂不逊于《下金蛋的母鸡》①和《林中母鹿》②这两部当代幻梦剧杰作。

加上一厢情愿和一副高倍放大镜，您完全可以相信自己就在圣马丁门剧院③或盖特剧院④的现场。

只是事先得知会一声，我准备的座位会让您对已经不

---

① 《下金蛋的母鸡》(*La Poule aux œufs d'or*)，拉封丹《寓言诗》第五卷的第十三则寓言，于1668年首次出版。1848年，在巴黎沙特莱剧院曾上演改编自此则寓言的同名幻梦剧。

② 《林中母鹿》(*La Biche au bois*)，奥努瓦夫人（Madame d'Aulnoy，1652—1705）创作的一则童话，首次出版于1697年。1845年，在巴黎圣马丁门剧院曾上演改编自此则童话的同名幻梦剧。

③ 圣马丁门剧院（Théâtre de la Porte Saint-Martin），位于巴黎十区的一座剧院，1781年开业。

④ 盖特剧院（Théâtre de la Gaîté），位于巴黎十四区的一座剧院，1868年开业。

在了的那座巴黎大剧院^①里的那些舒服的大椅子添些好感，即便坐在后者之上的那些尖酸刻薄的批评家都格外地冷酷无情。

如果您一定要看这部剧，就得腹部朝下地趴下来。身下不是柔软的草地，而是六千年来被海水磨得尖利粗糙的礁石毯子。

如果您的衣橱里有副铠甲，我想不出还有什么时机比此刻更适合穿它了。

保持这个姿势，就能看见身下的舞台。

一眼就能从乐池望到背景幕布。

这是一片水洼，被退却的潮水遗留在礁石坑洞中。

在它半月形的疆域里，生物之众，种类之广，周围装点的植物之灿烂能让您目不暇接到疲累，不知是真是幻。

海的壮阔，不仅仅在于它的整体，还在于每个细节。

它的一滴水，观之如原始森林，华丽似珠宝珍匣。

大地上的植物群也许和海洋中的一样丰富，却无法像后者一样用全色系、全色调连续不断地造出斑斓的色彩对比，穷尽了阳光在三棱镜下分解所得色彩的一切组合可能。

海洋植物有着鲜花那样丰富的种类和鲜艳的色彩。

两尺见方的水盆里盛满了缤纷的植物，您能从中找到

---

① 已经不在了的那座巴黎大剧院（feu le Grand-Théâtre-Parisien），很可能指的是巴黎城市剧院（Théâtre de la Ville），与沙特莱剧院并立于巴黎一区的沙特莱广场，1871 年巴黎公社起义期间毁于战火，1874 年重建。

所有浓淡深浅的红色、灰色、褐色。而它们的形态也和其颜色一样美轮美奂。

品相奇特的墨角藻仿若动物，有的动物却像是植物；闪耀着光泽的茶褐色海带像灵蛇，在两道水流间游弋；红索藻又是那么柔软、那么灵巧，让人忍不住猜想它是从哪只鸟儿身上落下来的羽毛。

而这一切，都是透过那片纯粹的水晶呈现在您眼前。是它，让光泽更亮；是它，烘托了每一株植物的色调。

以上您看到的仅仅是震撼心灵之幕的序曲。

在这儿，让舞台活力四射的不是演员，生机从布景中自然而然地显露。

一颗颗椭圆形的珍珠，颜色从棱边上的藏青色向内渐变为美丽的黑色，那是贻贝。

一个个浅灰的锥体在石头中嵌得极深，深到让人觉得它们就是石头的一块块凸起，那是藤壶。

请看，它们有的竖立起来，随着水流摇摆，有的微微张开，去吸食波浪带来的微小的辐射对称动物，帮助水体将这些肉眼不可见的生物清除。

它们的午餐是一场净化的仪式。

比起给我们带来的巨大帮助，它们得到的回报何其微薄。

软体动物和甲壳动物们听从的是同一声号令。

把一只去了壳的贻贝抛进水里，还没等它触及水底，整个"净"卫军团就已经在您眼前行动了起来。

步伐不一地弹跳着赶来的明虾，半透明的龙虾，拖着借来的房子的寄居蟹，蜂拥而至的小型普通滨蟹。身为海里的平民，它们却是勇敢的"净"卫军。

这片残体被围住了。它将于转眼间消失。生命将战胜腐朽。

大地竭力掩藏其造物，海洋却主动向我们献上它的奥秘。在海洋身上，好奇的人最能得偿所愿。它是生物形态变化最大的策源地。

请您更仔细地观察铺在我们这方小舞台的右角的那株奇特植物。

一根又粗又肥的树干顶端耸立着一大束圆柱状茎秆，它们一根根像花瓣一样分布得十分规整，但数量比花瓣多得多。

值得注意的是，尽管这是一片死水，甚至都没有微风来吹皱水面，但这些茎秆、这些花瓣、这些辐条却缓慢地活动着，动作虽然不规律，却从不间断。

这不寻常的活动暴露了它的身份。

在您眼前的，是大自然为大千世界造出的奇特生物之一。它的存在模糊了差异性最大的物种之间的界限，让自然神奇的造化更为和谐。

这株植物实为动物：它看似无灵，实则有血有肉。

它的名字叫海葵。

这只是漂亮的翡翠绿；在两步远的地方，还有红色、粉色、灰色和黑色的。

我们的那位大诗人让章鱼永远铭刻在人们的记忆中。[1]

海葵就是无限缩小版的章鱼。

它身上的辐条是手臂，是触手。

它们的触手上没有吸盘来压制猎物强有力的反抗，但您只要用手碰一碰，就能明白它粗糙的皮层完全能擒住一些次等生物。

海葵的捕食方式和我曾观察过的在地中海里到处运动的章鱼不同。它们是命定的伏击者，地毯似的铺在岩石缝的阴影里。它们在那儿成长，像墙上的一株桂竹香，生于斯，死于斯。它们如一株真正的植物般静默，等待着闯入领地的小生灵。

对这些小生灵而言，海葵拥有着蛇之于鸟一般的震慑力。当它们感到自己已经身处危险之域，恐惧就攫住了它们。连灵敏的虾也会失去驱动力，变得一动不动。它已难逃一死。它屈从了。

于是，我们就看到海葵的手臂们轻柔地拥抱了受害者，像是一番嘲弄的爱抚。围着受害者的手臂越来越多，紧紧压

---

[1] 法国诗人、作家维克多·雨果在其小说《海上劳工》中生动地描绘了在海中袭击人类的凶恶的章鱼，使章鱼成为当时坊间谈论的热门话题。此外，法语中原本使用"poulpe"一词指代章鱼，但雨果《海上劳工》中使用的却是诺曼底方言词"pieuvre"，自雨果以后，"pieuvre"逐渐取代"poulpe"成为法语中较常用的指代章鱼的单词。

住了它。手臂们交缠着，逐渐合为一体。这动作依旧细微，却已带着猎物来到早早开了门的深渊入口，然后一切都已注定。这一次，是死亡战胜了生命。

海葵应该有着令人难以置信的强大消化功能。在被我剥开过的所有海葵体内，我都有发现被连壳整个儿吞掉的软体动物。

您应该猜到了，海葵只是我们这出剧中的三号角色。

另外的角色还有海马，俗称"海中之马"。

您肯定熟悉这只奇特的小怪物似马的侧脸，但那些自然历史博物馆里的藏品完全无法与它们活着时的独特样子相提并论。

在水洼的最深处，我发现了两只海马。一簇海藻庇护着它们。

一只海马用它那可收缩的、末端还卷着一株墨角藻的尾巴保持着直立的姿势。它那两只分得很开的、灵活的小眼睛忽左忽右地溜着，像两颗镶嵌在花蒂上的珍珠。

很明显，它为自己莫名其妙地来到这个地方而感到焦心，我的存在也很让它忧虑。它应该正心事重重着呢。

而另一只，从它腹部的鳍上看，应该是母的。它在狭窄的水洼里游来游去，带着那无忧无虑的轻灵和任性而为的脾气——这也许就是雌性海马的特点，跟人类中的女性差不多。

我立刻猜到，公海马显露出的焦虑与后者的危险游荡有关。此种对伴侣的忠诚即刻为它博得了我的好感。

可惜的是，我没向它表明我的好感。

为了研究内部结构，就把手上的玩具拆了，这是人从孩提时代延续到成年，再从成年传承至老年的传统。

我饶有兴致地观察了会儿海马们在闪着珠光的监狱中的一举一动，然后，因为好奇，因为想要近距离欣赏它们带着金褐色光泽的铠甲，我坐立不安。于是，狡猾的手就伸进了海藻间。

这蹩脚的干涉使剧情产生了一次真正的戏剧性转折。

我方才扮演的是一个名为"巧合"的独眼神，他热衷于挑起美德与背信弃义的阴暗念头之间的激烈斗争。他是推动五幕剧剧情发展最强大的动力。

我的剧只有一幕，但满是令人扼腕的情感。

公海马躲过了我跃跃欲试的手，游到水洼的尽头，平躺成一个双弯曲线，看上去像字母"S"。

母海马围着伴侣打转，方才逃学玩耍时有多无忧无虑，此刻它就有多慌张。

我扫了一眼，明白了这场骚乱因何而起。

我看见，在这可怜家庭的上方，一片可怕的辐条触手正在上下起伏地舞动着，暗含着不祥的征兆：它们属于一只巨大的海葵。

但我没替海马察觉到危险。

我觉得这只静默的黏着物不可能威胁到一只长五到

六厘米，机敏、灵动，还受加装着闪亮棱条的铠甲保护的动物。

由于深信这局的赢家和我心里好感的归属者一样，都是海马，我就决心不与命运角力，插这无关的手。

母海马看见了海葵，用鳍一个发力，游到了远处。

公海马则搞错了监视的对象，一直全神贯注地盯着人类，把他当作最可怕的敌人。

它一点点地弓起小小的身体，放下下端的肢体。我看它用尾巴卷住了周遭的一棵海草，然后保持着这个直立姿势。也许它觉得这样能更好地适应侦察兵的角色。

这尾巴却碰到了海葵的一只触手。这一轻碰在海马身上引发了触电似的反应。

那两根于末端固定着其双眼的轴线猛地朝垂直方向移动，双弯曲线状的身子于顷刻间松垮下来，伸直了。

海马不再游动，只是悬浮着。

海葵这边却在加紧动作。

先前对危险无知无觉的母海马看到了爱人面临的危险。

它以迅雷不及掩耳之势向前一蹿，企图用脸撞醒同伴。

这一提醒不幸者自保的尝试宣告无效。

它转了两圈，也没能找到解救的办法。

而我眼看着公海马和敌人之间的距离越来越近。

它还在下沉，一直在下沉。

仿佛有一道无法抗拒的气流裹挟着它，将它吸到刿子手的爪下。

它的女伴不再重复那英勇的示警行为。

母海马远远地在珊瑚丛中做出一个个令人眼花缭乱的灵巧转弯。

它也许是在期待这一举动能激起爱人最后的斗志。

然后，它垂直静立。它此前从未这样做过。它的身子微微颤动，让周遭的水起了波澜。它注视着这一切。

毁灭行动仍在继续。

海葵的触手恣意地把这个命运赠予它的大猎物层层圈住。黏着力成倍地增加，新的结扣让猎物被捆缚得越来越紧，那位受害者缓慢地消失了。

十秒钟后，公海马就剩头和胸部还露在外面。

我曾屡次三番抱怨上天，怨他于世间罪恶面前依旧保持着令人难以置信的冷漠。可现在，我发现我自己因巧合而站在了他的位置上。

我抽出了我的小刀，让薄刃滑进岩石和海葵粘连的地方。然后，又一刀，结果了它的生命和整幕悲剧。

唉……事情总是这样，"机械降神"①总是来得太晚。

当我把公海马从依然缠着它的、黏糊糊的包裹中解救出来时，它已经变成了没有生气的一团：之前承受的压力碾

---

① 机械降神（Deus ex machina），古希腊戏剧中的一种手法，当剧情陷入胶着、困难难以解决时，突然出现拥有强大力量的神将难题解决，制造出意料之外的剧情大逆转。

碎了它身体的下半部分。

我无法掩饰自己身为剧作者的自尊心所遭受的溃败，于是我更加急切地想为这部剧作留下一道证明我参与过的印记。

我无比小心地把公海马的未亡人捧了起来，带向了大海。在那儿，海浪正舔舐着沙滩。

"去吧！"我一边还它自由，一边说，"自然既是最残忍，也是最博爱的母亲。它为你准备了另一只爱马，也会用别的欢情补偿刚刚夺走的快乐。去找点乐子吧，可怜的小不点儿！"

鸫 鸟

鸫鸟算是猎物吗?

一见这个问题,我就知道那些严守传统的猎人、纯粹主义者和彻头彻尾的运动健将会微微一笑,鄙夷地耸耸肩。布拉兹[1]不就曾这样替他们发声吗?——"鸫鸟从没挽救过任何一场一无所获的猎局"。其他人则只在乎狩猎时的尊严感,不屑于将充满贵族气息的弹药浪费在麻雀身上。当然了,对于这些衣冠楚楚的先生来说,所有除了鹌鹑、山鹬、丘鹬和雉鸡之外的鸟类都算是麻雀。

我承认没法理解这种需求,把最不适合论资排辈的东西弄出个等级。在我看来,追逐猎物时的快感比猎物的价值更能显出狩猎的本质。在我的人生当中,曾几次击杀过大型野兽,但这屠夫式的狩猎最多只带来过一丁点的快意。相反

---

[1] 埃尔泽阿·布拉兹(Elzéar Blaze,1788—1848),主要创作狩猎书籍的法国作家。

地，当我的猎犬带回一只用耐心和勤劳等来的丘鹬，当我拦下一只左冲右突的沙锥，甚至是做折线运动的鸫鸟，满足和喜悦总是无一例外地在我心中跃动——每一次，我都觉得自己是个小小的胜利者。

我坚信，乡间的猎人们会懂得这种感受，尤其是那些在葡萄园里找寻野味的人。不屑于捕鸫鸟？这会儿该轮到他们微微一笑了。当金秋十月染红了葡萄藤，藤上没了红得发紫的葡萄串，当被大批量猎杀的猎物军团减员严重，您再好好看看，这些猎人会否给这些吃葡萄的鸟儿以应得的关照。它们的出现可是恰好填补了平原狩猎季和丛林狩猎季间的空白。

可怜的鸫鸟完全有理由对人们给予它的这一殊荣不感冒，但这至少提高了它的地位，把它从挑剔的射手所赋予的低等地位里擢升了上来。真猎人给予它的这份尊重把它那被褫夺的"猎物"之名还给了它，使它拥有跻身于"猎物"之列的无可辩驳的权利。

那些纠结于鸫鸟价值几何的人没想到他们可能犯了宗罪，真正骇人听闻的罪——渎食罪。鸫鸟可是天下一等的美味。只这一项，它就够配得上"猎物"的名号一百次了。

在烹饪这门宏大的学问上，罗马人是我们望尘莫及的祖师爷。相比之下，我们法国人不过是一把把可怜兮兮的餐叉。罗马人非常敬重鸫鸟，把它们放在巨大的笼子里，还用精选的食材喂肥它们的身子。这些大鸟笼随处可见，以至于根据大普林尼的记载，鸫鸟的粪便不只能肥田，还能给牛和猪吃，帮助它们长肉——当饲料短缺的时候，这办法可以试试。

我们需要对鸫鸟的美食价值做更深入的了解，毕竟俗话说得好，"虽是柴捆，各有不同"，鸫鸟与鸫鸟之间也不一样。在北边的阿登山区、孚日山区和德国，猎人设陷阱抓了不少鸫鸟，它们在那边的市场上很常见。但它们不及产葡萄的省份的鸫鸟，肉质因其食用刺柏、花楸和槲寄生的果子而略带苦味。那边的人很享受这样的苦味，但它并不适合所有人的味蕾。名副其实的鸫鸟肉——上得了国王餐桌的珍品，产自我们这儿的葡萄园。它们在短时间内被葡萄填喂得胖胖的，吃起来像是供众神享用的美味珍馐配以只应天上有的琼浆玉液。

我还要提醒您一点：享受鸫鸟美味的前提是手下没有一个老派又顽固的大厨。他们会说没加菊苣的咖啡会让您上火，所有没煮熟的肉都不卫生之类的；满怀博爱地给您下毒。可别忘了，煮得太久会毁掉鸫鸟肉质微妙的香气，让清香的脂质消失，让它退化成仿石纸板般的质地。一边是依照科学定律正常烹饪的餐食，另一边是用原始方式架在炉上烤就的家常野味，二者的差别让人不得不承认布里亚-萨瓦兰[1]的论断有道理："大厨可以炼成，烤师只能天生。"

对新手猎人而言，没什么比射击鸫鸟更锻炼技术的了。

---

[1] 让·安泰尔姆·布里亚-萨瓦兰（Jean Anthelme Brillat-Savarin，1755—1826），法国律师、政治家、美食家，著有《味觉生理学》（*Physiologie du goût*）。

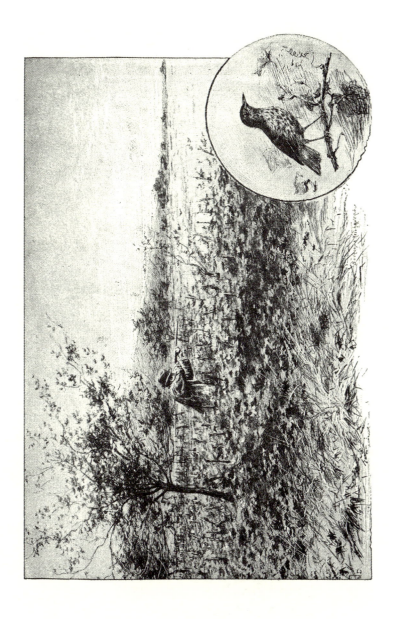

刚开始的时候，它一般会在两行葡萄株间扑腾几下翅膀，贴着土地飞行，然后出现在离猎人二十五到三十步远的地方。它有时会径直飞行，但多数时候是上下翻飞。鸫鸟飞起来比沙锥更慢，更不规则，也更不连贯；它是长着羽毛的兔子。朝鸫鸟射击没法依循章法，这也是其最特别之处，能让猎人养成快速举枪瞄准的习惯。不用多久，这类练习的好处就会显现出来。

在葡萄园里，猎人能打到各种各类的鸫鸟，还间或有几只乌鸫①——有句饱含智慧的谚语②劝告您千万别小瞧它们。但是翅膀下抹着两道靓丽橘色的白眉歌鸫还是主要的猎物，数量可观。您可别抱怨，它们虽然体形最小，但是味道也最好。相比之下，槲鸫和田鸫不知道差到哪儿去了。尽管白眉歌鸫体形娇小，但它之于其他鸫鸟就如苹果树和杨树之于槲寄生，而槲鸫和田鸫的肉甚至不值得猎人为它们费上一枪。

早起的人儿有鸫鸟猎。作为醉鬼，这种鸟一睁眼就开始享受葡萄架上的汁水。同样，循着醉鬼的习惯，它总是一喝够就退回林间，好回味肚中珍藏。太阳高高挂的时候，您就算翻遍小山坡也是白费力气——遇见的鸫鸟数量完全配不上这番劳累。下午快三点的时候，它们又重新出现，一直饱

---

① 法语中所说的鸫鸟（grive）并不包含乌鸫（merle）。

② 这句法国谚语应当是"若无鸫鸟，则食乌鸫"（Faute de grives on mange des merles），意在告诉人们要知足：现有的东西虽非最理想的，但不应全然无视；如果得不到想要的，就应坦然享用现有的。

餐到太阳下山。只是，晚上的射击成果比早晨少得多：要么是因为鹬鸟懂得几分节制，就像人心还有几分无私，要么就是枪声让它们变警惕了；在我看来，出于后者的可能性比前者大得多。

在葡萄园里捕猎的时候，记得要保持灵活机动。我的这个建议与其说是针对鹬鸟的，不如说是针对可能突然出现的好运的。因为您肯定不会像我的一位朋友那样心胸宽大：他用镜子捕鸟的时候，竟对一只笨头笨脑地从离他十步远的地方经过的兔子行了收枪礼，理由是那天他是专门来猎百灵鸟的。

一会儿是山鹬们从这片最好的藏身之地探出了头，一会儿是一只野兔或穴兔在两行葡萄小树间窜了出来，偶尔还有鹌鹑因为吃得太肥，行动缓慢，成就了您的大丰收。因此，为了给这个小世界以其应得的待遇，您可以先充上一管九毫米弹药，再充上另一管六毫米的——在葡萄园中，六毫米的弹药足够近距离击毙一个大小像样的猎物了。只是，不管您有多幸运，中头彩的概率还是很小的，所以请您注意听鹬鸟的叫声，同时别过度使用右枪管，并记得及时往左枪管填充铅弹。

同样地，因为料到了您可能遇上些小幸运，所以我也建议您出征时别忘了带猎犬。虽说众多的鹬鸟确实会分散您的狗狗同伴的注意力，但您可以拉住它，尽可能地减少它衔回鹬鸟的次数。再说，噩运总是短暂的（尽管完美主义者们不这么认为），与鹬鸟群的相遇只是暂时的，出了葡萄园，也只有甜菜地能让您的同伴迷会儿路。

要不要趁鸫鸟歇息不动的时候秒掉它？无论您怎么谴责我的无耻与残酷，我也要坚定地回答："要！"但请您不要在树上寻找它。首先，这不是一件值得猎人去做的事；其次，还会得不偿失。

鸫鸟在大快朵颐的时候，满心都是眼前的珍馐，您可以趁机靠得很近。但它在警戒和飞翔的状态下就不一样了，它那警惕又狡猾的天性能挫败您一切精心的蓄谋。鸫鸟栖在树上的时候会上下腾挪位置，您看见它停在这里，实际上它已经跑到了间隔着几根树枝的地方，躲在树干后，一动不动地站着。即使睁大眼睛寻找，您也只能发现些许蛛丝马迹，却始终发现不了它。鸫鸟停在一棵像十月份时那样枝繁叶茂的苹果树上时，您是找不到它的。所以，还是堂堂正正地朝着起飞中的鸫鸟迎面射击吧。但如果它只是栖在葡萄架或小灌木上，且在您的射程内，就别虚伪愚蠢地多想了 —— 射击吧！像那首歌儿唱的："它就不该去那儿！"

"智多星"加斯帕尔

　　1867 年，近冬末的时候，在森林深处一个半天然、半赖父亲的巧手搭成的巢穴里，在由百年老树树干表面的发黄老苔充当的床垫上，一个小野东西来到了这个世界。一片茁壮生长的新橡树林庇护着这个家：它用茂密的叶子于无意间为之建立起了城墙，织起了窗帘，撑起了雨伞。

　　这位大绿林小公民的父母可以说是臭名昭著。它们不知这世间还有除力量以外的法规，除战争以外的律令，除狡计以外的准则。在我们这个时代，它们依旧遵循着封建时代的传统，向众生征收什一税。它们剥削能剥削的一切，蔑视把它们称作强盗的人。它们让方圆十里内的孩子都感到害怕，并为此而窃喜。

　　不卖关子了，我现在就言明：这个新生儿（它即将成为本文主人公）的父母是两匹恶名远扬的大野狼。这名声不仅得自其干的坏事，还源自它们魔鬼般的狡诈本性 ——它们一次次地让人类的追捕泡了汤。

如果真的像有些人猜想的那样，我们人类并非世间唯一拥有领地意识的种族，那么很显然，这两只佩戴有诺曼底狼家徽的坏家伙一定是所有狼中最老谋深算的了。然而，鉴于它们用尽了一切本能和策略来保护后代，我们可以推断，上天肯定在这些羊圈劫匪的孩子身上做了些特别的安排，以在将来的某一天击破它们为平安养大宝宝所采取的万全之策。

狼妈妈很明智地选了块藏身处。它远离一切采伐区，位于林子里长得最茂密的灌木丛的中央。一百来阿尔邦①披着又厚又锋利的叶子的冬青密密麻麻地长在高大的乔林②下，正好当了狼巢的前线工事。这座无法被攻克的城堡还有个优点，它周围为数众多的带锯齿的叶子足够给一天经过几趟的动物们充当梳子，梳理毛发。

我们的这两只猛兽虽身为盗贼，却没忘记胃口该排在家庭义务之后。自从有了孩子，自律的它们为了不被人发现，没在周围干过一件坏事。不远处，小牛犊、小羊羔和大肥鹅哞哞、咩咩、咕哒咕哒，一副注定要落入他人口腹的物种所常有的愚蠢模样，令人讨厌。面对此等邀请，两只猛兽依然不为所动：诱惑在前，一派淡泊。在施行日常劫掠的时

---

① 阿尔邦（arpent），法国旧时用于丈量土地的单位，1 阿尔邦换算为公制大约为30 公亩至 51 公亩（即 3000 平方米至 5100 平方米），因地区而异。
② 乔林（futaie），天然次生林中由实生树构成的林分。

候，它们总是坚持舍近求远。而且，没有哪只野兽比这两
头满载而归的盗贼同仁更不吝惜用极细心的手段掩盖足迹
的了。

五只长着红棕色的毛和又黑又尖的耳朵的小贼壮大了
老狼家族。半个月来，它们在苔藓上嬉戏，大口喝奶，饱吸
着温热的空气，享受着大自然带来的种种乐趣，为进入上天
为它们安排的卑鄙行当做着准备。就在这时，命运将其族类
最凶恶的天敌中的一位带到了这见证了它们的出生的与世隔
绝之地。

这位狼族天敌的身份是布里尚托侯爵手下管理猎犬的
仆人。而布里尚托侯爵也是打猎老手，还担任着当地捕狼队
队长的职务。

仆人名叫朗杜业。他可不是和随便哪个管狗郎一样，
进这行当之前犹犹豫豫的。他生来就天赋异禀。这天赋让他
像是宁录的后代（如果大家能接受一个身份如此卑微的人也
能拥有家谱的话），让他能轻松胜任这份工作。除此之外，
他还对从事别的工种的人怀着高傲的蔑视。这蔑视往往出现
在把本职工作当成严肃使命的人身上，尤其是那些从事能让
他手握武器的工作的人。

然而，迫害野兔和惩治野狼并非朗杜业唯一心爱的事
业。如果说他对打猎爱得痴狂，那么对酒，他就是爱到疯
狂。他从没想过给二者分个高低，尽管众多的教训曾让他试
着去分清楚孰轻孰重。

现在，又到了一年一度的禁猎期，法律忠实地扮演着人间上帝的角色，以同样的关怀保障着善恶两方的繁衍，同时保护着无辜的野味和干坏事的野兽。

既然注定要无所事事，朗杜业便欢喜上了无须节制胃口的日子。无权打穴兔了？好啊，那就比平时多干几杯。

前一天晚上（这日子准确吧），当他在同道中人的陪伴下，大大地享用了一回这补偿机制的好处后，就离开酒馆，送了这位非常该送的朋友一程。他看着月亮和星星，觉得它们跳的小步舞曲和平日里的端庄气质很不相配；大地也摇摇晃晃，像块舰船甲板。当他来到森林中间，与同伴柔声说了再见，打算回头走时，却发现往日熟悉的小径成了迷宫，彻底不认路了。于是，他索性趁着幻兴正浓（谁教他既是猎人也是酒鬼呢，也算情有可原），直接把荆棘丛当了卧房，长满草的小沟作了睡榻，然后不出意外地躺了下来，睡他的安心觉了。

当他睁开眼，阳光已把山毛榉最高处的树尖染成了淡淡的金色，让树上新生的叶子闪着光，像是嵌在被擦亮的金块里的一点翠。雏鸟叽叽喳喳，唱着春天的歌。朗杜业一点也没被这诗意感染。恢复知觉后，他第一个想到的就是酒壶——它一般悬挂在床头柜上。朝着用阳光向他打招呼的星球，他回了一声早安——一声献给城堡里的贴身女仆的响亮咒骂，责怪她故意换上了潮湿的床单。

这声骂，朗杜业没能骂完整。

他的眼前遮盖着两层帘幕——从地上腾起的晨雾和隔夜的酒气。透过这帘幕，他发现，在百步远的地方，有一个褐色的身影。这身影足够让他的脑袋恢复原有的清醒。

这个身影，是狼。

狼拿出一万分的小心，把头伸出路旁的小树林。它不安的眼神企图看穿每一丛灌木；巨大的鼻孔不放过任何一缕清风的讯息；耳朵支棱起来又耷下去，然后又向前探，明显是要给寂静森林中的万千杂音做个甄别。身影消失了，旋即重现，开始第二次和先前一样谨小慎微的侦测。

朗杜业立即蜷缩到小沟的最深处，做了块静止的石头。相对于狼的位置而言，他位处下风向。所以他知道，自己只要一动不动，就能随心所欲地观察这野兽的一举一动。

果然，这匹狼没有发觉任何危险，小心翼翼地走上了回家的必经之路。只是，和平常走道的样子不同，它不是脸朝前，而是先露屁股——也就是说，在倒退着走。

过了一会儿，家庭中的另一位成员（比上一位胸毛更密），也用同样的方法经过。

换作别人，此刻肯定会大呼神奇。但这位管狗人是林中老手了，他丝毫没忘记，产褥期的母狼会这么倒退着走回家，目的是让企图循其足迹找到巢穴的好奇者断了线索。

于是他边等边掰着指头算时间。等到母狼差不多分发完早餐，老狼夫妇也都睡了，他就悄悄起身。离开前，他在两头狼回窝时穿过的灌木丛处做了个标记。

第二天，在黎明之前，他回到了这片树林，还带着他名叫"斗牛士"的猎犬。

他绕着狼的出没点走了一圈，找到了狼出门的必经之路，然后让狗走在前面，自己钻进了冬青丛里，手脚并用地爬到了那片林中空地上。

母狼极巧妙地用树叶和苔藓填满了狼崽窝的洞口，以至于就算人走在窝上，都想不到下面还住着活物。但"斗牛士"的鼻子可不会错，它嗅到了与狗族不共戴天的敌人的气味（这很可能是因为它们是中表之亲）。在绳子的那头，它像个恶魔似的乱冲乱突。

朗杜业首先得摆脱这个激情四射的助手。他把它拴在一棵树旁，然后走向狼窝，拨开苔藓，发现了五只狼崽。

我们感性的读者姑娘都有颗易被幼崽的醉人魅力软化的心，此刻已经怕得发抖了吧？她们也许已经看到朗杜业一个个地逮住强盗崽子，再拿起石头砸碎它们的脑壳，或者把它们留给不怀好意的"斗牛士"的场景了。

给读者姑娘们一颗定心丸吧，事情的后续并非如此。

先前说过，朗杜业是捕狼队长的手下。不过，如果没有狼了，自然也不会再有什么捕狼队长。这管狗人是个忠诚的仆人，他明白这一点：得让大家都活下去，尤其是狼。

朗杜业把这五只小狼点来点去，长满胡子的脸上绽开了货真价实的惊喜表情。他把食指和大拇指放在小崽胖乎乎的腰间，估摸着每一头的体重；脸上一副满意的神情，表示

对喂养者的赞赏。终于，他挑出了一头，把它放在自己的肚皮上，卡在衬衣和身体中间。然后，他虔诚地把其他四头重新放回巢穴，动作之小心完全可以感动母狼 —— 如果它在此刻出现的话。之后，他解开猎犬，离开了，既欢喜于身后留下的围猎捕狼的希望，又满足于带走的战利品。

还没等管狗人走到城堡的栅栏门口，狼崽就已经有了名字。照着初显端倪的尖脸、细长的耳朵和已然有几分狡黠的神色，朗杜业决定给它取名为"加斯帕尔"①。加斯帕尔就这样把曲折的冒险家生涯留在身后，借着洗礼的大门走入了文明世界。在那儿，它注定要演个小角色。

新生的小野崽叫个不停，逼人给它找个乳娘。管狗人立刻就想到了用奶瓶，用给孩子穿的木鞋造了个类似的：凿破木鞋的鞋头，再填上一块布。与预想中的恰恰相反，加斯帕尔一点都没有嫌弃的意思。

朗杜业和它真真生来就是要相逢相知的：那小动物年纪还那么小，就整天只想着喝了，尽管跟主人喝不到一个桶里，但那样子是毫不逊色的。

"这不是小狼崽，而是块海绵啊！"管狗人提到它时，赞叹中暗含了歆羡。

但是他很快就发现，如果说同时效忠两位主人是件有难度的事，那么同时灌溉两个像他自己和年幼小动物那样的

---

① "加斯帕尔"（Gaspard）在法语中还有"老鼠"的意思。

贪婪嗓眼就是难出了新高度。于是，他开始寻找替代办法。

那时，犬舍里有只母狗刚刚生了一窝崽，但人们只给它留了一只。朗杜业把母狗、小狗都端进了屋子里，决心要让这母猎犬代替自己完成给这个小小的达那伊得斯之桶①灌奶的艰巨任务。

完成任务的道路是崎岖的。"锐锐"是这只母狗的名字。对于这只来自旺代地区的格里芬犬而言，捕狼是家族使命。它一看到派给自己的这只新生儿，就和同仁"斗牛士"一样，表现出了不共戴天的恶意。但它所有怒气冲冲的抗争换来的却是被戴上嘴套，绑住手脚——朗杜业的执拗可不亚于母狗那毫不留情的恨。终究它还是承受了把奶头喂给天敌的屈辱。几天之后，也许是习惯了，也许是折磨让仇恨学会思考，它开始让这外来的幼崽待在四肢间了。万事只有开头难。随后，它就不区分狼崽和它亲生的宝宝了。它以同样的细心照料它们，给予的爱抚也不偏不倚了。

人类很可能都以为，只要在野兽中找几只替罪羊，就可以为自己日常的卑鄙行径开脱了。但对于此类诬告，野兽

---

① 达那伊得斯之桶（tonneau des Danaïdes），指不可能完成的任务，其典故出自希腊神话。达那伊得斯（Danaïdes）是利比亚国王达那俄斯（Danaos）与妻子或情人们所生的 50 个女儿的总称。达那俄斯的孪生兄弟埃古普托斯（Egyptos）育有 50 个儿子，他强迫达那俄斯将 50 个女儿嫁给他的儿子。但在婚礼准备就绪后，达那俄斯听信一则预言，认为自己将会被女婿杀死，于是命令女儿们在新婚之夜杀死自己的丈夫，只有许珀耳涅斯特拉（Hypermnestre）未从命，没有对丈夫林叩斯（Lyncée）下手。幸存的林叩斯为了复仇，将老夫人和杀害其兄弟的 49 个达那伊得斯全部杀死，兑现了预言。犯下弑夫罪行的 49 个达那伊得斯在死后被发配至地狱的最底层，受到永恒的惩罚，需永不停歇地往一个永远也无法盛满的无底桶里灌水。

们有足够的事实来为自己澄清。尽管人类给狼族安上了糟糕透顶的名声，小加斯帕尔看上去却十分懂得感恩。它的感恩之心的投射对象从给它喂奶的母猎犬一直延续到把它从林子里绑来的强盗身上——很可能，它把朗杜业视作了养父。

它在断奶时的表现十分特别，显露了它对管狗人的依恋。

朗杜业是个讲究实际的人，践行着夏洛克[①]"不取则不予"的格言。他当初之所以起了个大早，还烦劳"斗牛士"带路，从狼窝里抱回来一只狼崽，完全不是出于柏拉图式的想法——将一头野兽规训为文明社会的一员。他只是简简单单地想拥有一个受他支配的年轻奴隶，这样一来，下次捕狼的时候，就可以让它带路，追溯狼窝了。所以，当狼崽的乳娘和乳兄弟要重新搬回各自的窝的时候，他就觉得也没必要和狼崽共处一室了。于是，管狗人把它安排到一个牲畜棚里，加上一碗饲料和一桶水，就关了门，挂了锁。

一下子就和主人分离了，同时还要遭受被关入监狱的酷刑，这对加斯帕尔而言太痛苦了。它嚎叫，悲音持续了整个白天和整场黑夜。但是我们知道，朗杜业不是个心地柔软的人，他的睡眠甚至比心地更坚硬：想要用嚎叫和悲吟打破它都是白费力气。

第二天，当管狗人洗干净了狗舍，给狗梳了毛，备好了饲料，就想到了他的小囚犯。狼崽那边已经没声音了，他

---

① 夏洛克（Shylock），莎士比亚喜剧《威尼斯商人》里的吝啬商人。

以为加斯帕尔已渐渐从那巨大的悲伤中冷静下来，恢复了理智。但是，走到棚前一看，他发现门下方的角落里有个小洞，于是意识到，被关着的那位不光恢复了理智，还付诸行动。果然，棚子是空的。小狼虽然身无寸铁，但腐朽的木板门完全挡不住它。刨开一个洞，它就拿到了通往田野的钥匙，重获了自由。

朗杜业没浪费时间来控诉这小动物的寡义。他跑向狗舍，叫来了"斗牛士"，给他闻了闻一只靴子，然后带上最粗狠的鞭子，就开始在逃跑必经的果园中寻找越狱者了。

这一对没走出五十步，猎犬就开始俯身细闻，然后伸长身子，往树林的方向走去。

"啊！啊！我的好小子！"管狗人捻着胡子叫道，"您喜欢自由的空气，我理解。但还是算了吧。等把您抓回来——有'斗牛士'，也就一瞬工夫——我楼上有条结实的链子，它会教您什么叫作恋家。"

但这过程比朗杜业想的要长多了。猎犬带着主人在茂密的树下走了许久之后，就不知该往哪儿去了。管狗人折了根树枝，开始在狗停下的地方周围画圈圈。这方法刚开始似乎奏效了，狗又开始俯身闻。但是，经验丰富的朗杜业很快就发现，他们正一步步地走回头路。他指责战无不胜的"斗牛士"走错了道，丢失了猎物的踪迹。加斯帕尔遁逃事件的结局开始变得不明朗起来，这让朗杜业越发生气，他于是一边大力回拉着猎犬，一边软硬兼施，既用最严厉的口吻教训它，又用与猎犬交流的用语里最感人的部分恳求它。

作为经验丰富的老手，猎犬知道自己在做什么。它不理会骄傲的人类，继续信心十足地追踪。因为地面太干，没法靠自己辨识踪迹，朗杜业只得任猎犬牵着走。"斗牛士"把主人带回了果园，又从果园带回了家禽饲养场，停在了一副陡峭的窄梯前，摇着尾巴，发出几声低吠。这窄梯通向管狗人的房间，而猎犬开始一节节地爬上窄梯，每上一节都做出些显示其心满意足的动作。

朗杜业确信猎犬已经疯了。于是，当后者到了房门前，纵身跃起，推开半掩的门时，他一个决绝的鞭子抽向狗的两肋，立刻让它越来越高涨的热情凉了下来。从来没有一个不公正的惩罚到得这般及时——它成功地阻止了猎犬把一场追赶变成一场猎杀。果然，当可怜的"斗牛士"往后退去，管狗人就发现，在那块被他当作床边毯的野猪皮上，有只蜷成一个圈的越狱者，正无辜地做着它的梦。

这个猝不及防的惊喜让朗杜业直接上到了七重天。从那时起，他就把这个故事讲给每个有幸与他碰杯的人听，却不曾确定，自己是为"斗牛士"的新壮举而骄傲，还是为见证了小狼崽早熟的忠诚而高兴。

感恩和奉承一样，其价值取决于它是从哪张嘴里说出来的。朗杜业知道狼的性情很不合群，所以，这只小崽的依恋让他格外感动。这只可谓雷古鲁斯①再世的狼崽勇敢地返回了这间屋子，它不只被重新接纳，而且，主人开始用一种不曾有过的屈尊态度对待它。在这样的培养下，小狼崽的秉性越发显露。五个月大的时候，我们获准认识了它，那顺从的态度、撒娇的模样、外向的性格就跟一只小狗一样。当管狗人离开一段时间后回来时，终于再见到主人的加斯帕尔身上洋溢着一种难以言喻的快乐：它用欢乐的小吠招呼他，跳上他的膝头，试着触碰他的手，在他的脚边爬来爬去，留下些可证明其兴奋过度的无可辩驳的证据；要等主人用爱抚回应了这亲热，它才会安静下来。而且，这样的分离还挺少的。朗杜业去任何地方都要带上这只狼，就像圣罗赫②和

---

① 马尔库斯·阿蒂利乌斯·雷古鲁斯（Marcus Atilius Regulus，约前299—约前250），古罗马政治家、军事统帅，曾任古罗马执政官，第一次布匿战争时期率领军队远征迦太基，在突尼斯战败被俘，此后的经历没有准确的记载。据传，迦太基人后来在一次惨败后释放了雷古鲁斯，意图通过他与罗马人议和并交换俘虏，但也让他许下诺言：如果议和失败，他应当返回迦太基。然而，雷古鲁斯回到罗马后却在元老院发表演说，劝说元老院议员们不要接受议和，将战争进行到底。演说结束后，众人都劝雷古鲁斯留下，但他为了履行诺言，毅然决然地回到迦太基赴死。

② 圣罗赫（saint Roch，约1350—约1378），即蒙彼利埃的罗赫，基督教圣徒。据说他曾感染黑死病，痛苦地倒在一片树林里；就在他以为自己会死在那里的时候，一股泉水喷涌而出，还有一条狗出现在他面前，每天给他送来一块面包，并为他舔舐伤口。所以在西方的雕塑、绘画中，圣罗赫的形象总与一条狗相伴着出现，他也被西方人视为养狗人的主保圣人。法语中常用"他俩就像圣罗赫和他的狗"（C'est saint Roch et son chien）来形容两人之间形影不离的状态。

他的狗，圣安东尼①和陪伴他的猪。加斯帕尔跟着他来来去去，不管是到家禽饲养场还是去教堂。它的鼻子贴着管狗人的小腿，依照主人的脚步调整自己的步伐。它还陪着他去职责所在的狗舍，但在此种情况下，它会谨慎地等在门口。狗舍的院子前有堵安了铁栅栏的承重墙，基本上，这只"可恶的"陌生狼一出现，就会在墙内激起一阵风暴。猎犬们一瞟见它，就会你争我抢地冲上栅栏，推搡着，前后踩着，喊着，争先恐后地叫着，抗议这目中无狗的放肆行为。刚开始，加斯帕尔还会被这阵势吓着，但后来就明白了这对它而言根本无害，甚至嫌狗群吵闹。坚固的城墙让它冷静下来，坐在尾巴上，用挖苦的眼神望着攻击者们。那神情完全可以被看作挑衅。猎犬们也渐渐习惯了它的存在：后来最常见的情况是，猎犬们仅仅满足于隔着荫庇小狼的城墙做出大自然赋予犬类的最轻蔑的姿态，再无更冲动的举止。

朗杜业不是小野崽唯一有幸交到的朋友。因为它人见人爱的性格，加斯帕尔成了布里尚托家全体仆人的吉祥物。马仆和贴身男仆们都是它的小迷弟，孩子们争着抢着喂它好吃的，就连贴身侍女也愿意伸出手去抚摸它毛发浓密的身

---

① 圣安东尼（saint Antoine，约251—356），又称大圣安东尼，罗马帝国时期的埃及基督徒，是基督徒隐修生活的先驱，被称为"隐修士之父"。成立于11世纪末的圣安东尼医院兄弟会为接济贫民而饲养有许多的猪，并且他们饲养的猪都戴有铃铛；当时的法国禁止猪上街，但有些地区为圣安东尼医院兄弟会的猪破例，允许他们饲养的猪在大街上游荡，铃铛摇晃发出叮叮当当的声响。所以在西方的雕塑、绘画中，圣安东尼的形象总与一头戴着铃铛的猪相伴着出现，他也被西方人视为养猪人的主保圣人。

子。与此同时，这只狼绝无仅有的温顺诚实的名声也传到了附近的村镇，它成了城堡的一景。每次来了客人，管狗人和他的小宠物就会被请到会客厅，好让在场的人都一览这只独具风姿、善良又魅力十足的动物的风采。这时候，朗杜业就会毕恭毕敬地站在门外，手中拿着帽子，把一多半对小狼的赞美看作对自己的表彰，心中越发骄傲。至于事后布里尚托先生请的酒，不用说，他肯定是独享了。

但是，就算小狼幸运地天赋异禀，就算教育的影响再强大，一只狼终究成不了羊。加斯帕尔成年后，田园牧歌便走到了头。朗杜业吃的亏也让他明白，给一个黑人做美白完全是无用功。

这些向遗传秉性回归的初兆没激起多少水花，也很容易被毁尸灭迹。两三只母鸡，个数差不多的鸭子，还有一只火鸡也消失了。人们到处找小偷，狐狸、黄鼠狼、顺手牵羊的小贼，甚至牵连到了看果园的那只忠诚的狗。大家宁愿相信上述的家禽是因为活够了而集体自杀，也不愿让可爱的小加斯帕尔承受被卷入失踪案的不公正待遇。

"就算所有的母鸡都到它的碗里啄米，它连看都不会看上一眼。"有个人说。

"而且它那么温和，我都不确定它敢不敢碾死一只跳蚤。"另一个补充道。

"加斯帕尔和我是一体的！"朗杜业用不容置疑的语气接了茬，"我们都知道克制！"

这番比照勾起了几抹微笑，但这笑意很快就被按捺住了——管狗人可不是好惹的。经历这些考验后，年轻的狼依旧像白雪一样纯洁无辜。

过了段日子，一只神气十足的猫——昔日家禽饲养场里女佣们的骄傲和欢乐的源泉——也步了母鸡、鸭子和火鸡的后尘，像它们一样一去不回头了。

这次，因为年轻小姐们的这位朋友大门不出二门不迈的习惯，人们不得不将事件定性为神秘的凶杀案。尽管现场确实没有目击者，有个马夫却记得，两天前的晚上，大家一起在厨房里吃晚饭时，他听见了猫的绝命呼救。显然，这是谋杀。

即便如此，大家在找出真凶的问题上，意见很不一致。男人们本就对受害人没多少好感，在评判凶杀案的态度上可叹地轻率；死者的朋友，相反地，把案件看得极为重要。于是，被感性心灵造就的直觉指引着的她们暗示，在这桩案子上，加斯帕尔也许不像看上去的那样清白。

不用说，朗杜业把这个假设视作对他个人的冒犯。于是，讲闲话的妇人们挨了一顿斥责。虽然她们不谨慎的态度理当受到批评，但这样的斥责还是过分粗暴了。不过，一个意料之外的小插曲证实了狼主人的怒火师出有名，让讨人喜欢的弟子过了被怀疑的第一关。

在家禽饲养场的一角，马厩的墙前，也就是离加斯帕尔常居的处所不远的地方，有个年久失修的狗窝。它是布里尚托先生为感谢伤残猎犬昔日优秀又忠诚的服务而打造的，里面住着一只老短毛垂耳猎犬。须发皆白、四肢僵硬、弯腰驼背、半聋半瞎，这位名叫"卡斯托耳"①的退伍兵也辉煌过，而今在此终老。本着避世的哲学和对当今这一代狗的鄙视，它用一天二十三小时的睡眠奏响了即将到来的永久休息的序曲。它对发生在周围的任何事都无动于衷，就连主人来窝里看它时也见不到它摇晃尾巴 —— 那截尾巴曾经是一次次无比出色的搜捕行动的标志。

加斯帕尔屡次尝试和邻居建立友谊，但它的示好无一成功。这位老成持重的人物铁了心，要在光荣而枯燥的孤寂中了此残生。但是鬼点子一堆的小狼就算碰了灰，依旧坚持不懈地围着卡斯托耳转悠。

然而，我们曾提到的那个马夫在经过狗窝的时候，发现在门口摊了一地的麦秸废墟中有个东西，像条被咬下了一半的猫腿。他把这东西捡起来，带到了马厩，召集了群众。家禽饲养场的女佣们被叫了过来。借着天生情绪化的性子，她们一致认为，它就是悲惨死去的猫身上的一部分。自然而然地，这个发现让大家决定去可怜的卡斯托耳的住处看看。此刻，趴在太阳下的老狗正岁月安好地睡着觉，全然不知一场风暴正聚集在它的头顶。搜查的结果非常严重：卡斯托耳的家是个名副其实的强盗窝。在那儿，人们不仅找到了毛皮

---

① "卡斯托耳"（Castor）这一名字取自希腊和罗马神话中的人物卡斯托耳，他是双子神狄俄斯库里兄弟之一，是身骑骏马、手持长枪的猎手与战斗英雄。

碎片——唉，它的确是杀死可怜猫咪的凶手——还发现，这只骄奢淫逸的狗竟然卑鄙到用之前受害者的残骸做了个羽绒毯。火鸡毛、母鸡毛、鸭毛，这里全都有。

案情之重大让在场者决定上报布里尚托先生。后者拒绝相信老仆有罪。只是，面对如山的、摊满台阶的铁证，他不得不屈服。城堡主人非常不情愿地泪别伙伴。有人指出，卡斯托耳的残废程度让它无法接受铁链的束缚，帮其摆脱沉重的生命和已被它自己玷污了的老年生活才是更人道之举。布里尚托先生含泪宣告了判决。身为其重大决策一贯的执行者，朗杜业将被告人带到果园，吊死在了一棵苹果树上。

然而，有位行刑的见证者比任何人都清楚，悲催的卡斯托耳跟不幸的勒叙尔克①一样，是虚假的表象和人类正义的薄弱面的牺牲品。这匹狼目睹了一切：和往常一样，它没有离开主人半步。就算有损其光辉形象，我也不得不说，它冷眼旁观了这场冤案，态度淡漠。它已走上罪恶之路。

即使是被美惠女神亲手捏就的，即使一出生就被最可爱、最高贵的仙女们簇拥，我们也不可能获得所有人的喜爱。因此，说人们在对加斯帕尔的好感上达成了一致是有些夸张了。我们不得不承认，这条广泛适用的"爱加斯帕尔"定律并非没有例外——城堡里的确有几位住客，他们对这位小主角的厌恶几乎不加掩饰。

---

① 约瑟夫·勒叙尔克（Joseph Lesurques，1763—1796），法国商人，法国历史上著名的误判受害者，在里昂邮车抢劫案中被错判死刑。

　　这群反狼分子的头头就是老布里尚托侯爵的未亡人，捕狼队队长的母亲。这位女士满心充斥着旧社会的偏见，坚守自己的观点，绝不认同后天的教育能弥补出身的缺陷。她认为，想把粗人变得文雅，是对时间和精力的双重浪费。她坚信，如果让每件东西，尤其是每个人都待在该待的位置，世界就不会变得如此糟糕。她尤其对儿子的怪癖感到气愤：竟然让一只出身如此卑贱的野兽出入社交沙龙。老布里尚托夫人如此排斥加斯帕尔，许是因为她傲慢的个性，但更大的原因在于，有两位对其思想影响极大的人物怂恿着她。对于那年轻的小野崽，它们自始至终都充满了无情的恨意。这二位便是"小不点"和"科堡"。前者的品种今日十分罕见，但其祖辈曾经数量众多且声名远扬，以丑陋外表和易怒个性著称——它便是哈巴狗。后者则是只金刚鹦鹉。它华丽的羽毛蓝橙相间，性情却和"小不点"一样暴躁。

　　这三者抓住一切机会表达他们的敌意。住在前厅的"科堡"总是第一个开始表演秀。它只要大老远地发现它们的公敌正踏着碎步跟在朗杜业脚后，将被带入沙龙，就会在它的栖架上扑腾得像个在圣水缸里挣扎的魔鬼，用两只翅膀撕打着空气，并把本就刺耳的嗓音又提高了八度，发出能致聋的尖叫。接着，不甘心只用假把式表达憎恨，它迅速占据了离地面最近的那一级栖架，爪子一钩，倒悬在空中，头朝下，试着用巨大的鸟喙狠啄一下那可怜的狼——想进门，它必得经过这根栖杆。

　　这番示意性的喧闹就是为了让"小不点"走出占据其生命十分之九时间的昏睡状态。一听见信号，它就离开了安乐椅——原先在椅子的软垫上睡得正香呢。然后它会跳上女主人的膝头——用它那强壮圆浑的身体能做到的最轻盈的方式。接着，它会把它那小丑面具皱得更紧，迎接客人的到来。加斯帕尔一进门，愤怒的吠叫就如雷鸣般响起。

　　尽管不像她两位宠臣那般闹出很大动静，老侯爵夫人不欢迎的态度依旧非常明显。手绢和醒脑瓶是她的武器。她用加倍辛辣的言语怒斥本世纪颠倒黑白的精神。只要该死的小兽一接近座椅，她就以晕厥相要挟。只要布里尚托先生不遣走来客，她的哀号绝不停止。而且，"小不点"和"科堡"也有模有样地学着主人，只要闯入者还待在屋子里，它们就用尽肺部的力量怒吼着。这音乐会的确妨碍了小狼秀的成功。即使主角魅力十足，观演者还是渴望演出能够简短点。

　　艺术家因自尊受伤而生怨。加斯帕尔不能原谅三者让自己遭受的屈辱。只是，它早早学会了谨慎行事，虽然心中气极，表面依旧云淡风轻；就算对手的阶级地位不足以阻止它复仇，也依旧隐忍不发。因此，它在经过对自己的艺术成就很是轻蔑的那两只动物面前时，只是似有若无地乜斜几眼，暗表正酝酿的报复。

　　唉！这场报复注定骇人听闻。

　　有天晚上，当加斯帕尔从沙龙退场时，盯着它离开的"科堡"估摸得正准，于是，它通常落了空的鸟喙像鱼叉一样扎进了可怜的加斯帕尔的尾巴。"科堡"用这番下作的手段,不仅从加斯帕尔尾巴上钳下了好一撮毛,甚至还带出了连着毛的皮。

可怜的小兽吃痛地嚎了一声,这声音混杂在金刚鹦鹉酷似海雕的庆功尖叫中。朗杜业没来得及关注这场口角——布里尚托先生刚刚传唤了他。进屋前,他随手关上了房门,留下两位决斗者面对面交锋。

管狗人只缺席了十分钟。布里尚托侯爵的一位宾客方才悄悄赏了他一枚圆圆的银币。朗杜业再次出现在前厅时,正全神贯注地想怎么花这钱,完全没注意到那儿如死般寂静。他呼来加斯帕尔,便向自己房间走去,一边越发沉浸在深沉的思考中。

上楼的时候,他终于得出了结论:违背赠予者的愿望,让小费偏离其本来的用途,才是最最不该的事。[1]就在这时,他被身后的异常声响吓了一跳,似乎身后有具坚硬的身体在撞击台阶,每攀上一级就撞一下。他好奇狼伙伴究竟在搬运什么东西,竟会发出此种声响,于是点亮了烛台。他借着游移的光,看到了触目惊心的一幕,差点让烛台脱手:加斯帕尔的眼神满足而迷离,两只耳朵俏皮地向前挺起,端正地坐在自己刚刚受损的那部分身体上,嘴里班师回朝般地叼着伤害它的元凶;可怜的"科堡"的头和尾巴毫无生气地左摇右

---

[1] 法语中的小费(pourboire)一词本义为"用来给受赏者买酒喝的钱",故此处作者的意思是:管狗人朗杜业决定把小费花在买酒上。

晃，表明它已为短暂的胜利付出了惨痛的代价。

朗杜业一声怒吼，左手钳住狼，右手夺过死去的"科堡"，开始了可怕的鞭刑。它把死去的受害者当成鞭子用，惩罚之重，最后让可怜的金刚鹦鹉变成了一条被拉长的皮带。

管狗人打累了，便开始沉思。这一次，他的跟班显露了可悲的本能，也清楚地表明了，它在先前的一系列坏事中并不像他坚定认为的那样清白无辜。但是，在那一刻，他担心的不是这些，而是惊恐地意识到这桩新罪的严重程度和它将激起的风浪。因为深知老侯爵夫人暴躁的脾气和她对死去的金刚鹦鹉的喜爱，他毫不怀疑，这女人的怨恨将蔓延到自己身上。

然而朗杜业非常珍惜自己的位子——现在狩猎季已经开始，很难再找到新的工作了。类似的想法一在他脑海里出现，他就开始觉得，他的跟班犯下的这个错虽然恶劣，却也情有可原。毕竟，没了一只鹦鹉也不是什么大事。这鸟甚至都不会说最简单的那句："你吃午饭了吗，鹉哥？"况且，没人受得了它的尖叫。还有，归根结底，就算"科堡"遭了难，也只能怪它自己——是它先动手的。即便如此，因为不确信老布里尚托夫人与自己想法一致，不认为她会相信自己的目击证词，所以他觉得掩盖事实还是上策。于是，他伙同施暴狼，恭敬地拾起了死去的金刚鹦鹉的遗体，装进了袋子里，又往里加了块石头，然后将它整个儿地扔进了最深的水塘里。

"科堡"的失踪在城堡中引起了轩然大波。但是，仰赖管狗人的预防措施，没有人怀疑到他跟班的头上。人们怀疑笼中鸟飞走了。朗杜业为了以假乱真，甚至在花园的树丛里组织了一场"赶鸟出林"——他向众人发誓，逃跑者肯定藏在那儿。这些寻找一无所获。城堡的主人们和仆从们没费什么劲就从失败中走了出来，但老侯爵夫人可就不一样了。她无法接受这个现实：那负心鸟再也不会回到她为它精心打造的枷锁中了。

上天还为她准备了更残酷的考验。

过了段日子，花园里，这位女士正带着被倾注了她所有关爱的"小不点"，乘着晨光散步。橡树上的喜鹊和松鸦跳来蹦去，叽叽喳喳，她一声声地喊着"科堡"，尝试着从中辨认它的声音。那时正值九月末，天气热得叫人难受。孀居的老夫人由于探寻时太激动，觉得累了，在树丛中一条被灌木丛环绕的长凳上坐了下来，没过多久就睡着了。而完全无法适应探险家职业的"小不点"则看中了不远处一片舒适的草坪。它钻过灌木丛，做起了肥狗惯有的酣梦。

突然，一声锐利的、撕心裂肺的尖叫把老布里尚托夫人从昏睡中拽了出来。她睁开眼，尝试坐起身，但马上又倒在了长凳上。恐惧和绝望让她无法发声，无法动弹。她方才发现，可怕的狼——她憎恶的对象，正穿过灌木丛逃遁，嘴里还叼着不幸的"小不点"。后者绝望的痛嚎越来越弱，渐渐变成了嘶哑的喘息。

过了好一会儿，这位可怜的女士才恢复了神智，走回了城堡，讲述了刚刚发生的事，几次被啜泣打断。所有仆人都争先恐后地赶去了现场。唉！在树丛里，他们只找到了不幸的哈巴狗的遗体。它的脖子被完全咬断了。别的人把杀狗犯带了过来。后者依照一贯的虚伪作风，已经重新回到住处，装出一副最无辜的神态。

但这一次，它的奸诈手腕是徒劳的，它的罪行大白于天下。于是，布里尚托先生宣布，第二天，加斯帕尔将会被交给猎犬，被追捕直至死亡。

身为顺从的仆人，朗杜业丝毫没有反对布里尚托先生刚下达的不利于其跟班的命令。但即便生性粗犷，他依然因这严厉的决定而痛苦。自从自己不得不把一只十年来视为兄弟，名叫"定音鼓"的老猎犬赶到另一个世界的那天以来，他从未觉得这么难过过。他想过恳求主人，为其减轻刑罚，但气愤的（不如说是绝望的）老侯爵夫人格外强势，不断地威胁：如果罪犯逃脱惩罚，如果不能为"小不点"的亡灵报仇，她就将离开城堡。如为狼请愿，自己也会受到牵连。他了然，只能将痛苦埋在心底，转变成更加暴躁的脾气，让手下多只二足和四足动物深受其累。

管狗人几乎一夜未眠。从来不做梦的他，睁眼闭眼都能看见第二天的悲剧。虽然如此，他依然服从命令，天没亮就起了，穿好了衣服，然后借着给酒壶的那个长长的拥抱，铁下了心，来到关着罪犯的马厩。一看见它的主人，这只可怜的动物就扑了过去，拉直了拴它的链子，然后用亲热的蹭蹭让主人知道自己见到他有多开心。看到狼充满爱意的表现，又想到它将被自己亲手带向死亡，朗杜业越发难过。他怀着羞愧接受了狼的爱意，然后替它解开链子，和它一起走入了树林。但是，他随即发现，布里尚托的计划实施起来没那么容易。

　　他试图劝加斯帕尔回归山林，却只是徒劳：它仿佛能感知获赠所谓的"自由"后的下场，固执地拒绝离开主人，就连一步的距离都不愿意迈出。让狼在树林里迷路的尝试也失败了：它的办法比"小拇指"①的面包屑还要靠谱。把它丢下后，没过几分钟，管狗人就又听见了狼跟在身后的脚步声。朗杜业没辙，从口袋里拿出根绳子，把它绕在那动物的脖子上，再把另一端系到小树的枝丫上，然后就快速离开了。但是，加斯帕尔不只有个好鼻子——它的牙齿也很锋利。管狗人没走上两百步，绳子就被咬断了，那动物还在他身后。最终，他只得宣布自己被狼的忠诚打败了，垂着头回到城堡，向布里尚托先生陈述自己尴尬的处境，暗中希望这些能证明罪犯优良天性的新证据可以打动后者。

　　这位捕狼队队长不为所动，但想出了颇为巧妙的一招。

---

① "小拇指"（le petit Poucet），法国童话《小拇指》（*Le Petit Poucet*）中的主人公。他出身于一个贫困的家庭，是家中七个孩子里最小的一个，父亲以砍柴为生；有一天，因为饥荒，父母无法养活孩子，决定把七个孩子都遗弃在森林中；但机灵的"小拇指"沿路撒下面包屑，依靠面包屑的指引，带领兄弟们回到了家。

这计策还有个好处：管狗人不用亲手把他年轻的朋友交到三十只受命将其撕成碎片的狗的嘴巴里。

一个负责饲狗的仆人接过了用链子拴着的狼，走到一处颇远的围猎场，然后依照命令解开链子。等到离他们五六百米远的列阵散开的狗开始发起追捕后，他再爬到一棵树上。

这位仆人准确地执行了命令。打乱这套狡诈方案的，是加斯帕尔。链子被解开后，它既不关注身边的那位，也不在意远处雷滚般的低吠，而是立刻一步步循着刚经过的路往回走。它迎面向着猎犬群走去，等到两者间的距离只剩五十步左右的时候，它才被喧闹的犬吠吓住，撒腿跑向一边——但依旧朝着那个能带它回家的方向。

加斯帕尔刚才凭借第一反应（很可能它自己完全没意识到）实施了动物最巧妙的回旋战术：迷犬回径计。又因为回旋的路途较长，这一招用在此处时很难被破解。

接下来发生的事就和通常的迷犬回径计类似：受命沿路追捕的猎犬因为狗多势众而越发激动，越发跃跃欲试。然后，当它们到了橡树下面，也就是迷犬回径计开始的地方，就失去了线索。这下，猎狗们只得含怒四散。布里尚托先生带着他的人马赶到，从树上下来的仆人汇报了目睹的一切。要把猎犬再收拢到一处，将军团的主力聚拢到鞭下，需要花费一些时间。众人出发找回猎犬，朗杜业带回了四名经验丰富的老兵。

找回猎犬在任何时候都是件又耗时又费力的事，这也给了逃遁者喘息的时间，让它跑远了。前夜里关的禁闭，带自己进树林的那张陌生的脸，以及紧随其后的喧闹，这些都让它产生了思考，也令它心生忧虑。它径直走回自己的小床，也就是朗杜业的房间。不幸的是，一楼的大门被关上了，它得另找个住处。它围着城堡转啊转——那时正是用人们的午餐时间，附近一个人也没有。最后，它发现了一扇半掩的矮门，钻了进去。上了台阶，到了走廊，它发现走廊里有个房门是开着的。它进了房门，地毯减弱了脚步声，房中的女士毫无察觉——她正坐在火炉边，全神贯注地读着《法国公报》。

然而，重新找对了方向，又聚拢了猎犬大部队后，朗杜业下令，沿着对的方向出击。

"冲啊，狠狠地冲，朗杜业！"布里尚托先生在经过他身边时喊道，"这次不只有一瓶酒等着您。如果围猎成功，猎物毙命，我奖励您六瓶。"

"毙命"这个字眼和它预示的凄惨前景让朗杜业的心中泛起一阵新的苦涩，将一声叹息带上他的唇边。但是他很达观地想到，既然那动物无法摆脱其悲惨命运，那么受到命运嘉奖的最好是自己。于是，他满怀激情地赶着猎犬队前进——我们必须承认，这热情是他从未有过的。

"见了鬼了！看样子我们在把狗群往火炉边赶。"跟在长官身后的第一饲狗仆从说，"我们现在走的这条路是通往厨房的啊！"

确实，猎犬大队进了花园。它们在马厩前稍加犹豫，但只过了几秒，这场有生命的泥石流就又朝着城堡的主体房屋奔流而去。它们穿过花坛，为之后的总攻作序，先撕碎了套裹在那儿的秋装，毁掉了原本像装点着花饰的裙腰一样环绕着城堡的大丽菊、小万寿菊和秋菊。

忙着向前赶路的朗杜业发现了一扇半掩的门，猜到了之前发生和将要到来的一切。他跳下了马，高高扬起鞭子——还是太晚了，只拦下了几只落在后面的狗。大部队已经进了门，接着，它们顶开了同样来迟、试图阻止其入侵的男女用人。走廊上响彻着这群猎犬发起总攻时的吠叫，不久又掺杂了人们绝望的喊声。

哎呀！不幸的加斯帕尔在灾星的指引下，恰恰是进了那位对它怨气冲冲、想将其置于死地的女人的房间。那未亡人被无端响起的狗吠吓了一跳，抛下了那张有趣的报纸。但是，就在她朝房门走去的时候，这扇门在猛烈的冲撞下"轰"的一声打开了，二十来只狗争抢着冲入了房间。它们撞翻了座椅，推倒了独脚小圆桌，打碎了水晶和瓷器。最后，它们围着床列队布阵，将尖爪和利齿伸向逃遁者。待在避风港里的狼虽然身型最为瘦小，却对它们不屑一顾。

这全新的阵仗当然引人注目，但可怜的女士完全不在状态，没法欣赏它的魅力。她完全不知道发生了什么，被这场声势浩大的入侵吓惨了。呼救之后，她就被过于强烈的情绪击倒，最后晕了过去。布里尚托先生带着他的人到了，叫人把母亲抬到了另外一间屋子，好好照顾。这段时间里，猎犬又重新归队，被带回了犬舍。而待在房里的朗杜业呼唤着他的狼。尽管浑身颤抖，加斯帕尔还是一认出这声音就立刻向他匍匐爬去。

下楼的时候，他撞见了布里尚托先生。后者面色苍白，怒火让他整张脸都绷紧了。

"朗杜业，"这位先生对他严肃地说，"随便您把这只该死的狼关哪里，但别怪我没告诉您，只要有人在院子或者马厩里看到它，您就给我离开这里。三天之后，我们去佩尔塞涅森林，也把它带过去。今天竟然让它跑了，还造成了那么多的毁坏，付出了那么大的代价。那个森林可不像今天这个，它一定无处可逃。如果它能从我的猎犬手里逃生，就允许您给它取个'智多星'的绰号。"

朗杜业垂头丧气地走开了。他决心利用这三天期限，好好享受那动物的陪伴，把它重新领进了自己的房间。

这三天里发生的事情可以为那些赞同动物并非完全没有思考能力的人提供不容驳斥的论据。小狼的个性来了个一百八十度的大转弯。在发生了我们先前讲述的那一幕后，它变得既悲伤又消沉，和从前那个天真爱玩的它判若两狼。它显然明白自己是从怎样的魔爪下逃生的。它的结论是，人们对它的态度已经发生了一场巨变，他们不再像从前那样，对它满心善意。它预感到，许多令它害怕的事情即将发生，而令它期待的事情却会越来越少。而且，它猜到自己脚下是座火山，但一点也没有在火山口跳舞的欲望，不像人类那样常常这么做。它再也不像从前那样接受所有人的抚摸，恢复了狼族的孤僻习性。在主人房里度过的三天，只要听见楼梯上响起脚步声——不管是谁的——它就藏到床底下，而且，不管人们怎样请求，如何责问，它都不出来。它还呲着牙，闪着光的眼睛像黑暗里的红宝石，表明它心中有用颌撕咬对方的朦胧想法。相反地，它从未对管狗人有过如此之多的爱的表达：旁人一离开，它就跳上后者的膝头，用尖脸蹭他的双手和脸，然后蜷成一个圈睡着了。

这小动物展现的感恩之情让管狗人的心里同时涨满了骄傲和苦涩。这份感情的动人之处和它即将到来的不祥结局折磨着他，让他进退两难。而这折磨连酒也无法抚慰。当晚，回到屋里，他让小狼爬上他的床，然后双眼湿润、声音颤抖地对它说话，仿佛这动物能听懂似的：

"这难道不可悲吗？"他边说边用手抚摸着朋友，从耳朵一直抚摸到尾巴，"让像你这样又善良又漂亮的小兽去死，仅仅是为了一只把所有人都快吵聋了的坏鹦鹉和一只连穴兔都抓不到、只会凶巴巴地狂吠的狗？啊！如果现在是狩猎季前的几个月，我可怜的加斯帕尔，就该是我跟先生说不干了——我们俩前后脚一起离开。有人正好跟我提过，旁边那个一瓶酒只要三个苏①的省有个位子。在那儿，我们会

——————————————
① 苏（sou），法国旧时货币单位，1法郎等于20苏。

像面团里的公鸡一样①，你和我。"

然后，越来越动情的朗杜业在他跟班的头顶印上了一个吻，后者也回复了一个。

决定命运的那天来了。整个队伍到了佩尔塞涅森林。这片林子位于广阔的高地上，自瑟农什起，途经拉弗尔泰、佩尔什和贝莱姆地区，又一直延伸到下诺曼底的埃库沃和昂代讷等地。加斯帕尔被装在运牲篷车里，跟在后面。

因为到了新的环境，且条件极其利于他们行动，布里尚托先生认为没必要改变之前的策略。有人负责把狼带到森林深处一处指定好的林场，等时间一到就放开小狼。但是，朗杜业对自己该保密的情感几乎不加掩饰，这让他的主人觉得，最好别用对工作如此抵触的人。于是布里尚托先生指示，当天将由第一饲狗仆从代替朗杜业号令全队；如果后者想参与，就只能跟随。这举动给管狗人本就坏透了的情绪又加了份猛烈的怒火发酵剂。

这场捕猎的开端和第一次完全不同，离开了家乡的加斯帕尔没有再试"迷犬回径计"。但追捕并未因此而更像普通的猎狼战。

遭到猎犬围攻的时候，狼一般不离开所定居的区域。它们会在比较熟悉的几处围猎区内来回跑动，在那儿开战：首先是因为对跑动的路线烂熟于心；其次是因为对自己的力

① 法语用"像面团里的公鸡一样"（comme des coqs en pâte）来形容生活无忧无虑、心满意足的舒适状态。

量信心不大；最后是因为它们还指望兄弟姊妹前来营救，其中有的时候，母狼会决定亲自驰援。

加斯帕尔却相反地，决定以老狼的姿态战斗。它用鼻子嗅了嗅空气，开始径直前进。

另一边，跟在主人三十步后的朗杜业把狼的举动看得清清楚楚，他嘟囔了句粗话。话虽粗，还是清楚表达了对小狼所采取的战术的反对。这一战术实在是蹩脚透顶：虽然由于不愁吃喝，又是散养，所以与同龄的狼相比，这只八个月大的小狼在力量和体格上较为出众，但无论是速度还是耐力，它都敌不过布里尚托先生的英格兰－普瓦图杂交犬们。在易于隐蔽的地方或密林里，它还能保持间距，不被发现；但等被逼到森林边缘，它还是不得不现身；而等到进入了平原，不出十分钟，猎犬就能追上它。

当管狗人为朋友的举动叹息时，后者向他证明，他错看了它。到了树林边缘，它没有冲进田里，而是沿着林子跑。此处的森林边缘面朝萨尔特河畔勒梅勒山谷，位于陡坡上，长满了茂密的荆棘，它也因此甩开了猎犬队一小段距离，但这并非它的真正目的。狼只会一个音符①，就像比尔包开球②只有一个小孔一样，所以它只能孤注一掷，将这个音符弹奏到底。它在寻找房屋，因为上一次遭难的时候，房

---

① 法语用"只会一个音符"（ne savoir qu'une note）来形容某人只会反复讲述同一件事或使用同一种手段。
② 比尔包开球（bilboquet），一种接球玩具。把用长细绳系在一根小棒上的有小孔的球往上抛，然后用小棒尖端对准球上的小孔把球接住。

屋就是它的好救兵。见着了钟楼，见着了人家，它就像遇上救星般地向那儿跑去。但等它大摇大摆地上了大路，就遭到了农夫们的举报。紧接着，人们抄起铁铲和铁锹，纵身追捕它。它冲进了一条小路，然后从那儿进了花园，想从花园里穿过去。

就在这时候，布里尚托先生赶到了。只是，农夫们都在临时客串管狗人，叫着喊着，称自己知道正确的方向，致使猎犬被这些来来去去的人转晕了，完全不知所措。布里尚托先生猜想，狼应该用上了几天前让它成功脱困的巧计，于是他劝农民们搜查他们自己的房子和马厩。现场的激动和混乱一下子加倍了：女人们大声尖叫，孩子们哭个不停，阿利耶尔最勇敢的男性居民们则开始了细致至极的入户搜寻。

村庄很是骚乱了一阵。这时，一个小牧羊人胆战心惊地跑过来，报告那只狼刚刚从离他十步远的地方经过，此时正在森林里。布里尚托先生抛下村民，任他们继续搜寻，自己则重新收拢他的猎犬队，将其带到了小男孩所指的森林入口。但加斯帕尔已经三倍领先：逃遁者如果走得远了，大部队就无法凭嗅觉追赶。然而，原本平静的追赶突然变得活跃起来，猎犬们再次变得兴奋，那劲头说明小狼没好好利用与其说是机灵，不如说是偶然赋予它的优势。确实如此：因为没在冷酷的不幸者学校长大，加斯帕尔天真地相信，狼们像其他动物一样，也有累了就歇息的权利。于是，它停下来，喘了口气。另外，据我所知，佩尔塞涅森林是最能藏音的森林之一。它的地势高低不平，小山和深谷交错，就算布满猎犬，也能掩盖它们的声音。这一切因素导致，当猎犬们几乎要扑到它身上时，狼才预感到自己可能身处险境。当猎犬们上了陡坡，到了离狼百步远的地方时，一声突然炸响的、雷鸣般的吠叫才让它如梦初醒，慌忙疾驰而去。不幸的是，慌不择路的它选择径直向前奔跑，结果跑进了一片在诺曼底地区很常见的山毛榉林里。树下清一色地光秃，没有任何寄生植物，如同沙龙里的木地板一般。加斯帕尔没跑出一千米就被猎犬们快速追上，它的汗毛已能感受到狗的呼吸，三支宣告着猎物已进入目视距离的猎号响彻山林，更让它胆寒。它及时赶到一处荆棘丛生的矮林里，躲过了利齿的攻击——身旁的对手一边跑，一边还试着咬它。但是，就算能庆幸没被这些威胁它的下颌咬着，狼的处境也实在不乐观。它精疲力竭，无法再做别的选择。它不敢离开隐蔽所，只能在浓密的灌木丛中钻来钻去，满身荆棘，不断地尝试朝不同方向使用迷犬回径计，屡次暴露自己。目睹这一切的布里尚托先生忍无可忍地下令：吹响宣告猎物已经被围待毙的号角。

还有一人和带队的主人一样，毫不怀疑结局将近，只是心情大相径庭：他就是朗杜业。自小狼在高大的乔林下陷入猎犬重围的那一刻起，管狗人就知道自己输了，而且——就像他用形象化的语言自我思忖的那样——从今以后，就连在小狼的身上放跳蚤这种事，他都做不了了。正如前文所述，主人对他不信任，这加剧了他心中因被迫做出牺牲而起，却不曾发泄的怒火，甚至成了煽动这怒火的支配因素。他心想，只要那个代替他号令猎犬队的人能遭到屈辱的惨败，自己宁愿整整一周都只喝清水——对嗜酒如命的朗杜业而言，仅仅是心中设想一下这只喝清水的场景，就足以令他全身汗毛直立。因此，当猎犬的吠叫越来越密集，围攻越来越猛烈时，他料想到不幸的小狼末日已近，就让马慢了下来，一方面是因为希望躲过加斯帕尔丧命的一幕，另一方面是因为不愿目睹新竞职场对手的胜利。

和猎犬队相距一千米左右时，他就听到了逐狼的号声。因为害怕自己的缺席会给布里尚托先生提供新的怨由，所以他又开始让马快步跑，重新加入战队。这时，一声哀怨的呻吟在他身后响起。转过身，他看见小狼刚出了灌木丛，颤巍巍地迈出一步，想尽力走到他身边。

这只可怜小兽的状况看上去很惨：被水打湿、被尘土弄脏了的毛紧紧贴在已然瘦骨嶙峋的身体上，淌着涎水的舌头长长地吊在嘴巴外，双眼充血，两肋急促地抽动着，像醉酒的人一样蹒跚欲倒。管狗人停下了。可怜的加斯帕尔走向他，用后腿站立，企图蹭上主人的靴子。然后，它被这一举动耗光了力气，又重重倒在地上，再没起身，只是喘粗气。

但是，朗杜业看着它，一个突如其来的点子穿过脑海。这点子是那么令人欢欣鼓舞，让他的脸上绽开了最狡黠的神情。

"你看上去病得很重，我可怜的加斯帕尔。但在你这年纪，以及对你的家族而言，这点小病不算什么。安安心，今天它们是抓不到你的，也让侯爵先生悟一悟——不能把猎犬队交到一个废物手里！"

说着，管狗人翻身下马，拎着小狼脖子，把它放上马鞍，然后自己也上了马，双腿一夹马刺，就纵马向着离猎犬群的反方向走了。

这场营救很及时。小狼刚才在最后时刻尝试的迷犬回径计起了很重要的作用，给了它几分钟的喘息时间。但在这时，猎犬们已经重新调整方向，像风暴一样扑来了。

朗杜业纵马跑了一阵，抵达了讷沙泰勒的灌木丛，找到了一片熟悉的冬青丛。他把马拴在一棵树旁，把小兽抱在怀里，穿过茂密的矮树丛，将它放在枝叶最厚实的那片地方。

"我的孩子……"朗杜业对小狼说道。当他将其放在一堆干燥的叶子上时，小狼就像猜到了他们即将别离似的，又恢复了活力，对他撒着娇。他说："我的孩子，你必须待在这儿，而且尽量一动不动——如果不想把腿伸进荆棘丛里的话。总之，你没什么好抱怨的。也许每天早上再也喝不到奶咖，再也没有金刚鹦鹉让你扒光毛，没有老侯爵夫人的哈巴狗给你咬；但是，佩尔塞涅森林比我捡到你的那片小林子好，周围也有不少肥鹅和绵羊，农夫们也知道，他们生来就是要受劫掠的。一定要乖，要小心，等长成大狼了（长成大狼是很快的），希望今天的小教训能让你受益：要一直往前走，加斯帕尔，我的老伙计，这是唯一能逃脱魔鬼之爪的办法，对狼对人而言都一样。尤其别忘记你从前的主人！如果运气不好，你还是被那些猎犬找到了，就优雅从容地应战吧！这样主人才不会像此刻他的同事瓦朗坦一样垂头丧气。永别了，加斯帕尔！"

说完这些话，管狗人凌厉地抢了一鞭，以防小狼跟上他。但它或许明白了这是最后的分离，又或者已经累得半瘫，并没有离开那处小窝。

就在之前小狼离开地面的位置，朗杜业重新加入了扑了个空的返程队伍。整支队伍浑浑噩噩，一点都不像其他猎队生龙活虎的样子。他估计得没错，同事瓦朗坦脸上一副可怜相，但布里尚托先生的脸就没那么有喜感了。他因失手而怒气冲冲，又因为竟然亲手败给了家养的狼而羞愤难当。他又叫又骂，大发雷霆。也许是怀疑朗杜业亲手谱写了这难以置信的结局，也许是正在气头中，很乐于找个人出气，这位猎人一看见管狗人，就马上撤了他的职。

八天后，朗杜业离开了城堡，身边甚至没有那只让他失去职位的狼聊作安慰。他确信再也见不到令自己损失如此惨重的"智多星"加斯帕尔了。

在这点上，他可想错了，正如您即将目睹的那样。

既失了宠物，又丢了职位，朗杜业深感难过，但二者相较，后一种不幸遭遇更容易让他走出来。他轻松地在萨尔特省的一个猎队长那儿找到了位置，新职位的待遇不比原先的那个差。而且，他还在葡萄园产出的琼浆里找到了源源不竭的安慰——那里出产一种品质极佳的白葡萄酒，其回味神似燧石的味道。

因加斯帕尔而起的遗憾则钻心剧烈得多，同样是那一品种的白葡萄酒，却没法解得这桩愁。第二杯下肚，心中的遗憾就被无法抑制地唤醒了。第三杯入肠，不堪往事侵袭，他就对着幸运的听者讲起了这只独一无二的狼的经历。接着，话越多，酒越频，堆积的情绪也越重，直到柔情化成一摊水堵住了嗓眼，一声嗝儿才同时止住了故事和讲故事的人。

"听着，"他为故事添了句结语，"这儿没有一个人能想象我和那只野兽分开时的心情，除非他曾亲眼看着自己妻子下葬！"

真性情的朗杜业也许扯远了，但我们不该抱怨他选择的对比对象，毕竟真情无愧。

并非只在醉酒的时候，他才爱忆起老朋友。每当猎犬转到一条狼走过的路，在辨别猎物留下的痕迹时，他的心也常常快跳几分。他知道，狼会去很多地方，有的是为了捕食，有的是为了繁衍。此外，它们也会因为爱闲逛的个性而常常变换住址。他总担心天意难测，把加斯帕尔再带回到猎犬前，强迫自己像上次那样蹩脚地重演一回布鲁图斯①。

---

① 马尔库斯·尤尼乌斯·布鲁图斯（Marcus Junius Brutus，约前85—前42），古罗马政治家，曾投靠恺撒并获得后者的信任，但后来参加了旨在恢复共和政体的刺杀恺撒行动。

老天没让他经受这场痛苦的考验，但为他准备了几场同样苦涩的。

那是 1870 年，一场在疯狂中发动，又被人疯狂地指挥的战争使我们的军队丧失了昔日荣光。我们威名赫赫的部队分散在方圆五十法里的土地上，没有配合，缺乏相互支援，被一个部分接着一个部分地击败、歼灭了。惊雷接踵而来，教人应接不暇：维森堡之后，雷什奥芬惨败；雷什奥芬之后，福尔巴克沦陷；在被围困的梅斯，法兰西仅剩的十五万军队用尽全力也没能杀出一条血路；这场劫难过去，幸存的残兵败将转移到了色当，在那儿，他们见证了比死亡更痛苦的结局。大革命以来，这片神圣的土地第三次对侵略者敞开。我们已一无所有，无法阻挡敌人的前进。一个团都不剩，一个营都不剩，一个军人都不剩，手无寸铁的人们空有一腔爱国热情。

还得赶紧说一句：最开始的时候，这爱国热情经受住了命运强加给我们的可怕考验。历史和绘画一样，只有隔着一段距离欣赏，才能公正地评判它。党派斗争和由此产生的狂热情绪直到今日仍然让事实面目模糊。由于屈服于狭隘、可鄙的私心，每个人都害怕为政敌正名，害怕因此让后者更强大。政治利己主义就是这样，只要能从中获利，它就不怕在人民所受的屈辱之上再添屈辱。但你我不必如此。我们大可以还色当惨败后点燃了整个法国的抵抗运动以它应得的尊重和热烈的敬意。一股崇高的冲动席卷了这片属于高卢人的古老土地：对祖国的热爱和对外族统治的厌恶点燃了每个人的心，愿望、纷争和嫉恨全都消融了。南北东西重新成了齐心的兄弟，站起来，脑中只有一个念头、一个期待——啊！期待的已不是胜利，而是去战斗！

朗杜业的主人加入了沙雷特先生的祖阿夫团①，管狗人自己则参加了一支自由射手②部队。受训没几天，朗杜业所在的这支队伍就被派到了厄尔–卢瓦尔省：普鲁士军队已经开始向那里进发。

敌军入侵的速度缓慢，却韧性十足，如同潮水占领被遗弃的海滩。它总是有条不紊，所以每一次的前进都能获得成功。有时是清晨，有时在晚上，少数仍坚持耕作的农夫会发现几个骑兵——那是先遣的探哨，负责侦察大路、小道、巷陌和村庄的情况。只要没遇上抵抗，他们就会一直往前推进。一听见埋伏在树林里的自由射手的枪响，或者村庄钟楼里敲响的警钟，他们就会调转方向，策马消失在来时的方向。几次类似的侦察后，德国人的大部队就来了：他们的人数总是比探哨或间谍报告的法军人数多。用这样的方式，他们攻下了埃佩尔农，然后是曼特农。敌军如麻风病般，从此处传染至邻近的彼处。沙特尔也陷落了。一支原本在奥尔良

---

① 祖阿夫团（zouaves），创建于 1830 年的法国轻步兵团，隶属于法国非洲军团，原先主要由阿尔及利亚人组成，1841 年起改为仅招募来自欧洲本土的法国人；尤以奇特的制服闻名，在第二帝国时期大放异彩，为法国立下赫赫战功。

② 自由射手（franc-tireur），普法战争时期的法国非正规军事组织，近似于民兵和游击队。

作战的部队被派遣过来，从背面攻击了这座城市。面对敌军在前线部署的两万五千人和五十门大炮，守城的六千国民别动队士兵和自由射手只能撤走，退到巴约的森林中作战。那是一片广袤的森林，从此处一直延伸到下诺曼底大区。借着树木的荫蔽，他们得以无虞地抵达佩尔什。

在那儿，情况发生了变化。博斯地区广阔而平坦的高地完全不适合伏击作战。而伏击作战是唯一有可能让我们组织不善、缺枪少弹的军队胜过出色的德国大军团的战斗方式。那儿很少招募自由射手。"阿布利奇袭战"是一场军事壮举——如果这一仗是最负盛名的西班牙游击队打的，他们一定也会引以为傲。但这大致是那儿的法军在战役最初阶段取得的唯一战果。而且，这场胜利倚仗的还是利波夫斯基伯爵过人的胆识和他手下军纪严明、精神顽强的巴黎人队伍。

相反地，佩尔什的条件对游击队员们非常有利。虽然那儿的地势只是略有起伏，算不上高低不平，但被树林完整地覆盖着，布满了地势低洼的隐秘小路。在那儿，几乎每块田地的四周都被无法逾越的荆篱包围，数量众多的德军骑兵因此难以行动。他们因地形条件限制，不得不展开障碍赛，丢掉了一部分的优势。我们应该后悔没有在那儿部署足够多的军队，牵制住他们更长的时间。

就是在那里，朗杜业第一次遭遇了德军。他立刻就爱上了这份新工作。说实话，和之前的那份比起来，其相似的地方不止一处：同样是以诡诈诡的耐心角力，同样是白天黑夜的隐匿埋伏。几场幸运的围猎让他精神振奋，不久就宣称，只要用对方法，捕普鲁士人不比捕狼差多少。

不幸的是，这头野兽没过多久就开始报复猎人。德国人受够了枪骑兵在树林入口被枪杀，受够了眼看自己的军团被无形的敌人蚕食。凭借灵敏的军事嗅觉，他们立刻明白，只有占据地区的中心城镇，才能终结这一切。一支庞大的纵队开始向诺让勒罗特鲁进发。他们在拉富尔什与法军发生了一场激烈的战斗，最终占领了诺让勒罗特鲁。但在几天后，由于奥尔良被法军夺回，他们不得不后撤，放弃了整个佩尔什地区，一直到1871年1月初才再次在那儿出现。

在此期间，卢瓦尔地区军队下辖的自由射手部队被解散，编入了正规军。朗杜业被安排到一个线列步兵 ① 团。1月6日，他随着这个团参与了第二次拉富尔什保卫战。与11月21日一样，这场战斗非常惨烈，双方在战场展开了长时间的争夺。然而，白天过半的时候，法军的右翼被击溃，不得不退向贝尔纳堡。朗杜业是那些抵抗到最后的战士之一。在尽显作战之顽强勇猛，并经受了大炮的碾压和骑兵团的冲击后，他所属的部队溃败了。人们自求多福地逃散。这名前任管狗人和与他一起的四五位士兵得益于树篱的遮挡，没有被斩落在轻骑兵的刀下。枪林弹雨在他们的右侧扩散得

---

① 线列步兵（infanterie de ligne），17世纪至19世纪欧洲国家最主要的野战步兵编制，士兵在战斗中依照一定的阵型排成多排线列，向敌军齐射。

越来越远，直至诺让勒罗特鲁的街头。他们明白自己已无法直接从大路归队，所以继续远离战场，向东行进。朗杜业曾在该地区打猎，故而做了向导。他带领他们绕过欧通，因为他认为这座小城可能已被德军占领。然后，他们又靠着树篱的掩护行进了三四法里，跨越了上千道篱笆墙台阶。在太阳快下山的时候，他们到了距离一座村庄五百米左右的地方。

这支精疲力尽、饿得只剩半条命的小队朝着房屋迈开了腿。但是，朗杜业，作为唯一没被个人痛苦折磨到忘记谨慎原则的人，拦住了他们。他让大家明白，在埋头奔向狼嘴前，很有必要先打听清楚情况。幸亏如此。第一位被问到的农夫就说，在苏瓦泽——那是这个村庄的名字——此时此刻正驻扎着两个德国枪骑兵连。这么说来，他们在入夜后只能继续赶路，这意味着，他们要么会不可避免地落入敌军某个巡逻队的手中，要么就得在冬夜里露宿。幸运的是，这农夫目睹他们的悲惨处境，动了恻隐之心，表示自己租种的农场离主要居民点较远，可以收留他们。

您如果知道这支军队的士兵缺衣少粮到了何等程度，就很容易想象，当他们重新找到挡雨的屋檐，见到驱寒的炉火，想到能在稻草上安稳地睡上一夜时，是何等地喜出望外。然而，这温暖的庇护所就像是卡普阿的欢愉①的翻版，动摇了小分队部分成员勇敢战斗的决心。这位佃农提出，愿意用农夫的衣服换下军服，这样他们就能很容易地躲进周围的村庄。其中三人没能抵御住这个充满诱惑力的建议，小分队只剩下了朗杜业和一个名叫安布鲁瓦兹的下士。

相反地，他们二人决心不计一切代价，重回部队，于是怀着满腔豪情上路了。我们之前说过，管狗人对这一地区有几分了解，而且，他和多数从事该职业的人一样，能较容易地辨别方向。昨天夜里，他又机智地规划了一下该走的路线。欧通市的德军部队显然会和他们的大部队一样，向贝尔纳堡行进，企图赶走那儿的法军；所以，这支德军部队除了途经圣于尔法斯和库尔日那的路以外，没有别的选择。朗杜业原本也打算走这条路，但为了避开他们，现在必须比原先更靠左走，在沙佩勒纪尧姆进入蒙米拉伊森林，然后奔赴尚龙——在那儿，他会找到另一条路。

这个计划十分可行，也很可能成功——如果毛奇②先生没有用他常用的战略手腕，仿佛就为拦截管狗人似的，下令手下的军队分头行进的话。

---

① 卡普阿的欢愉（délices de Capoue），指让人沉湎其中、忘乎所以、丧失斗志的短暂欢愉。第二次布匿战争中，汉尼拔率领迦太基军队翻越阿尔卑斯山，突袭罗马，一路得胜，罗马军队节节败退；公元前215年，迦太基军队攻占卡普阿城后决定在此过冬，来年再继续发动进攻；在整个冬季里，汉尼拔的军队沉湎于城中的灯红酒绿，逐渐丧失了斗志，战争形势发生逆转；第二年，罗马军队发起反攻，夺回了卡普阿城，迦太基军队节节败退，直至输掉整场战争。

② 赫尔穆特·卡尔·贝恩哈特·冯·毛奇（Helmuth Karl Bernhard von Moltke，1800—1891），亦称老毛奇，德国军事家，陆军将领，普法战争中的德军总指挥。

当然了，这两位一点都不想鼻子对鼻子地与枪骑兵正面遭遇。他们避开哪怕是最窄的小径，宁愿重操昨日的翻栏运动，也不愿冒险和几位先生展开一场来不及把话说完就已命丧九泉的对话。于是，他们开始横跨原野：遇到树篱就翻过去；当能走的路线大大偏离了原方向时，他们就像野兔或穴兔一样凿穿树篱。这样行军有个缺点——累。而且，虽然天还很冷，但没过多久，他们还是觉得嗓子冒了烟。

在佩尔什地区，这个需求很容易得到满足。没有一处狭长的山谷不能为猎人献上解渴的山泉。两位士兵运气更佳，在到达一处草场的时候，一片广阔的水域展现在他们面前。这地方散布着许多类似的池塘。安布鲁瓦兹下士大步一跃，就到了这清澈的池塘边，跪在水边，用杯子不顾形象地喝着。然后，胡子还滴着水的他站起来，转向刚赶过来的同伴，用法国人即使在最严峻的情势下都会维持的诙谐语气说道："敬您一杯，燧发枪兵朗杜业！您想喝的话，但饮无妨。我已经喝好了！"

但是，在几刻前就开始极认真地审视周遭环境的管狗人面带不屑地摇了摇头："不了。我尊重野鸭，不愿和它们抢水喝。况且我的肺可敏感了，把水和酒混在一起，我会感冒的。"

"酒"这个字眼在安布鲁瓦兹身上发挥了神奇的作用。他立刻来了精神，焦急又震惊地打量着同伴，问道："酒？你有酒？"

"等会儿就有了。"朗杜业回答,"所以我有足够的理由不喝青蛙的汤。"

看到下士在身边又望又找,他便指向二人刚刚走下的山谷的对面。在一片冷杉林后,露出了尖尖一角。"往那边看,"他继续说道,"那是座钟楼,钟楼意味着村庄,村庄意味着酒馆,酒馆意味着有酒。"

这一严密的逻辑让安布鲁瓦兹下士深以为然。他细心地擦干了胡子,用舌头贪婪地舔了舔嘴唇,说道:"的确!虽然您只是个小小的燧发枪手,但我承认这想法不乏道理。但就算那里真有酒,谁知道有没有正在喝酒的普鲁士人?"

"我管他妈的!安布鲁瓦兹下士,不管有没有普鲁士人,就算有,我发誓,我会从他们的胡子下抢过来喝。当那些强盗一顿海三顿的时候,他们想不到,一个法国兵都要渴死了。上路!"

他们上路了。但当他们上了小山坡后,当他们不仅能看到一千来米外的钟楼,还能望见茅屋的屋顶时,下士停了下来:"您没听见车马声吗?"他叹道:"我们是喝不到这口酒了,朗杜业。一大队德军正从这个村经过。"

"我管他的!"管狗人完全漫不经心地接过话,"如果只是经过,那可太好了——我就不会在要去的酒馆里碰见他们了。更何况我真的渴了,还发过誓。如果酒杯底下装的是普鲁士的子弹,我至少得喝到底吧。现在,下士,您不熟悉地形,也不知道怎么去,就别陪我了,好好藏在小树林里。我要去解渴的那个村子叫沙佩勒纪尧姆，在您右边的这一大片森林叫蒙米拉伊森林，我原先想带您往那儿走。如果我没回来，您有这些信息也能走对路。但是别担心，我肯定能回来。您刚才想让我干一杯，我会还您一杯的。"

话音一落，朗杜业就把枪抛上肩头，朝着有人烟的方向，跟参加婚礼似的，潇洒地走掉了。但他离村庄太近，不得不马上收敛起这态度。从大路上传来的声音一直在持续。较远的坡上，隔着团团尘嚣，人们能望见黑压压的一片，以及头盔与刺刀亮晶晶的反光。显然，逃兵们并没有弄错，一支人数众多的德军队伍正从沙佩勒纪尧姆村房屋旁的这条路上经过。但管狗人已经走出太远，回不了头了。靠着树篱的遮挡和在荆棘丛里匍匐前行，他成功地抵达了坐落在屋群后的花园，然后穿过最后一道树篱，进入了篱笆后的屋子里。

天遂人愿，这地方刚巧就是村里的一个酒馆。他进入的地方是厨房，那儿空无一人。但隔着一扇将厨房和大堂隔开的玻璃门，他看见酒馆主人和他的妻子正站在门口，看着列队行进的德军。

朗杜业先用枪托略显粗鲁地敲击桌子，提示主人们有熟客来了。然后他填好了烟斗，拿起灶里一根燃着的柴，打算点烟吸。酒馆主人进来的时候，管狗人正搞着这个重要操作。一见到这位士兵，认出他穿着法军的制服，老板的脸立刻变得惨白，神色惊恐，几秒钟里一个字也吐不出来。

"两瓶最好的酒，一个杯子。动作快点。"已经捡了个矮凳坐下的朗杜业对他说。

"不幸的人，您来这儿做什么？"男主人惊叫道，哽住的声音表露了他的不安，"难道您没看到吗？这路上有四十万普鲁士士兵。"

"那么多？好吧，那更好！人越多，越好玩！"管狗人话中的冷静令他的谈话对象深感绝望。

"但他们要是进来了呢？"

"哎哟，那就干一杯啰，我的先生。听您这话的意思，他们是不知道什么叫口渴？行了，您少管管路人，多关心一下顾客。我说了，要两瓶酒和一个杯子，钱在这里。要热酒啊——我觉得您也不想惹恼一位卡斯托耳[①]吧！"

朗杜业一边说着，一边把枪箍弄得咔啦咔啦地响，而他的眼神比动作更有威慑力。胆寒的酒馆主人下到地窖，重新上来的时候手里拿了两瓶酒，放到这名士兵面前。我们还是要还管狗人个公道。尽管他一看到瓶中红得发紫的液体，眼睛就神奇地刷地亮了；即便他曾抱怨口渴难耐；他首先想到的还是不在场的同伴。他拿起其中一个酒瓶，把它塞进固定在背包上方的铺盖卷里，细心地系好带子，把行李重新背上肩头，然后才考虑到自己。他把留给自己的那瓶开了塞，倒了满满一杯，内行地小口品着，用舌头心满意足地弹

---

① 卡斯托耳（Castor），希腊和罗马神话中的人物，详见第229页脚注 ①。

着上颌——若非当前的局势，那样子很可能让酒馆主人十分得意。然后，他又倒了一杯，再一次把满满的酒吮干。接着，他重新拿起了烟斗，开始吞云吐雾。

如此的镇静自若让酒馆主人方寸大乱，几乎想哭。

突然，大堂面朝道路的那扇门被"哐啷"一下推开了。一个全身挂满绶带、戴满勋章的高级轻骑兵军官走了进来。他用他们那国家的人典型的专断语气，命令屋子里的那个女人给他上酒。

尽管十分慌张，不幸的酒馆主人还是机智地放下了红布帘子，挡住了那扇我们之前提过的阻隔了厨房和大堂的玻璃门。军官没看见那名士兵，但士兵却见到了军官——一簇幽暗的火苗蹿上了他的眼。

"我警告过您，要倒霉的！"农夫哀叹着对他说道，"逃命吧，快跑！别走门，走窗户！"

朗杜业站起了身，像是准备屈服于酒馆主人的哀求。他一口喝干了瓶中剩下的酒，抓起枪杆——只是没朝着老板刚打开的窗户走，而是撩起遮盖着玻璃门的布，瞄准了德国人，然后隔着玻璃开了枪。

子弹正中军官的胸膛，他围着自己转了好几圈，然后面朝下地倒下了，如被雷劈。

"我说过要干一杯[1]的！"朗杜业喊道，"还是个上校，

---

[1] 此处为双关用法，法文中的动词"trinquer"既有"干杯"的意思，也有"倒霉"的含义。

真走运哪！"

他接着大步一跃，到了小花园，经由来时的路逃走了，留下可怜的、掉了一半魂的酒馆主人半死不活地瘫在椅子上。

朗杜业去酒馆时翻篱笆经过的那个小花园，它的后面是一片宽阔的梯田，这梯田比佩尔什这块区域里的其他田地都要宽阔得多。尽管情绪激动，管狗人还是很明智地想到，这里地形开阔，若暴露在被枪声引来的士兵面前，自己将很危险。于是，他尝试沿挨着居民住宅的一个个小花园走，一直走到村庄的尽头。

他刚抵达打算当作掩护所的树篱后面，就听到了嘈杂的大喊。喊声是从酒馆蜂拥而出的普鲁士士兵们发出的。他只来得及扑到树篱旁的沟堑里，然后肚皮贴地，趴在被荆棘丛遮蔽的地方，好逃过搜寻。

这场放肆的谋杀显然让德国人乱了方寸。他们的搜寻一如惯常地谨慎：几个兵在邻近的田里找人，其他兵层层叠叠地跟在后面，随时准备支援，以防前方遭受袭击。但他们搜查时既缺乏洞察力，也不聪明：没有一个人想到循着逃跑者的足迹进行追踪。朗杜业在类似情况下可不会忘记这么做。

而他此刻缩在避难所里，盯着德国兵的一举一动。一旦看到搜查的兵往自己这边来了，就准备英勇就义。有那么一阵子，三个戴头盔的兵开始在树篱和他躲藏的沟堑中翻找。当他们开始从他藏身之处的对面那一端搜查灌木丛时，形势就变得严峻起来。他快速地估算着自己逃出生天的可能性。他只算计出一种可行方案：在他们还有百步远的时候立刻开枪；自己枪法好，可以杀掉两个兵；然后在其他兵支援第三个前摆脱掉他。一向想哪儿打哪儿的他这便立起膝盖，端起步枪。一个突如其来的想法止住了他的动作：他想起了带给朋友安布鲁瓦兹的那瓶红酒。如果自己死了，慷慨的馈赠就到了普鲁士人手上——这个可悲的结局比其他一切都更让他难受。于是他把一只手伸向背后，成功地从铺盖中取出了那个珍贵的瓶子，再次趴了下去，然后认认真真地品尝，直到最后一滴酒。

这一出于爱国主义的顾虑很可能救了他的命。三个普鲁士士兵因为徒劳的搜寻垂头丧气。到了树篱稀疏的地方，他们觉得它会一直这么稀疏下去，便在离正喝着酒的人不到五十米的地方放弃了寻找，径直回到了斜对面的酒馆。

但别的兵也能想到来这儿找。藏身处实在危险，朗杜业决心离开。他开始在为他的撤退提供遮挡的厚厚荆棘里钻洞。他认出了树篱对面是一条褶缝般夹在陡壁之间的路。这时，却听到一阵朝着自己所在的方向疾驰的马蹄声。他被迫停了下来——二十来个和被杀军官同属一个团的轻骑兵正从那呈凹形的小道鱼贯经过。

"好吧！"朗杜业脑中想，"步兵走了又来骑兵，他们就剩没拿大炮轰我了。"

　　与此同时，深知争分夺秒之重要性的朗杜业悄悄地跟在最后一个骑兵后面，溜进了那褶缝里，然后飞快地爬上了对面的斜坡，坡顶又有一个新的避难所。

　　虽然牺牲了原本能让安布鲁瓦兹无比欢喜地迎接他回归的珍贵瓶子，但朗杜业一刻也没想过抛弃同伴。他立刻就着手返回之前与他分别的那片小树林。虽然与那儿相距不远，但因为此刻周围有许多侦察兵，要想回去，几乎没可能不打草惊蛇。不过，他怀着万分的小心和十万分的谨慎走路——不如称之为"爬"——终于又到了一片新树篱旁。这片树篱的对面就是之前与安布鲁瓦兹分别的那片小树林，中间只隔着前文所述的那条凹形小道。而在此处，这条小道急转向右边，几乎是个直角。

　　朗杜业没时间去找翻越篱笆墙的台阶，况且他的双手和脸早就习惯了荆棘和藤刺们的粗暴对待。他的头已经到了另一边，没在路上和小树林边缘发现什么可疑东西。身子正要跟过去的时候，突然，一枚弹药干脆猛烈地一击，在离他的手几厘米的地方，崩断了刚被拨开的枝丫；几乎就在同时，一声火器的巨响让四周荡起回音。

　　普鲁士人一贯忠实于自己的战术：在往更远处搜查之前，他们会在山顶和道路的岔口都留一个哨兵。正是这哨兵，在矮林的遮挡下，于逃跑者发现他之前开了枪。

　　在别的情况下，敌人的失手肯定会让朗杜业乐坏了，但这次他被情势所迫，不得不延期表达满意。他心中只有一个念头：把普鲁士人引向自己，这样才能方便安布鲁瓦兹下士想法子逃走，摆脱被牵连进去的糟糕处境。他撒开腿就跑，再不去为东躲西藏而瞻前顾后，只是跟出猎的马一样敏捷地爬过树篱，翻越障碍。

现在他跑向了森林——蒙米拉伊森林。他对那里最小的隐蔽所都了如指掌，知道它的面积之广足够让自己逃过一整个军的搜捕。但离那儿还有一千米：要逾越的，正是这千米之遥。那一声枪响应该已警示了德军；不用怀疑，他不久就得对付二十个轻骑兵。

果然，到了第四座树篱，第二颗嘶声擦过头顶的子弹让他明白，尽管普鲁士人不都是神枪手，但他们至少精于侦查。到了第六座树篱围墙，一个尾随而来又赶超了他的骑兵毅然决然地让战马撞向用树枝搭成的墙，三试无果、马弱人疲后才宣告放弃。佩尔什地区的树篱与赛马场的障碍物毫无可比性：它们由通常厚达两米，高至三米的植物墙构成，前后两侧分别有一道沟堑护卫；这植物墙是由被人工放倒的真树构成的，表面还有一层带刺的灌木加护，让其更加坚固。只是，骑兵虽然很难在翻墙的时候抓住他，却能预先赶到前面，在他必经的道上布下埋伏，别的士兵则可趁此将其围住，远远地射击。所以，他首先得让他们弄错自己要去的地方。于是他明显地扑到左边，不加遮掩地翻过面前的树篱墙，然后用迷"人"回径计，回到原地后重复前述的战术动作，但向右走，且一刻不断地利用篱笆上的灌木隐蔽自己。

计谋成功了。骑兵们浪费了一些搜寻的时间。逃走的他又来到了同伴安布鲁瓦兹早晨止渴的那片水塘。他虽然因此比之前离蒙米拉伊森林更远了点，但是打破并逃出了先前所处的敌人的包围圈。

他朝着森林重新上路，带着双倍的勇气和力量。很快，乔林黑黑的穹顶逐渐伸展；他每走一步，穹顶就变大一些。就要走到树林的尽头时，几声有节奏、有规律的狗吠击中了他的耳朵。管狗人对这曲乐声格外敏感，心上因它唤起的回忆是如此美好，胜似音乐会中最谐美的和弦。然而，只过了一刻，他的额头和眉毛就都皱了起来。

"啊！这群该死的强盗！"他含怒冷笑，低声自语，"我们不过是捕狼，他们却放狗追法国人！这一只找到了我走的路，此刻正穿过我方才经过的小桥。"

一说完，朗杜业就扑向了矮林。他想起先前捕猎时，那些让他失手的猎物都是通过远离惯常路线，从而躲过他的追杀的；现在自己沦为猎物，他决定就用这个办法。身上的背包明显让速度减慢，他下决心扔了它，只是没把背包扔在树林里——否则猎人们就会知道，猎犬的线索是对的。他飞快地爬上一棵挂满枯叶的橡树，把包挂了上去。然后，一身轻松的他手中握着枪，继续飞跑。

在他试着穿过第二道防线的时候，一场残酷的意外正等着他。在跨过沟堑的那一刻，一个在路上盯守的骑兵扬起军刀扑向他。朗杜业向旁边一跃，躲过了进攻，又用刺刀还击。他没刺中士兵，但是刺中了战马。马纵身直立，两条前腿蹬着空气，侧身倒下了。因为一种难以置信的宿命，受伤战马邃然的动作将武器从不幸的管狗人的手里打落了下来。他扑上前去，想重新握住，但此时两个骑兵跑来帮他们的同伴，其中一人用手枪打出的子弹擦伤了他的肩膀。必须得逃了，丢下武器逃。

当朗杜业又进到树林里的时候，这次他必须得承认，自己的处境实在糟糕，只有奇迹才能改变他的冒险之旅的悲惨结局。可他太谦虚了，不敢奢望上天会为他创造奇迹。不过，他还是下意识地表现出了他这种人特有的坚忍不拔的精神，并没有过分担心。狗吠越来越近，已经听得见士兵们激励猎犬和相互呼唤的声音。接下来的几声快速的马跑表明，对方正在形成新的包围圈，就和他们上一次包围他时一样。

"我管他妈的！"管狗人念叨道，"不用作法也能猜出他们的作战计划。他们会等到这个坏蛋——不该这么说的，狗就是狗，就像我就是人——把我死死缠住后再过来，轻松地刺死我。不过，我虽然丢了枪，但还有利器，它的锋利程度至少足够教训这头小兽。"

这一愿景激励了他。朗杜业翻遍口袋，找出他的刀，选了一棵根系长得像狼牙棒般的桦树，砍下它新长出的一条粗大的根，然后一边把这条根削成能用的武器，一边钻进了黑刺李丛中——在森林的这片区域，黑刺李丛已经盖过了矮林。朗杜业接着到了一片他认为可以实施内心盘算的林中空地。这片空地的中间长着棵大橡树，他突然在距离大树四五步的地方停下，猛地跳到树干后面，然后举起棒子，一动不动地站着。

狗吠声越来越近。这只猎犬聪明地缓慢向前，但显得坚忍又稳健。要不是他自己是那只被追捕的猎物，朗杜业会是第一个赞赏它的人。没过多久，他就能隔着荆棘丛看到猎犬，然后又眼见它到了林中空地。

这不是只獒犬，也不是大白熊犬，甚至并非西班牙人从前用来追捕印第安人奴隶的寻血猎犬。这只抓人的狗的品种是温顺又忠诚的短毛垂耳猎犬的一个分支，其特点和德国的野兔一样，个头特别大。它小步跑过来，闻了闻路面，对着空气沉闷短促地吠了一声，然后发现前方线索断了，又重新开始调查。当来来回回的脚步把它带到大树旁时，狼牙棒呼啸着砸了下来。

不幸的是，只有苔藓和落叶受了伤。朗杜业不再走运，他失手了。更倒霉的是，他再次打晕这个讨厌的揭发者的尝试也宣告失败。这只短毛垂耳猎犬训练有素，显然不是第一次干这个丑恶当了，因为它小心地保持着距离，一受到攻击就往后退，同时更加急促地吠叫，偶尔还夹杂着长吠。另一边，轻骑兵们再次激励猎犬；越来越清晰的声音显示，他们正在靠近。

"上吧，孩子。"朗杜业看透了所发生的一切，如哲学家般冷静，对自己说道，"你送走了那么多别的猎物，这回轮到你自己上路了。被围猎待毙的你现在要做的，只剩一场光荣的失败，无愧于你法国人与管狗人的身份。如果在被喂狗前，你还能弄死一两个德国兵，就足慰平生了！"

于是，朗杜业叹息着看了眼狼牙棒：与德国人的短筒火枪、军刀和手枪相比，这真是件好可怜的武器。有没有什么计策能让自己打个平手呢？这时，一个离奇的事件突然改变了局势。因为觉察到主人们离自己越来越近而越发凶悍的短毛垂耳猎犬突然停止了吠叫。它全身的毛都竖了起来，颤抖似的痉挛传遍了整个四肢；身子蜷缩，靠膝弯支撑，像是因害怕而无法动弹。

不久，躲在树后错愕地观察着此等突变的朗杜业就得到了谜底。当短毛垂耳猎犬明显是用尽了力气，准备掉头逃跑时，一只巨大的狼从厚厚的荆棘丛里蹦出，攫住了狗的喉咙，闷熄了它的最后一声吠，让惊叫化为嘶喘。

这件事虽然看上去离奇，但管狗人却不怎么吃惊。他很久之前就知道，狼们对落单的狗较为偏爱，对指示猎犬尤其独宠。有一次，他在天刚亮的时候赶去约定地点，被收拢在一起的猎犬队跟在马队后面。摩耳甫斯——布里尚托先生手下一只超棒的英国波音达犬——一边在林下灌木中穿梭，一边跟着跑，结果在距离队伍四十步远的地方被劫走了。然而，他震惊又焦虑地观察着新来的客人：一见到它，那些朦胧的回忆就被唤醒了。他觉得自己在这只可能是上天派来的动物身上认出了那只已两年不见的小狼的影子。当时，它被自己抛弃在十五法里开外的佩尔塞涅森林。

他越发相信自己没有弄错，便从隐蔽处走出来，低声念着"加斯帕尔"——他曾为那野兽取了这个名字。

一听见他的声音，已经开始用利齿撕咬受害动物的狼猛地停了下来。它用闪着精光的眼睛盯着来人，趴到了地上，把脸搁在两条前腿间。它的眼神一刻都没离开唤它名字的人。接着，它贴地爬着，到了他的脚边，久久地闻着他的气味。然后，确信找到了自己的老朋友的它开始做出从前还只是头小狼时常做的表示亲热的动作。

另一边，朗杜业体味到的感情是如此真实，让他有几刻甚至忘了普鲁士人和悬在脑门上的危险。

狼耷拉下耳朵，用它那硕大的脑袋像猫一样蹭着老主人的腿。而另一位则用手滑遍了这头动物的脊背，搔着它的后脑勺，夸着它，跟它对话，仿佛狼能听懂人语似的。

"你在这儿啊，我可怜的加斯帕尔！"他对它说，"啊！如果说你有天真能配得上布里尚托先生让我给你起的绰号'智多星'，那就是今天啊！就算是好老天派来的天使也没你那么会选找到我的日子。加斯帕尔，伸手！看看你还会伸手不？噢，当然了！什么也没忘啊，我的加斯帕尔！我曾跟原来那地儿的傻瓜们说，这是只绝无仅有的狼——我的话是多么正确啊！"

然后，现实和更让人悲伤的想法把他的思绪带了回来。

"作为一只单纯的狼，你不会明白，"他继续说道，

"为什么我看见你回来会如此开心。首先，那些强盗卑鄙地把我围困在树林里，想要猎杀我，但我现在可以肯定，他们不会轻易得逞；其次，如果不得不离开这世界，那么，我可怜的老相识，和朋友一起走也是一种安慰。"

说这话的时候，朗杜业热情地爱抚着狼，语气则是伤感悲戚。可尽管如此，加斯帕尔对他的想法看上去像很难下定决心似的，不那么赞同。它极其灵活的双耳支棱起来，向四面八方转动着。它抬起还带着血的脸，四处张望，长久地、鼻腔满胀地嗅着微风。它朝林中空地走了几步，又闻了闻，然后重新走向主人。紧接着，它再次离开他，朝着荆棘丛走去。在那儿，它坐在自己尾巴上，生动的眼神定定地看着管狗人，其中的意味明明白白，几乎是在以无可争辩的语气对他说："过来。"

狼的这番举动让朗杜业变得更加小心。普鲁士人已不再叫嚷了，但他们脚下树枝被踏碎的声音却越来越清晰。他们已经不远了。

"我从前竟然叫你'畜生'！"朗杜业对他的狼说，"请允许我道歉。如果这里有只畜生的话，我承认，那就是我。这次，我只有像听命于队长一样听你的话，才可能得救！"

他真的跟上了那野兽。一直在前面的狼看上去真的意识到了自己的主导地位，坚持扮演着向导的角色。它悄无声息地小步走在落叶毯上，时不时地停下来，静听、考察清风，偶尔匍匐着藏进灌木里，但是绝不远离能穿越那些看似无法逾越的荆棘丛的小道。管狗人则弓着腰，把步伐调整成动物的节奏，学着它的动作，有时停下，有时把自己严严实实地藏起来。尽管处境很不妙，但不得不说，管狗人觉得这番操作甚是有趣：做狼还是蛮好玩儿的。

在走过了许多曲折迂回的小道后，荆棘丛渐稀渐少，他们终于到了矮林里。加斯帕尔加快了脚步。但主人经历了早晨的亡命狂奔，又做了一番小步慢跑，对他而言，这有点太快了，跟上略有难度。不过管狗人明白，他们已经穿过了危险地段，从追捕者手里逃脱——因为狼信心十足地走着，并无明显的担忧。六分钟之后，它停在了一株茂密的矮树后面，接着又趴到草丛里。在他们面前的，是条大路。

朗杜业还是让狼来判断这条路是否安全。狼凭借野兽不可思议的机敏完成了任务——对此，就算是北美的皮草猎人也只能模仿个大概。多么稀奇的一幕啊：这只狼匍匐在地上，爪子踩在落叶和枯枝上却不发出一声暴露行迹的小响动，并利用林子里哪怕是最微小的地形起伏来为自己掩护。就这样，它来到了树林和大路的分界线，探出头，又不慌不忙地将头缩回，用同样的方式走了回来，回到那株矮树后面。

这出哑剧明显是想说："我们别去那儿。那儿感觉有问题。"

不幸的是，身为万物之主中的一员，被动地服从下属长达一个小时已经是极限了！在无比明智地放弃二足兽的自尊一段时间后，朗杜业还是把这自尊捡拾了回来。他没有将自己的身家性命完完全全地托付给这头经验丰富、洞察力敏锐、谨小慎微的野兽，而是打算亲自看看它为何害怕。他尽可能小心地溜向路边，动作之审慎表露了他被激发的好胜心。接着，他就发现，百来步远的大路上，一个骑兵正牵着五匹马来回踱步——那是那个骑兵和几名一道追踪通缉犯的同伴的马，他们为了能在树林里展开搜捕而下马步行。

这一幕让管狗人思绪翻涌，脑中腾起一个个诱惑力十足的点子。他回到仍藏在树丛后的朋友旁边，没之前那么谨小慎微了。二者面对面地坐着，像两个正商讨作战计划的印第安人。然后朗杜业开始絮叨，一会儿是在脑中自说自话，一会儿又是在对伙伴说。

"见鬼了！我们为什么得藏着掖着？"他说，"那个兵是孤身一人，而我们是两位啊！确实，他带了武器，但你和我，我的朋友加斯帕尔，我们可是狼！这么说吧，我可以弄晕他，你也可以在这家伙摸到手枪前就用尖牙咬穿他的喉咙。你龇牙了，我的老伙计加斯帕尔，想到这儿你微笑了——我看到了！而我呢？我不像你，我对那堆腐肉不感兴趣。我要的是马。我没你那样的铁掌，可以随心所欲地从佩尔塞涅走到佩尔什，再从佩尔什走到蒙米拉伊。我的脚已经开始求饶了！如果能弄到其中一匹马跑路，我可真的会感激涕零；如果还能偷了所有的马，我就很可能得枚奖章。而你，加斯帕尔，我要带你去的那个连队肯定会献给你一大盆荣誉军粮。

狼一脸凝重，若有所思。它听着各种在此处多列无益的论据一言不发。但它如果能说人话，很可能会这么回答它从前的主人：

"当心啊，主人。不要和平日里一样，被虚无的幻象炫了你的眼。我们狼族虽然只是狼而已，但在计算会有多少战利品之前，都会数数需要付出几口撕咬的代价。光觊觎猎物是不够的，还得知道，要想截住它，牙是否够锋利；要想消化它，胃口是否够好。的确，他就一个人，但他的同伴们就在附近。他们甚至可能已经找到了我帮你弄死的狗的尸体，正在往回走。继续留在这片树林吧。有我做哨兵，你是安全的。夜色一深，我们就进大森林。尽管没法把如此炫目的战利品带回军营，但你自己能安然无恙，这不是更好吗？"

这些充满智慧的看法也许本可以给管狗人留下深刻印象，让正在吞噬他的战斗激情大打折扣，但加斯帕尔没有张口。于是，遵循着"不说话就是默认"的公理，他把沉默看作了赞同，开始将计划付诸行动。

走了五十多米后，他已可在矮林的枝丫间瞥见士兵的背影和马匹。于是，他继续向前，嘴里衔着木棍，膝盖和双手并用，最终用这样的方式到达了预先确定的攻击位置。

这一次，加斯帕尔没有领路，而是跟随着他。狼和主人在荆棘丛中一动不动地停了几分钟。德国人沿着路走来走去，但手里牵着的马让他不得不留在路中央——到那儿的距离实在太长，对方不可能不反应过来，进行自卫。然而，过了一会儿，他很可能是累了，决定在沟堑的背面坐下来。只是这么一来，他就正对着管狗人所在的树丛了，后者的攻击方位仍旧不理想。但很快，为了更轻松地看管一直动个不停的马，他又换了方位，来到了路的另一边，背对着小树林。

但不幸的是，朗杜业身边的那头野兽虽然先前派上了很大用场，在此刻却成了累赘：那几匹马已经嗅到了它的气味，开始躁动起来，以表达它们的恐惧，其中一匹甚至发出了一声因惊吓而起的响亮嘶鸣。

管狗人却早已预见了这次偶然。他一跃而起。正当普鲁士人被马儿们示警，觉察到周围有异动而站起来的那一刻，一声愤怒的棒击让他直接昏死在原来坐着的位子上。

就当主人正在把受害者缴械的时候，被方才血腥的一幕激起了屠杀欲望的加斯帕尔冲向德国人，开始撕咬他的咽喉。这位可怕助手的插手和突然出现又一次产生了悲剧性的影响。越来越害怕的马儿挣脱了再也牵不住它们的手，这些管狗人原先打算带回部队的、象征隆重胜利的战利品没命地四散逃窜。只有一只因为被缰绳缠住，还待在十来米开外。它又是直立，又是尥蹶子，用尽力气想摆脱缠在两条前腿上、让自己动弹不得的绊索。朗杜业跑向它，用刀切断缰绳，跳上马鞍，再用从骑兵那儿缴来的马刀尖端激了它一把，对狼喊道：

"开猎啦！开猎啦！加斯帕尔！现在要狂跑，就当布里尚托侯爵的所有猎犬都在你身后追你那样!"

确实不能再拖延了。当他的战利品被吓得发了狂,旋风一样地刮跑的时候,普鲁士士兵们出了林子,朝着逃遁者开了枪。朗杜业因为趴在坐骑的脖颈上,没有被击中。但是,枪声一起,加斯帕尔就一头扑进了矮林,消失了。管狗人以为那野兽抛弃了他。尽管这场冒险的结果令人满意——得到了一匹马、一支短筒火枪和一把手枪——但他还是因那个忘恩负义的东西而恼恨叹息。

唉!这致命的一天风波四起,对他来说还未结束。如果不是奔往目的地,那么这奔跑就是没用的——管狗人立刻就得出了这个结论。然而,他要去的地方是贝尔纳堡,在那儿重新加入法军的行列。想去贝尔纳堡,就得先经过格雷埃——也就是说,要往西走。可马却奔向东边。这样一来,它要么把他重新带回沙佩勒纪尧姆(他之前在那儿甩掉了德军),要么就会带着他跑到蒙米拉伊(这会儿德军肯定有部队已经到了那儿)。于是,他试着让马停下,或者强迫它调转方向,但一切都是徒劳。完全失了控的马无法感知嚼子。骑手用剩下那段缰绳一阵猛勒,马却毫无回应。

形势马上就变得更加复杂。在他不得不经过的道路的尽头,在目光所及之处,朗杜业发现一团黑色从阴影中渐渐抹开。那明显是一队骑兵——只能是普鲁士的骑兵,而他的马正以骇人的速度将其带向他们。

朗杜业的反应无愧其热血之名。他抛弃了形同虚设的缰绳，一手操起马刀，一手握着手枪，准备面对一场避无可避的战斗。但他仍小心翼翼地伏在靠近马脖子的地方，既为了让远处的对手认不出来者何人，又为了躲过在其靠近前招呼他的子弹。

一匹飞驰而来的战马，马上的人形十分模糊，但马具却清清楚楚属于自己的军队——这支部队里的两个骑兵看到这一情形，感到疑惑，于是纵马向前与他会合。其中一人很不合时宜地灵机一动，横过马身，大概觉得，那飞奔而来的马只要一见到厩里的伙伴，就会立刻加入他们。这人的下场可惨了。在猛烈的撞击下，马和人你上我下地滚了几滚。那人坠马后情况很糟，躺在地上一动不动。另一边，朗杜业尽管没有受伤，却也从马上滚了下来。

但是，第二名骑兵认出了法国兵茜红色的裤子。于是，当朗杜业抬手瞄准他的时候，他率先开出一枪，擦伤了管狗人的肩膀。朗杜业绕着自己转了几转，脸朝下地倒在血泊中。撞击之猛，疼痛之剧，以至于我们可以夸张地说，可怜的管狗人已被击毙。

这个士兵想看看朗杜业是否死透了，于是向他走去，却突然发现了一位意料之外的对手——加斯帕尔。和朗杜业不公正的猜想相反，它并没有抛下主人，而是明智地借着头顶的植被躲过了枪弹，在荆棘丛中穿梭。当它看见朋友倒下，就把狼族的谨慎态度抛在脑后，从藏身处扑了出来，挡在了他的身前，然后狼毛直立，利齿嘎吱作响，表达着强有力的护卫决心。

骑兵固然勇猛，但在凶狠又坚定的盯视下，他后退了五六步，然后拿起枪，久久地校准着，开了火。子弹从动物的髋部掠过，只造成了一处微不足道的伤口。狼却不会给对方重来的机会。它迅疾一跃，扑向了他，强有力的下颚已经扣上了对手的咽喉。为了挣脱，士兵使出了非人的力气。在挣扎中，他在地面的湿泥上滑了一跤。他倒了下来，失去了所有的优势。已经把他抓咬得面目全非的狼马上就要扼断他的脖子——如果从昏迷中醒来的同伴没有赶来帮忙的话。后者将马刀的利刃插进了野兽的肋下，终结了这场恐怖的战斗。

受了致命的一击，加斯帕尔松开了嘴。然后，在士兵爬起来的同时，它也拖着身子来到了朗杜业身旁，再一次地闻了闻他。最后，一场痉挛袭来，它变得僵直；咽气时，眼睛还紧紧望着曾爱过的人。

两个境况同样悲惨的德国兵渐渐远离了这幕血腥的舞台，带着专属于战争职业的漠然，并没有留意身后的那具人类尸体。

然而，朗杜业并没有死。

快到晚上的时候，两个煤商从那儿经过，发现他依旧躺在身体已经僵硬的狼身边。凭借破烂的法军制服，他们认出了同胞。走近查看，他们发现那人的心脏还在跳着，于是上前营救，让他醒了过来。

当管狗人恢复了神智，眼中首先望见的就是可怜的加斯帕尔带血的尸体。他猜到了之前发生的事情，于是，尽管自己还很虚弱，尽管还能感到灼热的疼痛，一滴泪水——这么多年来他流的第一次泪——从睫毛间漏出，缓缓滑下沟壑纵横的双颊。然后，当这两个善良的人提议将他抬到自己的木屋里时，他说：

"我很乐意，但请你们先接受这五法郎，这是我身上仅剩的钱。请你们为我的同伴建一座体面的坟墓。"

接着，他用手指指了一下加斯帕尔的尸体。

"您的同伴？"其中的一个煤商满脸震惊，"但那是一匹狼！"

"也许是吧，"朗杜业声音低沉地答道，"但它是为抗敌而死，理应拥有军人的墓穴！"

雉 鸡

雉鸡小心翼翼地不掺和进纷争，而且据我们所知，它们也缺乏议政热忱。可尽管如此，它们却是我国政治更迭最常见的受害者。围绕这支近似王族的种族近百年来的坎坷命运写篇文章，应该挺有意思：关于失落，也关于复兴。

虽说如此，可若是有人认为雉鸡一族的繁荣能追溯到君主制时期，那他可就谬之大矣。如果他觉得其数量与山鹑、野兔和穴兔一样，在维护封建特权的政体下比大革命以来更多，那也是在颠倒黑白啦。

直到亨利四世时期，法国的雉鸡还只是待在鸟笼中的玩物和皇家猎区的狩猎对象。路易十三时期盛行利用鹰隼来狩猎，但雉鸡不在狩猎对象之列；埃斯帕龙在他写得如此具体的《典范之艺》中讲到可用鹰隼捕猎的鸟时也没提及雉鸡。亨利四世从枫丹白露给加布丽埃勒①写了许多无比动人的信件；他会把亲手猎得的山鹑一并给她送去，却绝口不谈雄鸡。而这种长得排场十足的野味实在太符合路易十四的审美，这位伟大的国王于是让它们在领地上肆意繁衍；在他和路易十五的统治时期，养雄场获得了可靠又可观的发展。尽管如此，它还是仅供王室玩赏，只能被血统纯正的王族猎取，只待在少数大领主的花园里。也正是因为此，它们在经历大革命最初的风暴后几乎完全绝迹了。

匡扶雄鸡于倾颓的尊荣当归于督政府。督政府被后世认可的名头如此之少，这让我们无法在这一桩上保持沉默。那时早已不是国民公会议员梅兰的六只蹩脚小猎犬就能被称作猎犬群，还引起雅各宾派极大愤慨的时代了。奢靡之风，和所有反动势力一样，在受到罗伯斯比尔式苦修作风的压制后，强烈地苏醒了，而巴拉斯②自立为它的信徒。格罗布瓦原先是普罗旺斯伯爵③先生的领地，但由于机缘巧合，或者更确切地说是借助大革命之风，巴拉斯成了那儿的主人。他之前就已在那儿放了支猎鹿队，后来在那儿又重建了养雄场。

在执政府和第一帝国时期，原先的王室年俸得到恢复，

---

① 加布丽埃勒·德斯特雷（Gabrielle d'Estrées，1573—1599），亨利四世的情妇。
② 保罗·巴拉斯（Paul Barras，1755—1829），法国大革命时期的政治家，在 1795 年至 1799 年间担任法国督政府的第一督政官。
③ 普罗旺斯伯爵（Comte de Provence），即路易十八（Louis XVIII，1755—1824），路易十六的弟弟，大革命后流亡海外，自立为法国国王，第一帝国灭亡后复辟波旁王朝，正式成为法国国王。

"发西斯河之鸟"①得到彻底平反。不得不说，尽管那位征服者②有炮兵履历，但——或许正因为这履历——他在狩猎领域就是个所谓的"菜鸟"。比起任何其他的猎物，他最喜欢雉鸡，因为他觉得它更大，瞄准起来更容易。完全是傲慢在作祟！但对于一个被胜利宠坏了的男人而言，是可以被原谅的。尽管王室的偏爱会传染，但在他的统治时期，雉鸡养殖没添多少新信徒。那时大家都在追猎人类，追猎人类取得的胜利令他们对雉鸡的无感态度变得合理了。

波旁王朝复辟时期的太平日子和猎手国王③的带头作用让全国的养雉业越发繁荣。只是雉鸡们占总体的比例依旧有限。革命浪潮削减了领主们的财富，而银行、商业和工业还没来得及获得飞跃式的发展——雉鸡的增殖和大众化正是因后三者而起，且与后三者的发展相伴相随。尽管如此，它们在国有森林里的数目还是令人惊叹——直到1830年的那场硝烟④。被它夺去性命的雉鸡比被它杀死的瑞士雇佣兵要多得多。鸡族中的该类珍品遭到了第二次灭绝，过了很久才从这场新的灾难中恢复过来。

---

① 发西斯河之鸟（oiseau du Phase），法语中雉鸡的别称，因为根据希腊神话，它们最先是被沿着发西斯河（今格鲁吉亚境内的里奥尼河）到达科尔喀斯的阿耳戈英雄们发现的。
② 指拿破仑一世，他曾担任执政府的第一执政官和第一帝国的皇帝。
③ 猎手国王（roi chasseur），指查理十世（Charles X，1757—1836），1824年至1830年任法国国王，爱好狩猎。
④ 指1830年法国爆发的七月革命。波旁王朝第二次复辟后实施反动政策；1830年7月25日，国王查理十世宣布解散新议会，限制选举权和取缔反政府报刊，巴黎城内群情激愤；27—29日巴黎市民起义，占领王宫，查理十世逃亡国外，波旁王朝被推翻；随之建立了以路易·菲力浦为首的七月王朝。

反对派数着资产阶级君主制①的菜盘子：当菜单简朴时，就责它吝啬；若厨师做菠菜时没省黄油，就宣称从中看到了穷人的汗水。在狩猎上，只要当政者有哪怕一丁点重拾王室传统的愿望，反对派都会把它当作残酷的攻讦武器。他要是显露一丝享受狩猎之乐的倾向，就连资产阶级自己也不会给他们亲手选出来的这位以好眼色——这乐趣曾让爱好它的前任遭受了极不公又愚蠢的指责。这一切，路易·菲力浦都心知肚明。身为一名行事谨慎的国王，他甚至克己到压根不愿意豢养领地里的野味。他让逃脱了屠杀的自个儿生长，尽可能地保护老弱病残，而由于发放了相当数量的狩猎许可，不少新朋友被纳入了缴纳王室年俸的名单中。

随着国王的儿子们年龄渐长，这状况就变了几分。他们一点都不赞同父辈对圣于贝尔之乐所采取的斯多亚式的漠然态度。相反地，他们血统里的独特本能，在经过一代人的弱化后，重拾了它所有的激情。同时也多亏了奥尔良公爵②的创举——他的威望使他可以无视几家小报的叫嚣诽谤——圣热尔曼、贡比涅和凡尔赛再度成了众多不同野味的家园，而雉鸡又变回从前那样，再度成了王室游猎的重要组成部分。虽然找不回昔日的辉煌，但雉鸡的数目还算体

---

① 资产阶级君主制（royauté bourgeoise），指法国 1830 年至 1848 年七月王朝时期的君主立宪体制。

② 奥尔良公爵（duc d'Orléans），即路易·菲力浦。

面，还算过得去。可 1848 年①却再一次将它带到充满灭绝欲的胜利者面前。和 1830 年一样，他们对国王的野味大开杀戒，以此为胜利加冕。于是，皇家森林被第三次涤空，开始对外出租，直到 1852 年②。

第二帝国对于雉鸡来说是个异常繁荣的时代。此时此刻，我们尤其应当向莫斯科河亲王③表示敬意。他聪慧而得力的管理为彼时的游猎场增添了一丝闪亮的光彩，为我们留下了君主制时代最负盛名的传奇——贡比涅、枫丹白露、凡尔赛，甚至朗布依埃，那时候，不管是在哪个游猎场，每当结束一次狩猎后展示并清点收获的猎物时，得到的都是庞大无比的数目。

与此同时，相应地，雉鸡也逐渐趋近于人间烟火：它走下了一直俯瞰众生的帝王辖域，走进了路过的普通猎人的猎袋里，让他们也能欣赏它的全部魅力。田产的碎片化、财富的扩散和狩猎权的民主化对其他猎物而言是不祥的，却有利于雉鸡。它本就是人工养殖的野味，其数量与养雉场的数量成正比。在从前，这成本巨大的产业只是少数人的特权，但社会财富的大规模增长让许多人能够支付得起这样的开支，雉鸡因此也越来越常见。

---

① 指 1848 年的法国二月革命，是法国建立第二共和国的资产阶级民主革命，推翻了七月王朝的反动统治，国王路易·菲力浦退位。

② 1852 年 12 月，路易·波拿巴称帝，成立法兰西第二帝国，建立了法国最后一个君主制政权（1852—1870）。

③ 此处指第三代莫斯科河亲王，即埃德加·拿破仑·亨利·内伊（Edgar Napoléon Henri Ney，1812—1882），曾任路易·波拿巴的犬猎队队长。

我方才将雉鸡定性为"人工养殖的野味"。就此我还得再补充一点：我不相信它能在野外繁殖。如果有一天，我们停止了人工繁育，雉鸡就离彻底绝迹不远了。

雉鸡之所以难以适应环境，并非因为体格娇弱，毕竟它完全能承受我们所处纬度的寒冷天气。其生之艰难其实与身体构造有关，也赖先后待在树林和平原里养成的混杂习惯，以及爱闲逛的本能和连眼神最差的人都能发现的硕大胸部。这些就是野雉在像我们国家那样地况复杂的区域无可救药地消亡的原因。它本当生活在发西斯河畔的野草丛里，大自然在创造它时完全没有参照如法国乡下那样人口众多的农村，没有赋予它相应的抵御危险的能力。

"美貌与智慧无法兼备"——有些人反对在外在形象上花费过多的功夫，故而抱有这样的偏见，而雉鸡的例子再一次论证了这一偏见的正当性。它挺警觉的，但这警觉太盲目，这警觉里没有某些鸟儿所具备的"区别思考"的能力——比如乌鸦就能完全分辨真正的危险和表面的威胁。它也不像野兔和穴兔，能利用敏锐的感官认出诱饵下的陷阱。从严酷教训中收获的经验一点也没让它长进。农夫只要在葡萄园里铺满葡萄榨渣，花园里的雉鸡就会一只只地扑上去赴死，直到绝种；而山鹑一旦尝过一次，甚至一次都没有尝过，就会对葡萄榨渣敬而远之！不信您用诱饵吊它试试！雉鸡的方向感是如此之差，以至于碰上一丁点雾就晕头转向，忘记了回家的路。而且，华丽的衣服还让它跟小妇人一

样娇气：如果下了雨，湿了落叶毯，这位害怕污了双爪的先生就会情愿冒着被枪杀的风险，飞上高高的橡树，把爪子晒干。晚上的情况更糟：因为猜想敌人们和《圣经》中所描述的偶像一样，有耳却不能闻，所以它不吝用吵闹且连续不断的叽喳将他们引到卧室。雉鸡也不曾料到自己的身子远非透明——那黑色幽暗的一大团在与天空的明暗对比中脱颖而出，当了顶容易瞄准的靶子。最后还有一点：雌雉鸡在树林里贴地做巢，为狐狸、石貂、鸡鼬和其他各种贼们大行方便。

雉鸡一族如果只靠自己，能经受得住这么多诱因的考验而不至于快速灭绝吗？再说一次：我真不觉得。而且，一想到比起其他因素，猎人们不加节制、毫无保留的杀戮对这鸟儿更致命，我的怀疑就显得更有理了。我们不等到九月过完就开猎：那原该是让其休养生息的时候；禁令解除后，获得的胜利才有意义。那些宽宏大量地等到过了禁猎期才向雌雉举枪的人实在是太少了。这个禁令是为大家好，可惜，比理智之声更容易被听见的，是单薄而愚蠢的欲望。与其说猎雌雉的人是想杀了它，不如说他们是害怕让它落入他人之手。我家附近有处国有森林，原先的承租人把雉鸡带了进去。它们似乎很欢喜那儿，也自由自在地繁衍。然而，不到三年，后来的承租人们就扫荡光了最后一只雌雉——而这帮人竟还在痛骂偷猎者呢！

猎雉鸡可以用指示猎犬，也可以用激飞猎犬。九十月份的时候，特别是当您在早晨九点之前就到了野外的时候，就可以期待在葡萄枝、灌木或苜蓿丛里遇到它——反正一般都在邻近树林的植被下。在这个时辰和这个季节，它经常去原野中觅食。如果猎犬面前的是只雄鸡，人们总能轻易地认出来：猎犬会变得异常激动，因为这只鸟留下的气味格外强烈；您那合作伙伴的动作会变得粗暴而匆忙，因为雄鸡逃跑时总是用疾走的方式；即使追踪的速度一时慢了下来，场面很快又会重新变得更加激烈；狗一次又一次地扑空，二者不断地来来去去；直到雄鸡决定把自己藏起来，猎犬则换上它的经典姿势，一动不动地指示着猎物。

在这种时候，如果您的感官依旧听从您的使唤，心没有遽然跳动，呼吸没有骤然停滞，那您就不算猎者。这种激情是不会随着年纪的渐长和习惯的迁移而钝化的。

此时，脑海中，千万种模糊的思绪交缠着。鸟儿临起飞前的那几秒仿佛和整个世纪一样长，人们时常嫌它缓慢。

终于，草丛被拨开，为王之野味与野味之王留出一条道路。它——一只了不起的雄鸡，直升向天，展现了自己所有的荣光。它的华袍在太阳的烈焰下光芒四射，仿佛每根羽毛都是一块宝石；长长的尾巴令它显得身形硕大。它几乎是垂直向上地飞升；叫声尖厉刺耳，重复了数次，让起飞仪式更加轰动。

对雄鸡而言，这场喧哗，这次浮夸的舞台调度，尤其是那条为它在偷猎者口中赢得了"彗星"这一绰号的尾巴，比它强壮的翅膀和灵活的爪子更能救命。那些新手猎人被大得离奇的一截玩意儿迷惑，射击的位置一般都过于靠下，只带走了个……尾巴。雉鸡垂直飞升能给猎人造成极大的不便，而它横着飞的时候也一样：布拉兹曾精确地指出，雉鸡尾部的重量让它的身体倾斜，使得子弹既打不着它的身子，也打不着它的爪子。

　　想要对付所谓的"雉鸡之盾"，第一要义就是要懂得克制情绪。当您成了自己的主人的时候，您就掌握了所有昏了头、在离您三十步以内的距离起飞的鸟类的生杀大权——当然了，我说的是在原野上。若在树林里，那就是另一回事了。如果它头顶毫无遮盖，那么，在等它完成整个起飞动作前，请不要射击——您应该用准星跟瞄，把它的脑袋当靶子，等它开始横飞了再开枪。这一射击准则既适用于树林，又适用于原野，除非这鸟躲在矮树丛或者中林①里，您看不见它。在这种情况下，要在它向上飞升的时候就射击，但依旧要瞄准脑袋，这样一来它的身子才能正好撞到枪线上。猎雉还得注意最后一点：虽然雉鸡体形大、体重重、起飞难，但当它爬升到了一定高度后，逃跑速度还是很快的。因此，在用激飞猎犬猎雉时，如果雉鸡已经开始横飞，那么瞄准的位置一定要在鸟喙前，这样才能看着它坠落。

　　雉鸡在早上九十点钟回到树林。在烈日当空的时候，

---

① 中林（gaulis），天然次生林中实生树和萌生树相混杂的林分。

您最有可能在树荫下找到它们。雉鸡的作息和年迈的贵妇一样规律，会在太阳下山前两小时左右回到原野中觅食——这番观察会让您受用多多。雉鸡偏爱的住所是长了两到五年的矮林，尤其是靠近树林边缘的。在乔林和中林里都很难见到它们，因为那里的地上没有草，也没有灌木丛。如果林子长在地形起伏的山坡上，而山坡又朝南，那么它们常常会在中午到那儿梳洗打扮——雉鸡比山鹑还要注重个人卫生。如果天太热、太干，您就得在长着欧石南、灯芯草的矮林里，或者在池塘边的芦苇旁守着它。

在林子里猎雉比在原野上猎雉更不方便，您能遇上一千种致使您失手的变故。树林是雉鸡的主场，这鸟儿挣扎起来也比在毫无遮盖的田地里更顽强、更狡猾。它会一次次地像我们前文讲述的那样逃脱，再逃脱；次数之多，有时需要让您等上十来分钟，才能见它离开藏身处。一般只有雌雉才会在猎犬第一次标定指示目标时就起飞，不去尝试用双脚逃脱追捕——像是知道自己有权被人类宽厚对待似的。唉！为什么这希望总是错付了呢！

当您用猎犬追雉时，从一开始就要紧紧跟在猎犬的身后。不要担心把狗叫回来会打断整场狩猎，因为雉鸡的踪迹比山鹑要好找得多。而且，就算您的同伴无比聪慧，您首先也应该担心它被这个没完没了地到处乱窜，却还总是露面的逃跑者弄得火烧火燎，丧失理智。更何况，一只雉鸡若在您不知情的情况下被猎狗指示出来，是不会等您到了才展翅逃跑的。

我说过雉鸡的坏话，说它智力低下，但几只老雄鸡让我明白，自己不过是恶意中伤的小人罢了。它们的脑子并非我所声称的那样不值一提。它们在我的猎犬前到处疾走，无休无止，一次又一次地让它扑空，狡猾地把我们带向利于其实施下一场诡计的大林子。到了离林子五十来米远的地方，它们就用双爪全速跑向那儿，然后立即起飞。我的猎犬只能勉强赶上它们，来不及做出指示动作；至于我，它们连让我瞥上一眼的安慰都不留给我。

好猎犬少，追雉鸡的好猎犬更双倍地少。我承认，若以抓住雉鸡为目标，我更偏爱英国波音达犬，而不是法国短毛垂耳猎犬或法国獚犬 —— 尽管法国獚犬很擅长矮林战。在狩猎场上，我不仅会观察猎犬，还会观摩同道的技艺。我常常发现，英国波音达犬主人的猎果更为丰硕。我把这优势归因于此种猎犬搜寻猎物时矫捷迅疾的身段，以及不触碰枝丫就能嗅闻到猎物踪迹的特殊能力。二者加在一起就能骗过雉鸡，骗它做出就地隐蔽的决定，减少它到处疾走的时间 —— 总之，缩短了开场时的障碍赛。

我们那住在拉芒什海峡对岸的邻居是一等一的狩猎专家，时不时地给我们一些灵感。为了捕捉雉鸡、丘鹬和松鸡，他们专门培育出了两种猎犬：史宾格犬和可卡犬。这两种矮小的獚犬性格活泼而奔放，擅长在矮林里不屈不挠地作战。尤其是可卡犬，它绝不会在荆棘和刺藤前退却，能进入

布满刺针的藏身处，把躲藏在那儿的鸟赶出来。发现猎物的
行踪后，这两种猎犬会大声吠叫着接近目标，从而给予身后
的猎人许多开枪的机会。